D1877687

कहानी-संग्रह

परिन्दे

लेखक की कृतियाँ

कहानी-संग्रह

परिन्दे (1959), जलती झाड़ी (1965), पिछली गर्मियों में (1968), बीच बहस में (1973), कव्वे और काला पानी (1983), प्रतिनिधि कहानियाँ (1988), सूखा तथा अन्य कहानियाँ (1995), थिगलियाँ (2024)

उपन्यास

वे दिन (1964), लाल टीन की छत (1974), एक चिथड़ा सुख (1979), रात का रिपोर्टर (1989), अन्तिम अरण्य (2000)

यात्रा-संस्मरण/डायरी

चीड़ों पर चाँदनी (1963), हर बारिश में (1970), धुंध से उठती धुन (1997)

निबन्ध/व्याख्यान

शब्द और स्मृति (1976), कला का जोखिम (1981), ढलान से उतरते हुए (1985), भारत और यूरोप : प्रतिश्रुति के क्षेत्र (1991), इतिहास स्मृति आकांक्षा (1991), शताब्दी के ढलते वर्षों में (संचयन, 1995), दूसरे शब्दों में (1997), आदि, अन्त और आरम्भ (2001), साहित्य का आत्म-सत्य (2006), सर्जना पथ के सहयात्री (2006)

नाटक

तीन एकान्त (1976)

अनुवाद

पराजय : अलेक्सांद्र फ़देयेव (1954), बचपन : लियो टॉल्स्टॉय (1954), कुप्रीन की कहानियाँ : अलेक्सांद्र कुप्रीन (1958), रोमियो जूलियट और अँधेरा : यान ओत्चेनाशेक (1964), खेल-खेल में : चेक कहानियाँ (1966), इतने बड़े धब्बे : चेक कहानियाँ (1966), झोंपड़ीवाले और अन्य कहानियाँ : मिहाइल सदौवेन्यु (1966), कारेल चापेक की कहानियाँ (1966), बाहर और परे : इर्शी फ्रीड (1969), आर.यू.आर. : कारेल चापेक (1972), एमेके : एक गाथा : जोसेफ़ श्कवोरेस्की (1973)

पत्र

प्रिय राम, प्रिय निर्मल (2006), देहरी पर पत्र (2010), चिट्ठियों के दिन (2010)

साक्षात्कार

संसार में निर्मल वर्मा (2006)

संचयन

दूसरी दुनिया (1978)

परिन्दे

निर्मल वर्मा

राजकमल पेपरबैक्स

पहला **राजकमल** संस्करण 1958 में प्रकाशित
पहला **राजकमल** पेपरबैक संस्करण 1999 में प्रकाशित

पुनर्नवा संस्करण : फरवरी, 2024
तीसरा संस्करण : नवम्बर, 2025

© गगन गिल

राजकमल पेपरबैक्स : उत्कृष्ट साहित्य के जनसुलभ संस्करण

राजकमल प्रकाशन प्रा. लि.
1-बी, नेताजी सुभाष मार्ग, दरियागंज
नई दिल्ली-110 002
द्वारा प्रकाशित

शाखाएँ : अशोक राजपथ, साइंस कॉलेज के सामने, पटना-800 006
पहली मंजिल, दरबारी बिल्डिंग, महात्मा गांधी मार्ग, प्रयागराज-211 001
1, अनमोल सोराबजी सन्तुक लेन, मरीन लाइंस, मुम्बई-400002
वेबसाइट : www.rajkamalprakashan.com
ई-मेल : info@rajkamalprakashan.com

विकास कंप्यूटर एंड प्रिंटर्स
ट्रॉनिका सिटी-201 102
द्वारा मुद्रित

मूल्य : ₹299

PARINDE
Short Stories by Nirmal Verma

ISBN : 978-93-6086-797-3

परिन्दे

क्रम

डायरी का खेल

उन्हीं दिनों बिट्टो आई थीं। हमें ऐसा लगा था मानो वर्षों से वह हमारे संग रहती आई हों। जब वह आई थीं, ज़िन्दगी कुछ अधिक समझ में नहीं आती थी। आज जब थोड़ी-बहुत समझ आई है, तो वह नहीं हैं। किन्तु बिट्टो की स्मृति सेंटीमेंटल नहीं बनाती, वह अतीत का भाग नहीं है, जो कि याद करके भुलाया जा सके। हममें ऐसा कुछ होता है, जो न होकर भी संग-संग चलता है, जिसे याद नहीं किया जाता क्योंकि वह कभी भूलता नहीं।

अतीत समय के संग जुड़ा है, इसलिए चेतना नहीं देता, केवल कुछ क्षणों के लिए सेंटीमेंटल बनाता है। जो चेतना देता है वह कालातीत है...

सबसे पहले बिट्टो को फ़ोटो में देखा था। चाची ने मुझसे तार पढ़वाया था। छुट्टियों में वह कुछ दिनों के लिए दिल्ली आ रही थीं। चाची ने मुझसे स्टेशन जाने के लिए कहा, तो मैं हँसने लगा था। मैंने

बिट्टो को कभी देखा नहीं था, स्टेशन पर हज़ारों की भीड़ में उन्हें पहचानूँगा कैसे—और वह मुझे कैसे पहचानेंगी। तब चाची अलमारी में बहुत-सी चीज़ों को उलट-पलटकर कहीं किसी कोने से बिट्टो का फ़ोटो खोजकर निकाल लाई थीं। चाची ने कुछ झेंपकर कहा, "फ़ोटो तो कुछ पुरानी पड़ गई है, लेकिन हमारी बिट्टो ज़्यादा नहीं बदली है...जैसी पहले थी वैसी ही अब है। उसे ढूँढ़ने में ज़्यादा मुश्किल नहीं पड़ेगी।"

चाची ठीक कहती थीं। उनको पहचानने में झंझट नहीं पड़ी। वही चेहरा-मुहरा, फ्रेम के चश्मे के पीछे से वही निरीह, गहरी आँखें, छोटा सा माथा, साँवला रंग जो आँखों के नीचे कुछ स्याह-सा पीला पड़ गया था। किन्तु यह सब तो मैं आज कुरेद-कुरेदकर याद करता हूँ...जो भूलता नहीं हूँ, वह था उनके चेहरे पर एक अजीब-सा विस्मय का भाव, जो आज भी वैसे ही दीखता है, जैसा उस दिन स्टेशन पर देखा था...वही विस्मय का भाव जो उससे भी पहले वर्षों पुरानी फ़ोटो तक में बरबस खिंच आया था।

कुछ क्षणों तक मैं असमंजस में खड़ा रहा। एकदम निश्चय नहीं कर पाया कि कैसे एक अजनबी की हैसियत से उनसे मिलूँ। उन्होंने एक-दो बार प्लेटफ़ॉर्म पर खोजती-सी दृष्टि डाली और फिर बिना किसी संकोच या चिन्ता के कुली से सामान निकलवाने लगीं। मुझे कुछ बुरा-सा लगा। उन्हें मेरी कोई विशेष आवश्यकता नहीं जान पड़ती—न आता, तो भी वह अकेले ही आसानी से घर पहुँच जातीं। अनमने भाव से मैंने उन्हें अपना परिचय दिया। क्षण-भर के लिए उनका चेहरा संकुचित, सलज्ज-सा हो आया। "आपने फ़िज़ूल इतना कष्ट किया, पता तो चाची ने लिख दिया था—देखो, अपने संग लाई हूँ।" पर्स खोला, और उसकी जेबों में हड़बड़ाकर जल्दी-जल्दी पता टटोलने लगीं। कुछ बटन, दो-चार क्लिप, एक मुसा हुआ रूमाल, सब कुछ पर्स से बाहर निकल आए...

किन्तु पता नहीं मिला। "शायद पीछे भूल आई...वैसे रखा तो था, मालूम नहीं कहाँ गया। अच्छा ही हुआ; जो आप आ गए, मुझे तो सड़कों के नाम भी याद नहीं रहते।" इस दफ़ा जब उन्हें अपनी ग़लती पर लजाना चाहिए था, तो वह बेपरवाही से सिर्फ़ हँसती जा रही थीं।

स्टेशन की उस मुलाक़ात के बाद उन्होंने फिर मुझे कभी 'आप' कहा हो, याद नहीं आता...वह तो शायद ताँगे में ही बातें करते-करते छूट गया था। "रेल में अच्छी जगह मिल गई थी?" मैं कोचवान के संग ताँगे की अगली सीट पर बैठा था, और पीछे मुड़-मुड़कर उनसे बातें करता जाता था। "बिलकुल नहीं...मैं तो रात-भर अपने होल्डाल पर खिड़की से सिर बाहर निकाले बैठी रही। अन्दर भीड़ इतनी थी कि साँस लेना भी दूभर था..." "फिर तो क्या नींद आई होगी?" मैंने चिन्तित होकर पूछा। ऐसे मौक़ों को मैं हाथ से नहीं जाने देता, और परेशान होने का अभिनय अकसर सफलतापूर्वक कर लेता हूँ। "उससे कोई ख़ास अन्तर नहीं पड़ता, मैं तो ट्रेन में वैसे भी कभी नहीं सो पाती।"

"क्यों," मैंने पीछे मुड़कर उनकी ओर देखा...देखा, एक महीन-सी मुस्कान उनके होंठों पर उड़ गई। "सुनोगे तो हँसकर मेरा मज़ाक़ बनाओगे, क्यों है न?" और यह कहकर वह स्वयं खिलखिलाकर हँस पड़ीं। "मुझे ट्रेन में बैठकर हमेशा यह लगता है कि किसी समय भी पहिए लाइन से उतर जाएँगे और ट्रेन उलट जाएगी। आख़िर छोटे-छोटे पहिए ही तो हैं, कब घूमते हुए फिसल जाएँ, कौन जाने? मरने से पहले सोते रहना कैसा अजीब होगा, इसी डर से नींद नहीं आती।"

रास्ते-भर एक चतुर 'गाइड' की हैसियत से मैं अपने शहर की विशेषताओं का लम्बा-चौड़ा ब्योरा उनके सामने खोलने लगा—मानो वह कोई विदेशी टूरिस्ट हों, जिन्हें अपनी बातों के जाल में फँसाना ही मेरा लक्ष्य हो। कश्मीरी गेट के बाहर 'कुदसिया गार्डन' के साथ जानेवाली सड़क को देखकर उन्होंने कहा कि यह तो बिलकुल कानपुर

शहर की नवाबगंज जानेवाली सड़क से मिलती-जुलती है—सीधी, निपट अकेली और पेड़ों की लम्बी घनी छायाएँ। "कोई आँखें मूँदकर यहाँ अचानक आ जाए तो मालूम न पड़े कि यह दिल्ली है या कानपुर... सच, किसी नये अजनबी शहर में कभी-कभी यह अजीब-सा भ्रम हो जाता है कि कोई मुहल्ला पहले कहीं देखा है, कोई गली पहचानी-सी है...क्यों तुम्हें कभी ऐसा नहीं लगता?" मैं चुप बैठा रहा। मुझे कभी ऐसा नहीं लगता।

"वैसे देखो तो सब शहर एक जैसे ही लगते हैं"—इस बार स्वर इतना धीमा था, मानो यह बात होंठों के नीचे ही पिचपिचाकर रह गई हो—जैसे अपने से ही कही गई हो। जिस विचित्र ढंग से यह छोटी बात कही गई थी, उसे सुनकर मैं एकबारगी चौंक-सा गया। पीछे मुड़कर देखा, वह चुपचाप, खोई-सी अपनी ढीली चोटी को धीरे-धीरे बाँधती जा रही हैं और खोलती जा रही हैं।

उनकी यह बात आज भी मन के किसी कोने में अटकी रह गई है। ध्यान से देखो, तो यह बात कुछ ख़ास मायने नहीं रखती...याद रहने का कोई कारण भी नहीं है। लेकिन उनकी जो बातें भी आज याद रह गई हैं, उनके कुछ ख़ास मायने रहे हों, ऐसा याद नहीं पड़ता।

शाम की चाय के लिए हम सबको चाची ने अपने घर बुलाया था।

चाची का घर हमारे मकान से अलग रहा हो, ऐसी बात नहीं थी। अन्दर की छत के एक कमरे को बाबा ने चाची को दे रखा था। उसके संग सटे हुए छोटे से ख़ाली छत के टुकड़े पर टीन डलवाकर चाची ने रसोई बनवा ली थी। छत की दूसरी तरफ़ ईंटों की छोटी-सी टूटी-फूटी दीवार के परे गोदाम था, जिसे झाड़-बुहारकर और खिड़कियों-दरवाज़ों पर लाल-नीले परदे लगवाकर मैंने अपना 'स्टडी' रूम बना लिया था। बहाना यह था कि ऊपर अकेले में बिना किसी विघ्न-बाधा के

एकाग्रचित्त होकर पढ़ाई होती है। सब यही समझते थे, और मैंने उनकी इस ग़लतफ़हमी को कभी दूर करने का कष्ट नहीं किया था।

इस कमरे के कोनों में छिपाकर मैंने कुछ ऐसी चीज़ें ठूँस रखी थीं, जिन्हें मैं दूसरों की आँखों से बचाना चाहता था। जादू के चिह्न किये हुए ताश के पत्ते, बहुत वर्षों पुराना एक ग्रामोफ़ोन, कीर्तन, आरती और भजनों के घिसे-घिसाए रेकॉर्ड, डायरी और एक फ़ोटो अलबम जिसमें मैंने चाची से बिट्टो का फ़ोटो लेकर चिपका दिया था। फ़ोटो के नीचे मैंने अँगरेज़ी में 'ब्लैक' अक्षरों में गहरी सुर्ख़ियों से लिख दिया था—बिट्टो...जो कानपुर से छुट्टियाँ बिताने यहाँ आई हैं। इसी फ़ोटो अलबम में मैंने कैडबरी चाकलेट से निकाले हुए कुछ फ़िल्मी अभिनेताओं के चित्र भी लगाए थे। किन्तु बिट्टो की फ़ोटो के संग वे चित्र कुछ अच्छे नहीं लगे और मैंने उन्हें उतारकर बिट्टो की फ़ोटो सबसे अलग रहने दी।

यह पहला अवसर था जब मैंने अपने अलावा किसी अन्य व्यक्ति की विशिष्टता को स्वीकार किया था।

चाची उपले थोपते हुए या गीली साड़ी को सुखाते हुए मुझसे अकसर बातें किया करती थीं। उनका स्वर कर्कश नहीं था, किन्तु फिर भी काफ़ी तेज़ और ऊँचा रहा होगा, क्योंकि उनके बोलते ही ईंटों की दीवार के बीच में बनी खोखल से ग़ौरैया उड़कर जँगले पर बैठ जाती थी। कभी-कभी फ़ुरसत के समय वह मेरे कमरे में आकर कहतीं—"क्यों भैया, बहुत दिनों से रेकॉर्ड नहीं बजाया।" मुझे अपने उस पुराने जीर्ण-शीर्ण ग्रामोफ़ोन पर बड़ा गर्व था...झट उसे बाहर निकालकर चाभी देने लगता,

"कौन-सा रिकॉर्ड सुनोगी चाची...?" "अरे वही मीराबाई का भजन, क्या नाम है उसका..." और वह हमेशा "घायल की गति घायल जाने" के बोल को भूल जातीं। मैं जान-बूझकर उन्हें परेशान करने के लिए कहता, "कौन-सा चाची?" जब तक वह घिसा-पुराना रिकॉर्ड दम तोड़ता हुआ-सा भर्राए स्वर में बजता रहता, चाची आँखें मूँदकर सुस्त-सी बैठी रहतीं, और उनके होंठ बार-बार फड़फड़ा उठते। मैं पूछता—"चाची, तुम आँखें बन्द करके भगवान से क्या मना रही थीं..." और वह तनिक उदास होकर लम्बी साँस लेते हुए बुड़बुड़ा उठतीं—"इस उम्र में और क्या मनाना बाक़ी रह गया है भैया...बिट्टो ब्याह करके अपने घर जाए, मेरा तो वही तीरथ होगा।" मैं चाची के मुँह की ओर गुमसुम-सा ताकता रहता, चाची आँखें मूँदें बैठी रहतीं, और रिकॉर्ड बजता रहता। भौजाई ने एक दिन बातों-बातों में कहा था कि बिट्टो की सगाई कानपुर में पक्की हुई थी...किन्तु ब्याह होने से पहले ही रिश्ता टूट गया। साधारण-सी बात थी, जिसने कभी मेरे मन में उत्सुकता नहीं जगाई। किन्तु जब कभी चाची बिट्टो की चर्चा छेड़तीं, उनके चेहरे पर एक महीन-सी छाया सिमट आती...और मुझे लगता कि कहीं कोई ऐसी बात है जिससे चाची बचकर, कतराकर निकल जाना चाहती हैं।

चाय के समय चाची के कमरे में एक छोटी-सी भीड़ इकट्ठा हो गई। माँ, भौजाई, उनके बच्चे और बच्चों की आया...सबने उस छोटे से कमरे पर धावा बोल दिया था। हँसी-मज़ाक़ और बातचीत के शोर ने बिट्टो को मुझसे छिपा-सा लिया। जब कभी वह मेरी ओर देखतीं और मैं दो-चार वाक्यों का मन-ही-मन रिहर्सल करके उनसे कुछ कहने को होता

कि इतने में ही भौजाई या बच्चे उनका ध्यान मेरी ओर से भटका देते। भौजाई उनके बालों को हाथ से इस तरह सहला रही थीं मानो दुकान में मोल-भाव करने से पहले किसी कपड़े की जाँच-परख कर रही हों। "बिट्टो, तेरे बाल तो बंगालनों को भी मात करते हैं, कौन-सा तेल लगाती है?" मुनिया उनके चश्मे के फ्रेम में अपनी छोटी-छोटी अँगुलियों को फँसाकर बोली, "हमारे लिए कानपुर से क्या लाई हो?"

आज मुझे रह-रहकर क्यों लगता है कि बिट्टो की उस तरल, स्निग्ध खिलखिलाहट के पीछे भी कोई शब्दातीत रहस्य था, जो वह कहती नहीं, किन्तु जो उनके शब्दों के आगे-पीछे निरन्तर मँडराता रहता था। सब दूरियों को एक संग लाँघ जानेवाली आत्मीयता, जो मानो हमें भिगोकर ख़ुद सूखी रह जाती। आईने की तरह उनके चेहरे पर सब कोई वह देख लेते, जो देखना चाहते, किन्तु उन्हें कोई नहीं देख पाता।

चाची ने बिट्टो के बालों की प्रशंसा भौजाई के मुँह से सुनी, तो उनका रोयाँ-रोयाँ चमक आया, "जब छोटी थी, तब इसे देखती, अब तो ये बाल आधे रह गए हैं...अपनी सेहत तो इसे एक आँख भी नहीं सुहाती...राम जाने क्या सोचा है इसने...।"

"बउआ," बिट्टो के स्वर में कुछ ऐसा खिंचा-सा तनाव था कि हम सब चौंक गए। चाची सकपकाकर अप्रतिभ-सी हो आईं।

मैंने देखा, बिट्टो के होंठ कुछ दब से गए हैं और माथे पर एक हल्की-सी सिकुड़न सिमट आई है। वह चाची की ओर देख रही हैं, किन्तु फिर भी मानो उनकी ओर न देखकर उनके परे कुछ देख रही हों। माँ कब चुप रहनेवाली थीं—"ठीक तो कहती है, तेरी बउआ...इन हड्डियों के ढाँचे को लेकर कब तक घिसटती रहेगी। बहुत पढ़ाई हो चुकी, कोई कलक्टर तो बनना नहीं है।"

बिट्टो का मुख म्लान-सा हो आया। बालों की लटें कनपटियों तक लुढ़क आईं और वहीं झूलती रहीं। उनकी अँगुलियाँ चाय के

चम्मच से मेज़पोश पर आड़ी-तिरछी रेखाएँ खींचने लगीं। मैंने बिट्टो को ऐसे देखा जैसे पहली बार देख रहा हूँ—जैसे माँ के एक-एक शब्द को अपनी दृष्टि में तौल रहा हूँ। चेहरा वही था, जैसा अब तक देखता आया था...लेकिन जो देखता आया था, यह जो था, उससे मानो इस क्षण तक मैं अनजाने में अपरिचित रह गया था। माँ के शब्दों में यह मेरे सामने बैठी हुई लड़की, जो अपनी पतली-पतली अँगुलियों में चम्मच पकड़े मेज़पोश पर लकीरें खींच रही है...महज़ हड्डियों की एक ठठरी से अधिक कुछ न थी। ब्लाउज़ से ज़रा ऊपर गले की नीली उभरी हुई नस, नीचे धँसा हुआ वक्षस्थल, आँखों के नीचे चमकती हुई चाँद-सी दो परछाइयाँ...जैसे बारिश के बाद भीगी-सी धूप में बाल की चिप्पियाँ हवा में ठिठकी रह गई हों...ये सब पहले मैंने कहाँ देखे थे।

छत पर बच्चों का शोर और रोने-चीख़ने की आवाज़ सुनकर भौजाई और माँ बाहर चली गईं। चाची चाय के बर्तन समेटने लगीं।

"सामनेवाले कमरे में तुम रहते हो?" बिट्टो ने पूछा। उनका स्वर अब हल्का-सा हो गया था। मैंने कहा, "हाँ...उस ईंटों की दीवार के पीछे।" "अकेले रहते हो?" मैंने उनकी ओर देखा और सिर हिला दिया। "और रात को..." "रात को क्या..." "रात को अकेले सोते हो?" "हाँ।" "डर नहीं लगता अकेले में?" मैंने समझा वह मज़ाक़ में मुझे चिढ़ा रही हैं, लेकिन उनके चेहरे पर गम्भीर जिज्ञासा और कौतूहल देखकर मैंने कहा, "नहीं, डर कैसा...चाची भी तो पासवाली छत पर सोती हैं।" "अब तो मैं भी आ गई, मुझसे तो डर नहीं लगेगा?" "लेकिन तुम तो छुट्टियों के बाद चली जाओगी।" वह चुपचाप चम्मच से खेलती रहीं। "न जाऊँ तो...?" ख़ुशी में मेरा दिल धड़कने लगा। "सच, क्या यहीं रहोगी...?" फीकी हँसी हँसकर उन्होंने कहा, "कानपुर न भी जाऊँ, तो भी यहीं रहूँगी, यह क्या मालूम!" मैंने ठीक-ठीक कुछ

नहीं समझा, वैसे ही ख़ुशी की झोंक में कहा, "मेरा कमरा देखोगी?" मुझे डर था कि वह कहीं 'न' न कर दें। "चलो, अभी चलो," और झट उठ खड़ी हुईं, जैसे वह इस बात की बहुत देर से प्रतीक्षा कर रही हों। "किसी से कुछ कहना नहीं," मैंने कुछ ऐसे झिझकते किन्तु उत्तेज़ित भाव से कहा मानो मैं पैंडोरा की रहस्यमयी पिटारी खोलने जा रहा हूँ।

आज भी जब कभी शाम के धुँधलके में मैं अपने कमरे में अकेला ऊबा-सा, खिड़की से बाहर मकानों की छतों पर उतरती धूप को देखता हूँ, तो एक क्षण के लिए ऐसा भ्रम हो जाता है कि समय के अन्तराल के परे कुछ ऐसा शेष रह गया है, जो बीता नहीं है, जो काल की डोर से नहीं बँध पाया है, जो वर्षों से टूटी पतंग-सा शून्य में डगमगाता-सा रह गया है—न कहीं गिरता है, न कहीं पकड़ में आता है...

लगता है, जैसे अभी पीछे मुड़ूँगा, तो कमरे के किसी अँधेरे कोने में उसी शाम की तरह बिट्टो मेरी चीज़ें उलट-पलटकर, इधर-उधर बिखेरते हुए हँसकर कहेंगी : "कोई काम की चीज़ नहीं—सब अल्लम-गल्लम जमा कर रखा है—सब कबाड़ी को दे डालो।" मैंने उन्हें प्रभावित करने के लिए ताश के पत्तों का जादू दिखलाया। वह मेरी 'ट्रिक' न पकड़ सकीं और धोखा खा गईं। "इसमें कौन बड़ा तीर मार लिया, यह तो बच्चों की बातें हैं जी..." मैं हतप्रतिभ-सा हो गया। मुझे उनका यह स्वयं अपने ऊपर लादा गया बड़प्पन बिलकुल अरुचिकर-सा लगा। किन्तु बुरा शायद कभी नहीं मना पाया। उनके व्यवहार में जो ऊपर था, वह न बुरा था, न अच्छा...बहते पानी की तरह एक किनारे से आता था, दूसरे किनारे बह जाता था।

वह कमरे में मेरी चीज़ों की खोज निरन्तर करती जा रही थीं। जो भी वस्तु—चाहे वह पुस्तक हो या कोई रेकॉर्ड—वह दिलचस्पी से देखतीं। मैं भी उसे ऐसी उत्सुकता से देखता जैसे वह चीज़ मेरी न हो,

जैसे बिट्टो की आँखों से मैं भी उसे पहली दफ़ा देख रहा हूँ। मेज़ की दराज़ से जब वह एक छोटी-सी नोटबुक निकालने लगीं, तो मैंने सकपकाकर उनका हाथ पकड़ लिया। उन्होंने अपना हाथ मेरे हाथ के नीचे शिथिल-सा ढीला छोड़ दिया और अपनी प्रश्नसूचक आँखें मुझ पर गड़ा दीं।

"इसे मत देखो, वहीं पड़ी रहने दो।"

"क्यों, क्या है इसमें?" "मेरी डायरी है—बिलकुल प्राइवेट है, कोई इसे नहीं देख सकता।" "अच्छा, क्या मैं भी नहीं?" "दूसरे की डायरी पढ़ने से पाप चढ़ता है।" "अच्छा...?" और उनकी डरी-सहमी-सी आँखों में एक असीम विस्मय-सा भाव छलकने लगा। वह बन रही हैं, इसलिए मैं ग़ुस्से में चुप बैठा रहा।

"मुझे डायरी का एक खेल आता है।" वह अपनी अँगुलियों से मेरी नोटबुक के पन्ने को सहलाते हुए बोलीं। मेरा ग़ुस्सा उसी क्षण बह गया। "कैसा खेल?" मैंने कौतूहल-भरे स्वर में पूछा।

"यह डायरी हम दोनों की रहेगी। इसमें हमें एक संग ही लिखना होगा...एक बात तुम लिखोगे, उसके नीचे मैं लिखूँगी। फिर तुम लिखोगे, इस तरह जो अन्त में कुछ नहीं लिख पाएगा, उसकी हार हो जाएगी।" "और जो हार जाएगा, उसे क्या करना पड़ेगा?" मैंने पूछा। उन्होंने कुछ सोचते हुए कहा, "जो हार जाएगा, उसे वही देना होगा, जो उससे माँगा जाएगा—क्यों ठीक है न?"

बिट्टो की डायरी का यह खेल मेरे लिए बिलकुल नया और अनोखा था। और मैं उसे एकदम खेलने के लिए उतावला हो गया था। वह न जाने क्यों अचानक उसके प्रति उदासीन हो गईं, मानो मुझे खेल बताने तक ही उनकी दिलचस्पी सीमित थी...उससे अधिक और कुछ नहीं। उनके चेहरे पर सूखी-सी विरक्ति का निरर्थक भाव उमड़ आया, जिसे मैंने पहले भी कहीं देखा था। एक पहेली-सी रहस्यमयता जो क्षणिक

होते हुए भी एक असीमता घेरे है—एक गाँठ जिसका महज़ आभास-भर होता है, किन्तु जो दिखती नहीं, खुलती नहीं।

"मुझे क्या देख रहे हो?"

"कुछ नहीं...अभी-अभी तुम्हारा चेहरा बिलकुल फ़ोटो का-सा हो गया था।"

"कौन-सी फ़ोटो—हमें भी दिखलाओ।" मैंने अनमने भाव से फ़ोटो-अलबम उनके हाथों में थमा दी। अलबम के उस पृष्ठ पर उनकी आँखें जम गईं जहाँ मैंने उनका चित्र चिपका दिया था। उन्होंने वह भी पढ़ा जो मैंने चित्र के नीचे लिखा था—"बिट्टो—जो कानपुर से छुट्टियों में यहाँ आई हैं।"

उन्होंने मेरी ओर नहीं देखा—चित्र पर आँखें गड़ाए बहुत धीमे स्वर में पूछा—"कहाँ से मिली है तुम्हें यह फ़ोटो।" उनका कंठ रुँधा हुआ था और स्वर में भीगा-सा कम्पन था।

"चाची से ली थी।" मुझे पछतावा-सा होने लगा—अलबम उन्हें फ़िज़ूल में दिखला दी।

"इसे अलबम में क्यों लगाया?" मुझे लगा कि उनकी आँखों के नीचे परछाइयाँ तनिक गहरी हो गई हैं।

"वैसे ही बस...अच्छा लगा था"—मैंने ज़बरदस्ती मुस्कराने की चेष्टा की।

"अच्छा लगा था...।" उनके होंठ फड़फड़ाए। कुछ देर तक विस्मित और चमकती आँखों से वह मुझे निहारती रहीं फिर...

फिर उन्होंने अपनी काँपती मोमबत्तियों-सी अँगुलियों से अलबम को पकड़ लिया और फ़ोटो को अलबम से उखाड़कर फाड़ने लगीं। मैं देखता रहा और वह फाड़ती रहीं। जब हाथ बहुत तेज़ी से काँपने लगे तो वह रुक गईं। फिर फ़ोटो के बचे-खुचे टुकड़ों को खिड़की से बाहर फेंककर कमरे से चली गईं। मैं बैठा रहा, शायद वह वापिस

आएँगी। बाहर फ़ोटो की चिप्पियाँ हवा में डगमगाती हुई छोटे से लॉन पर बिखरने लगीं। उस शाम वह वापिस कमरे में नहीं आईं। ग़ौरैया के परों की फड़फड़ाहट के सिवा मुझे कुछ और सुनाई नहीं देता था।

उस दिन की बात वहीं रह गई। बिट्टो के विचित्र व्यवहार से जो तनाव आ गया था, वह धीरे-धीरे मिटने लगा। पहले कुछ दिनों तक तो मैंने उनसे खिंचा-खिंचा-सा रहता था। वह जहाँ होतीं, वहाँ से अपने को दूर रखने का प्रयत्न करता। मुझे भीतर-ही-भीतर कोई चीज़ कोंचती रहती, मानो अनजाने में ही कोई अपराध कर बैठा हूँ। किन्तु बिट्टो के सहज व्यवहार को देखकर मैं फिर पहले जैसा ही निश्चिन्त हो गया—मानो बिट्टो पहले की-सी ही बिट्टो है, मैं भी पहले जैसा ही हूँ, बीच में जो घटा-बढ़ा है, वह शून्य-सा निरर्थक है।

उस शाम बिट्टो और दिनों की तरह छत पर टहलने नहीं आईं। प्रायः हर रोज़ मैं खिड़की पर बैठा उनसे बातें करता और कभी-कभी चुपचाप उन्हें छत की एक मुंडेर से दूसरी मुंडेर तक घूमता हुआ देखता रहता। जब अँधेरा घिर जाता, तो वह मुंडेर से सटकर खड़ी हो जातीं और हम दोनों नीचे छोटे से लॉन पर हवा में उड़ते हुए सूखे पत्तों को उड़ता हुआ देखा करते।

उनके कमरे की बत्ती नहीं जली थी। कोने में बिस्तर पर वह सिकुड़ी-सी लेटी हुई कोई पुस्तक पढ़ रही थीं।

"कैसे लेटी हो?" "कुछ नहीं, सुबह से तबीयत कुछ भारी-भारी-सी लग रही है।" उन्होंने धीरे से कहा और उठकर तकिये के सहारे बैठ गईं। "इसलिए शायद अँधेरे में पढ़ रही हो।"—मैंने खीज-भरे स्वर में कहा। "पढ़ कहाँ रही थी—खिड़की के बाहर देखते हुए ऊँघने लगी थी।" वह अपनी शॉल में सिमट गईं। मैंने धीरे से उनके पैरों पर कम्बल डाल दिया।

"चाची कहाँ हैं?" वह कुछ देर तक चुप रहीं, फिर नितान्त विरक्त भाव से खिड़की के बाहर देखने लगीं।

"तुम्हारी भौजाई के संग मेरे लिए लड़का देखने गई हैं।" बड़ी निर्लज्ज हैं बिट्टो...मैं झेंप-सा गया।

"तो फिर तुम्हारा ब्याह होगा," कुछ हँसी में, कुछ कौतूहल- भरे स्वर में मैंने पूछा।

"हाँ, फिर मेरा ब्याह होगा, और तुम यहीं बैठे सब कुछ देखोगे।"

वह खिड़की के बाहर निर्निमेष दृष्टि से देख रही थीं। कभी-कभी हवा का हल्का-सा झोंका खिड़की पर टँगे नीले परदे को झुला देता था, और बिट्टो का चेहरा क्षण-भर के लिए मुझसे छिप जाता था। बाहर रेल की लाइन और मोटर-रोड के बीच में फैले वृक्षों, झाड़ियों और टीलों को अँधेरे ने अपने में समेट लिया था। कहीं-कहीं बेला रोड पर लैम्पपोस्ट की पीली, ज़र्द बत्तियाँ टिमक जाती थीं।

"अगर मैं कानपुर से यहाँ न आती, तो तुमसे कभी नहीं मिल पाती—कैसी अजीब बात है।"

बिट्टो खिड़की से बाहर आकाश की ओर देखने लगीं। यमुना के पुल पर रेल की गड़गड़ाहट सुनाई दी और क्षण-भर में ही इंजन के आगे की तेज़ी से घूमती प्रकाश-रेखा में यमुना का जल चमक उठा।

"जब मैं बहुत छोटी थी, तो रात को छत पर सोने से पहले अपने लिए एक सुन्दर, नन्हा-सा तारा चुन लेती थी...लेकिन अगली रात बहुत खोजने पर भी वह तारा नहीं मिलता था...जब बहुत रोती थी, तो बउआ

किसी कोने में दूसरा तारा खोजकर मेरे लिए चुन देती थी—" अँधेरे में बिट्टो धीरे-धीरे हँस रही थीं। उस समय बिट्टो की बात बहुत बेतुकी और असंगत-सी लगती थी। मैं चुपचाप उनके चेहरे की ओर देखता जो कमरे के अन्धकार में केवल छाया का एक धब्बा-सा दीखता था।

"अच्छा बब्बू, क्या मैं अब बहुत बड़ी हो गई हूँ?"

"बातें तो तुम बच्चों से भी गई-बीती करती हो।" मेरे स्वर में झुँझलाहट-सी भर गई थी...।

बिट्टो ने हँसते हुए मेरा हाथ पकड़ लिया। हम दोनों बहुत देर तक यूँ ही खिड़की से बाहर आकाश में दूर-दूर तक टिमटिमाते तारों को देखते रहे। सामने यमुना पुल की बत्तियाँ नीली-सी रेशमी धुंध में सिमट गई थीं। उनकी रोशनी आसपास के अँधेरे को छूकर काँपने लगती थी, फिर छूती थी और फिर काँपने लगती थी।

"बब्बू!" बिट्टो के स्वर में स्निग्ध-सा कम्पन था।

"क्या बात है?"

"एक दफ़ा शिमले में हम पहाड़ पर चढ़े थे—ऊपर से नीचे देखो तो सिर चकराने लगता था। ऐसा लगता है, जैसे ऊँची चोटी पर हम अचानक हवा में घुल जाएँगे और कोई हमारी टोह नहीं पा सकेगा—जब कभी बुख़ार में अकेले पड़ी रहती हूँ, पता नहीं बार-बार मुझे वर्षों बीती यह बात क्यों याद आती है।"

"बिट्टो, अगली गर्मी की छुट्टियों में शिमला चलेंगे—तुम आओगी?" मैंने पूछा।

बिट्टो ने मेरी ओर देखा और धीरे से होंठों में ही फुसफुसाते हुए कहा, "आऊँगी—भूलना नहीं।"

मुझे कभी-कभी बिट्टो से बड़ा डर-सा लगता था।

चाची ने एक दफ़ा हँसते हुए बिट्टो के बचपन की एक बात सुनाई थी। कानपुर में पड़ोस के एक बंगाली घर में आनन्दमयी माँ कुछ

दिनों के लिए आकर ठहरी थीं। मुहल्ले-भर के लोग कीर्तन-भजन के लिए इकट्ठा होते थे। बिट्टो भी चाची के संग सत्संग में जाती थीं। आनन्दमयी माँ उसे देखकर हमेशा मुस्करा देतीं और उनके सिर पर हाथ फेरते हुए अपने संग 'प्रसाद' खिलातीं। बिट्टो दिन-रात आनन्दमयी माँ के आगे-पीछे छाया-सी घूमती फिरती। चाची ने अनेक बार उसे डाँटा-धमकाया था, और उसके बाहर जाने पर कड़ी पाबन्दी लगा दी थी। जिस दिन आनन्दमयी को कानपुर छोड़कर जाना था, उसके एक रात पहले चाची ने देखा कि बिट्टो ने अपने सारे कपड़े पोटली में बाँध लिये हैं। "यह क्या कर रही हो?" चाची ने हैरान होकर पूछा। बिट्टो ने बहुत ही निश्चल, निर्भीक स्वर में कहा, "मैं भी आनन्दमयी माँ के संग जा रही हूँ बउआ।" "कहाँ जाओगी?" चाची मानो अपने पर विश्वास नहीं कर सकीं। "जहाँ आनन्दमयी माँ जाएँगी वहीं जाऊँगी, जैसे वह रहती हैं, वैसे ही रहूँगी।"

उस रात बिट्टो को दरवाज़ों की चिटकनी चढ़ा कमरे में बन्द रखना पड़ा। उस रात बिट्टो घंटों रोती-चिल्लाती रहीं।

मुझे कभी-कभी बिट्टो से बड़ा डर-सा लगता था।

एक मर्तबा आधी रात के समय उन्होंने मुझे झकझोरकर जगा दिया। उनके चेहरे को देखकर मैं स्तम्भित-सा रह गया था। "चलो, जल्दी करो...।" उन्होंने मुझे बहस करने का अवकाश नहीं दिया। चप्पल पैरों में डालकर मैं उनके पीछे-पीछे दबे पाँवों से जीना उतरने लगा। चारों ओर चाँदनी बिखरी थी, इसलिए रास्ता नहीं खोजना पड़ा। मैंने एक-दो बार काँपते स्वर में बिट्टो को आवाज़ देकर पुकारा था। लेकिन न उन्होंने पीछे मुड़कर देखा, न कोई बात की। कुछ दूर चलकर बिट्टो रुक गईं। देखा, सामने झाड़ियों, फूलों और यूक्लिप्टस के लम्बे वृक्षों से घिरा एक पुराना चैपल खड़ा था। चैपल की पासवाली सड़क से दिन में हम अनेक बार गुज़रे थे, किन्तु वहाँ कोई अनहोनी या विशेष

बात कभी नहीं देखी थी। लेकिन आधी रात के समय हवा में सरसराती यूक्लिप्टस वृक्षों की टेढ़ी-मेढ़ी छायाओं के पीछे चैपल की उन सफ़ेद दीवारों को देखकर शरीर में एक झुरझुरी-सी आ गई थी। चैपल के बाहर फैले अहाते की ईंटों की दीवारों के सहारे हम दोनों चुपचाप चलते रहे। कभी-कभी सूखे पत्तों का ढेर हमारे पैरों के नीचे आकर चरमरा उठता और हम सहमे से खड़े हो जाते।

चैपल के पीछे 'विक्टरी गेट' पर आकर सहसा बिट्टो ने झपटकर मेरा हाथ पकड़ लिया। "देखो, उधर देखो..." पहले एकदम मेरी निगाहें बिट्टो के इशारे का अनुकरण नहीं कर सकीं...और फिर अकस्मात वहीं जमकर टँगी रह गईं...चैपल के बरामदे में एक स्त्री खड़ी थी, संगमरमर-सी सफ़ेद, स्तब्ध, निश्चल...जिस पर फीकी, पीली-सी चाँदनी गिर रही थी—पीछे बहुत धीमे, सिसकता-सा पियानो का संगीत-स्वर बहता-सा आ रहा था—इतना धीमा, इतना दबा-सा कि कभी-कभी ऐसा लगता मानो बीच में ही कहीं बार-बार टूट जाता है—फिर आता है, और फिर कहीं अँधेरे में भटक जाता है, पता नहीं कितनी देर तक हम दोनों एक-दूसरे से सटे हुए वहाँ खड़े रहे।

उस रात मुझे नींद नहीं आ सकी।

बहुत दिनों बाद उसका भेद मालूम हुआ। मैंने बिट्टो से कहा कि वह स्त्री सचमुच की न होकर केवल संगमरमर की बनी हुई मेरी की मूर्ति थी। "धुत," बिट्टो ने बिना किसी विरोध के निर्लिप्त भाव से मेरी बात को उड़ा दिया।

मुझे लगा जैसे बिट्टो पहले से ही यह जानती थीं।

आज तक मैं इस रहस्य को न समझ सका कि क्यों उस रात बिट्टो चोरों की तरह लुक-छिपकर मुझे चैपल तक घसीट ले गई थीं।

उस दिन कमरे की खिड़की से देखा था—भौजाई बिट्टो के बालों की चोटियाँ बाँध रही हैं और हँसते हुए उसे चिढ़ा रही हैं। आज वे लोग

चाची से बातचीत करने घर आएँगे, और क़दाचित् इसी बहाने लड़की को भी देख लेंगे। भौजाई से पता चला कि वे लोग ऊँचे ख़ानदानी घराने के हैं। यहीं शहर में कपड़े की आढ़त का बिजनेस है—लड़का ज़्यादा पढ़ा-लिखा तो नहीं है, लेकिन रुपये-पैसे, खाने-पीने वाले आदमी हैं।

बात पक्की हो जाए तो चाची इन्हीं गर्मियों में ब्याह करने को कहती हैं।

बिट्टो को इस रूप में पहले कभी नहीं देखा था। भौजाई सुबह से बिट्टो का शृंगार करने में जुटी हैं। हल्के आसमानी रंग के ब्लाउज़ पर उन्नाबी साड़ी पहनाई है, बाल रगड़-रगड़कर धुलवाकर सँवारे हैं और हल्का-हल्का-सा पाउडर भी जोर-जबरदस्ती, डाँट-डपटकर लगा दिया है। छोटे से माथे पर कुमकुम की बिन्दी से सारा चेहरा निखर आया है।

मैं देखता हूँ और एकटक देखता ही रह जाता हूँ—सोचता हूँ, बिट्टो ने इतना ढेर-सा लावण्य और माधुर्य अब तक अपने में कहाँ छिपाकर सँजो रखा था।

बिट्टो ने मुझे खिड़की से झाँकते देखा—और एकदम झटके से अपना सिर मोड़ लिया।

उस दिन घर में बैठना सम्भव नहीं हो सका। दिन-भर निरुद्देश्य भटकता रहा। जब वापिस घर आया, तब दिन छिपने लगा था। किसी को ख़बर न हो, इसलिए चुपचाप ज़ीना चढ़ने लगा। किन्तु बीच में ही भौजाई टकरा गईं। देखते ही तुनक गईं, "कहाँ रहे दिन-भर—चाची दोपहर से तुम्हें याद कर रही हैं।" "क्या बात है," मैंने प्रश्नसूचक दृष्टि भौजाई पर गड़ा दी। भौजाई के चेहरे पर मुस्कराहट खिल गई, "बड़ी अच्छी ख़ुशख़बरी है, जाओ चाची से मुँह मीठा कर आओ।"

पता चला, उन्हें बिट्टो पसन्द आ गई थीं। सगुन देकर बात पक्की कर गए हैं। इसी सावन में ब्याह का मुहूर्त निश्चित हुआ है।

भौजाई ने कहा और मैंने सुन लिया।

उस समय चाची से मिलने के लिए जाना नहीं हो सका। सीधा अपने कमरे में आकर साँस ली। बिना कपड़े बदले, बिना बत्ती जलाये, पता नहीं कितनी देर तक मैं बैठा रहा—कुछ सोच नहीं रहा था, केवल जो सुना था, उसे ही समझने का प्रयास कर रहा था। लेकिन वह क्या कुछ था, जिसे समझना बाक़ी रह गया था—सब लड़कियों का कभी-न-कभी ब्याह होता है, बिट्टो का भी ब्याह होगा। सभी लड़कियाँ ब्याह के बाद चली जाती हैं, बिट्टो भी ब्याह के बाद चली जाएगी। दिन-भर की थकान से शरीर भारी-भारी-सा हो गया था। आँखें बोझल होकर झपकने लगी थीं—"हाँ, मेरा ब्याह होगा, और तुम यहीं बैठे सब कुछ देखोगे"—बिट्टो की बात याद आई। फिर बहुत-सी बातें याद आईं—एक के बाद एक बेसिलसिलेवार, प्याज़ के छिलकों-सी एक-दूसरे को छीलती हुई—तब अचानक मैं चौंक-सा गया। दरवाज़े पर एक धुँधली-सी छाया दीखी, जो परदे की ओट में स्तब्ध, ठिठकी खड़ी थी।

"देखो—सुनते हो," बिट्टो का धीमा-सा स्वर सुनाई दिया। "कुछ देर के लिए मेरे संग चलना होगा," एक सहमी-सी चुप्पी—वह कुछ आगे बढ़ी होंगी, फिर जैसे रुक गईं। "अकेले जाना नहीं हो सकेगा, किसी से कहना नहीं—" परदे की आड़ में उनका चेहरा दिखाई नहीं देता—केवल होंठों में फँसा हुआ काँपता-सा उनका स्वर सुनाई दे जाता है।

पहले सोचा कि 'न' कह दूँ—कब तक बिट्टो के सनकी और विचित्र व्यवहार के संग अपने को नत्थी करता रहूँगा। लेकिन एक उम्र होती है जब छिपकर कुछ भी करने में 'एडवेंचर' का आनन्द मिलता है—डर लगता था, किन्तु उससे अधिक कौतूहल और जिज्ञासा जागती थी—एक जादुई सम्मोहन जो बरबस अपनी ओर खींच ले जाता था...।

शाम के धुँधलके में बिट्टो के संग मैं घिसटता गया। कभी-कभी उड़ती निगाह से उनके चेहरे की झलक मिल जाती। तेज़ चलने से उनके साँवले-पीले चेहरे पर तपे ताँबे-सी रक्तिमा चढ़ने लगी। पसीने

की बूँदों से उनके माथे पर लगी कुमकुम की बिन्दी पिघलकर फैल गई। मेडन होटल की सँकरी सड़क पार करते हुए बेला रोड पीछे छूट गई। कोढ़ियों की बस्ती—यमुना की दूर-दूर तक फैली रेती—फाउन की झाड़ियाँ—श्मशान—घिरते अँधेरे और उतरती धूप के बीच बहती मटमैली-सी यमुना—बिट्टो सहसा ठिठक गई।

सामने छोटा-सा पुराना काली देवी का मन्दिर उजड़ा-सा अलग-थलग खड़ा था। चबूतरे पर दो-चार दीये जल रहे थे, जिनके टिमटिमाते प्रकाश में मन्दिर की ज़र्द, टूटी-फूटी दीवारें मुँह बाए खड़ी थीं। बिट्टो ने मुझे वहीं खड़े रहने को कहा और चप्पल उतारकर भीतर चली गईं। मुझे लगा जैसे बिट्टो के लिए यह स्थान अपरिचित नहीं है, मानो पहले भी वह कई बार सैर करने के बहाने यहाँ आ चुकी हैं।

बाहर छोटे-से बरामदे को घेरे जँगले पर पुराना पलस्तर, रेती के ढेर और सूखे तिनके बिखरे हुए थे। हवा चलने से सामने दूर-दूर तक फैले मैदान में रेत-ही-रेत उड़ रही थी। रिरियाते हुए कुत्तों का फटा, चीख़ता स्वर मानो कभी बन्द नहीं होगा...कभी बन्द नहीं होगा।

"क्या देख रहे हो," बिट्टो का स्वर था, किन्तु मैं चौंका नहीं, मानो बहुत देर से सब कुछ देखते हुए, सुनते हुए भी मैं उसी स्वर की प्रतीक्षा कर रहा था।

पता नहीं, कब से वह चुपचाप मेरे पीछे खड़ी थीं। उन्होंने सिर को साड़ी के आँचल से ढक रखा था। दीयों के मैले प्रकाश में आँखों-तले दो स्याह गड़हे उभर आए थे। हममें से कोई भी नहीं बोला। हवा के भूले-भटके झोंके से रेत का धूमिल रेला बह आता था और दीयों की लौ पागलों-सी सिर धुनने लगती थी।

"अब चलोगी?" देर होते देख मैं चिन्तित-सा हो उठा। वह गुमसुम-सी, निस्तब्ध, निश्चल हवा में उड़ती रेत को देखती रहीं।

"बब्बू, देवी से मनौती माँगो तो कभी पूरी होती है?"

"तुम क्या इसीलिए मन्दिर आई थीं," मैंने हल्की उत्सुकता से पूछा। किन्तु वह शायद कुछ और सोचने लगी थीं।

मुझे लगा, वह चुपचाप धीरे-धीरे अपने में ही हँस रही हैं।

"बब्बू...आज तुम्हारी भौजाई ने अपने हाथों से साड़ी पहनाई थी, सजाया-सँवारा था...तुमने देखा होगा, तो हँसे होंगे...क्यों है न?" मैं चुप रहा। जब वह इस तरह बोलती हैं, तो उनसे मज़ाक़ करने को भी जी नहीं चाहता...

"कभी-कभी मैं सोचती हूँ, बब्बू, लड़कियाँ जब दुल्हन बनती हैं, तो कैसा लगता होगा?"

"कैसा लगता होगा..." दूसरे ही क्षण मानो वह अपनी बात को भूल गईं।

"देखो...वह सामने श्मशान है।" उनकी दृष्टि के पीछे मेरी आँखें श्मशान-घाट की ओर गड़ गईं।

कुछ देर तक सन्नाटा छाया रहा।

"तुम्हें मरने से डर लगता है, बब्बू?"

"तुम्हें लगता है?"

श्मशान से परे यमुना की पतली, सिकुड़ती-सी रेखा धूप की भरती किरणों में झलमला उठी।

उनका स्वर विस्मय से भरा था...भय नहीं, सिर्फ़ फटी-फटी आँखों से झाँकता विस्मय!

"मरने से डर नहीं लगता, लेकिन मरने के बाद क्या होगा, कहाँ जाना होगा, यह सोचते ही लगता है..."

"क्या लगता है बिट्टो?"

"लगता है, जैसे हम शिमले की पहाड़ी पर चढ़ रहे हैं...जैसे ऊपर चोटी पर पहुँचते ही हवा और बादलों में घुल जाएँगे, बह जाएँगे और तब कुछ पता नहीं चलेगा, कोई नहीं जानेगा..."

बिट्टो वाक्य को बहुत कम पूरा करती हैं...मैं समझ नहीं पाता कि वह क्या कहना चाह रही हैं।

हवा के तेज़ झोंके का थपेड़ा रेत को अपने पैरों से झाड़ता, फड़फड़ाता हुआ सामने निकल गया। मन्दिर को घेरे हुए सूखे झाड़-झंखाड़ से लिपटा पीपल अँधेरे में कराहने लगा।

"मरने से पहले बहुत जी भरकर जीना चाहिए, बब्बू," उनके पीले सूखे होंठ कुछ हिले-काँपे, फिर जमे से रह गए।

"जैसे हम पहली बार जी रहे हों, जैसे हमसे पहले कोई न जिया हो..."

बिट्टो मानो सो रही हों, और सोते हुए बोल रही हों।

"बब्बू, एक बात पूछूँ?...उस दिन तुम्हारी अलबम से मैंने अपनी फ़ोटो फाड़ डाली थी, तुम्हें बुरा लगा होगा...क्यों? जिसकी फ़ोटो तुम्हें अच्छी लगी थी, वह तपेदिक की मरीज़ थोड़े ही थी—फ़ोटो की बिट्टो तुम्हें अच्छी लगी थी, लेकिन वह मैं कहाँ थी, बब्बू? मैं जो आज हूँ।"

"बिट्टो," मेरा गला भर्रा गया था। बिट्टो ने मेरी ओर देखा। एकटक देखती रहीं, मानो आँखों से ही बहुत कुछ कह देना चाहती हों।

"किसी से कहना नहीं...सगाई दूसरी बार टूट गई तो बउआ बहुत दुखी होंगी...?" उनके होंठ धीरे से अपने में ही फड़फड़ाए।

मैं कुछ नहीं बोला, जड़वत खड़ा रहा।

"बब्बू, कभी-कभी मैं सोचती हूँ कि लड़कियाँ जब दुल्हन बनती हैं तो कैसा लगता होगा?"

"कैसा लगता होगा?"

उनका स्वर इतना सहज, इतना शान्त था कि कितनी ही देर तक मैं जान भी नहीं सका कि बिट्टो रो रही हैं, अपने ही में, धीमे-धीमे... आँसू जो बिलकुल ठंडे, वंचनारहित होते हैं, जिनको बहाने से रोना नहीं

होता, दुख से छुटकारा नहीं मिलता, जो हृदय को एक मर्मान्तक, घनीभूत पीड़ा में निचोड़ते हुए चुपचाप बूँद-बूँद गिरते हैं...।

दूर रेत के मैदान से परे यमुना के पुल की बत्तियाँ जगमग झालर-सी हवा में झूल रही थीं।

उस रात रह-रहकर नींद टूट जाती थी।

यह मैं लेटा हूँ, संज्ञाहीन नहीं, फिर भी विचार-शून्य, चेतना की अन्धी गली पर चिमगादड़ के मनहूस डैनों से फड़फड़ाते प्राणों को लिये, बिस्तरे से चिपका हुआ, नींद की नीली झील पर कुहरा-सा तिरता, डूबता, प्रतीक्षा करता हुआ, उस अशरीरी रहस्यमय चमत्कार का, जो लावा-सा भीतर-ही-भीतर घुलता है—जिसका विस्फोटन नहीं होता, होने-न-होने के बीच अनिश्चित टँगा है...।

क्षुब्ध कुहासा—धूल की तहों में दबा, लिपटा पीलापन—अजीब भुतैली-सी थकी-थकी चाँदनी, जो ईंटों की टूटी दीवार पर गिर रही है, उसके बीच फँसे ग़ौरैया के घोंसले पर गिर रही है, चाची की छत पर गिर रही है, बिट्टो के पलंग पर, बिट्टो के सारे शरीर पर—बिट्टो की आँखों, बाँहों, बालों की लटों पर गिर रही है—मैंने देखा...

चैपल में खड़ी हुई 'वर्जिन' मेरी की संगमरमर की मूर्ति चाँदनी में काँप रही है।

चाचा कानपुर से आए हैं।

बिट्टो की तबीयत ठीक नहीं रहती। हमेशा हल्का-हल्का बुख़ार रहता है। दो-चार दिनों के लिए ठीक हो जातीं, सबसे हँसती-बोलतीं, फिर बिस्तर पकड़ लेतीं। चाची नहीं चाहतीं कि बिट्टो के ससुराल वालों

को किसी प्रकार का सन्देह हो—पहली बार सगाई इसीलिए टूट गई थी। दूसरी बार वह कोई ऐसी ग़लती नहीं करेंगी। ब्याह तक बिट्टो उन लोगों की आँखों से बाहर रहे—यही अच्छा है। बाद में जो होगा, सो तो होगा ही—आख़िर बिट्टो भी तो अपना भाग्य लेकर आई है।

चाचा के संग बिट्टो कुछ दिनों के लिए कानपुर जाएँगी।

उन दिनों बिट्टो से अधिक मिलना-जुलना नहीं होता था। मुझे लगता था कि वह मुझसे कतराती हैं, किसी-न-किसी बहाने से मिलने पर भी आँखों से ओझल हो जाती हैं, जान-बूझकर दूर-दूर-सी रहती हैं—शाम को छत पर टहलने नहीं आतीं, बड़ा सूना-सूना-सा लगता, हवा चलने से छत पर ग़ौरैया उड़ती, अकेले में मैं ग्रामोफ़ोन बजाता रहता, नीचे लॉन पर बादलों की छायाएँ सरकती रहतीं, पत्ते झरते रहते...।

उस शाम को जब बाहर से कमरे में आया, तो देहरी से पाँव आगे नहीं बढ़ सके। भीतर पलंग के कोने पर बिट्टो बैठी थीं और चुपचाप धीरे-धीरे फ़ोटो-अलबम के पन्ने पलट रही थीं। आहट सुनी तो मेरी ओर देखा, वही अजीब-सा अज्ञात विस्मय लिये आँखें, जिन्हें सबसे पहले फ़ोटो में देखा था, लेकिन जो आज भी अकारण चौंका देती हैं।

"अच्छा, वह तुम्हारी डायरी कहाँ है—उस दिन के बाद उसे देखा ही नहीं..।"

मैंने किताबों के नीचे से अपनी छोटी-सी नोटबुक निकालकर उन्हें दे दी।

"वह डायरी का खेल याद है?"

मैंने सिर हिला दिया।

"खेलोगे!"

उन्होंने अपने ब्लाउज़ से पेन निकाला और नोटबुक के एक कोरे पन्ने पर हाशिए के एक ओर उस दिन की तिथि डाल दी। कुछ देर तक

कोरे पन्ने को देखती रहीं। फिर डायरी को मेरी ओर खिसका दिया। "पहले तुम कुछ लिखो!"

मैं नहीं माना, पहले उन्हें ही लिखना पड़ेगा। वह भी नहीं मानीं, तो 'टॉस' से निर्णय करने का फ़ैसला हुआ। टॉस किया और वह हार गईं।

"बेईमानी की है," उन्होंने कहा।

मैं हँसने लगा।

पेन अँगुलियों में फँसाए वह मेरी ओर देखती रहीं। किन्तु

मेरी ओर सिर्फ़ देख-भर रही थीं, ध्यान कहीं दूर भटका था। उनके पीले चेहरे पर थकान की उनींदी-सी रेखाएँ एक-दूसरे के संग सटकर सिमट गई थीं। आँखों के नीचे स्याह गड़हों को देखकर लगता था, मानो उन पर झुकी घनी, सहमी पलकों की दो छायाएँ हों।

फिर उन्होंने धीरे-धीरे लिखा।

मैंने देखे—कुछ लम्बे, तिरछे, टेढ़े-मेढ़े अक्षर...।

"कल मैं चली जाऊँगी..." उन्होंने लिखा था।

मैंने पढ़ा और बिट्टो की ओर देखने लगा। बिट्टो शून्य दृष्टि से दीवार पर आँखें जमाए थीं। क्या आज मैं उन क्षणों को गिन सकता हूँ जो हम दोनों के बीच चुपके से आँखों पर पट्टी बाँधे गुज़र गए थे।

"चाची कहती हैं, तुम स्वस्थ होकर सावन के महीने में लौट आओगी।"

"क्या मालूम?"

"क्या मालूम!" निरर्थक, सूखे से शब्द, जिनका महत्त्व केवल इस रहस्य में है, जो शब्दातीत होते हुए भी अपनी महीन-सी छाया पीछे छोड़ जाता है...।

क्या मालूम?

बब्बू, याद है तुमने कहा था, अगली गर्मियों में शिमला चलेंगे।

...संग पहाड़ी पर चढ़ते हुए धुर चोटी तक जाएँगे, वहाँ जहाँ रुई के गालों में बादल उड़ते हैं...याद है?

बिट्टो लिखते-लिखते रुक गईं। उनका मुँह बर्फ़-सा सफ़ेद पड़ गया था। कमरे के बुझते-मैले प्रकाश में केवल उनकी साँस का प्रकम्पित स्वर शराबी के पैरों-सा लड़खड़ाता मुझ तक पहुँच पाता था।

"बिट्टो, एक बात पूछूँ...?"

"पूछो!"

"तुम इतना उदास क्यों रहती हो?"

"कहाँ? देखो, कैसी हँस रही हूँ!"

मैंने देखा, वह सचमुच खिलखिलाकर हँस रही थीं।

हँसी— जो केवल बिट्टो ही हँस सकती हैं।

बाहर ईंटों की दीवार में अपने घोंसले से ग़ौरैया चूँ-चूँ करती हुई उड़कर छत की मुँडेर पर जा बैठी।

"बब्बू, बड़े होने पर तुम सब कुछ भूल जाओगे...सब कुछ।"

"नहीं..." उस समय कुछ और कह सकना सम्भव न हुआ।

"याद रहेगा? कौन? वह, जिसे तुमने इन दो महीनों में देखा है, या वह जिसे बहुत पहले फ़ोटो में देखा था...या फिर वर्षों बाद जब तुम बड़े हो जाओगे तो वह भी नहीं...निरा पागलपन...किसको याद रखोगे बब्बू?"

मुझे चुप देखकर वह हँसने लगीं। पेन में ढक्कन लगा दिया और उठ खड़ी हुईं।

आज सोचता हूँ, जाने से पहले बिट्टो कुछ ऐसा कहतीं, जिससे कोई विचित्र चमत्कार उद्घाटित हो पाता, और शायद मुझे उनकी कहानी को 'फिनिशिंग टच' देने की सुविधा मिल पाती। लेकिन ऐसा कुछ नहीं हुआ। वह जिस तरह अचानक कमरे में घुस आई थीं, वैसे ही सहज भाव से चली गईं। उस समय मुझे ऐसा आभास हुआ था कि वह जाते-जाते

दरवाज़े पर क्षण-भर ठिठकी थीं, मानो कोई बात कहने जा रही हों, जैसे कुछ अशेष रह गया है—लेकिन शायद यह भी मेरा भ्रम रहा हो।

आज उस बात को बीते अनेक साल गुज़र चुके हैं। डायरी का पन्ना, जिस पर उस शाम बिट्टो ने टेढ़े-मेढ़े अक्षरों में लिखा था, अब पीला और पुराना पड़ गया है...उन अक्षरों में उसे खोजने की चेष्टा कितनी व्यर्थ है, जो अब नहीं रहा। कुछ भी याद करना आत्म-विडम्बना-सा लगता है। याद करने पर बिट्टो से जुड़ी कुछ बातें, कुछ घटनाएँ याद आती हैं...कुछ दिन, कुछ घड़ियाँ, बिखरे से क्षण, जो मैंने और बिट्टो ने, एक-दूसरे के संग जिये थे। किन्तु बिट्टो का सत्य क्या इन बातों, घटनाओं, स्मृतियों का ही जोड़ मात्र है...क्या उससे परे कुछ भी नहीं... कुछ भी नहीं?

क्या उन्हीं को याद करने से उस व्यक्ति से परिचित हो पाऊँगा... जो बिट्टो थीं।

कभी-कभी फ़ोटो अलबम के पन्नों को उलटते हुए वह पन्ना सामने पड़ जाता है, जिस पर मैंने बड़े चाव से बिट्टो का चित्र चिपकाया था... किन्तु जो आज ख़ाली है। आज भी उसके नीचे अँगरेज़ी के 'ब्लैक' अक्षरों में वही पुराना वाक्य दिखाई दे जाता है...बिट्टो...जो छुट्टियों में कानपुर से आई हैं।

माया का मर्म

कल रात मेह बरसा था। अब सिर्फ़ बूँदाबाँदी हो रही है। छींटे भूले-भटके से उड़ आते हैं, मेज़ की किताबों, पुरानी चिथड़ी दरी, पलंग के घुन खाए पायों पर बिखर जाते हैं। खिड़की बन्द फिर भी नहीं कर पाता। जो अँधेरा रात को टिक गया था, वह अब बासी मटियालापन बनकर कोनों की सीलन में सिमट गया है। दिन के समय लालटेन जलाता हुआ मैं इस उम्र में भी कतराता हूँ—न जाने क्यों भीतर कुछ रुआँ-सा घुटने लगता है। लगता है, घर में कोई मर गया हो, सफ़ेद पुतलियाँ दीवार में पथराई-सी झाँक रही हों...। शायद बचपन में कभी माँ ने कहा होगा। लेटे-लेटे छत की कड़ियों में माँ का झुर्रियों भरा उलझा-सा चेहरा दीखता है। मैं आँखें मूँद लेता हूँ, कड़ियाँ नहीं दीखतीं। लेकिन उनका चेहरा अब भी दीखता है...।

मेरा सोचना मेरे जैसा ही बेकार है, इसलिए आज नहीं सोचूँगा। भीगा हुआ पुराना पलस्तर, जिसने अपने को ढाँप रखा है, जिस दिन भी

गिरे, उसे आज नहीं कुरेदूँगा...सीढ़ियाँ उतरते हुए मुझे विचार आता है कि सुबह से सिगरेट नहीं पी। मुझे हल्की-सी ख़ुशी होती है, कुछ इसलिए कि सिगरेट पिऊँगा, कुछ इसलिए भी कि बाहर निकलने का बहाना मिला।

बाहर फीकी-सी धूप छिटक आई है, किन्तु उसे स्निग्ध गरमाई हवा के तेज़ झोंके बहा ले जाते हैं। शॉल बार-बार समेटता हूँ, बालों को बिखरने-उलझने देता हूँ, किन्तु इन आँखों को क्या करूँ, जो झिपझिपाती-सी बन्द होती हैं, खुलती हैं और फिर पानी के गड़हों से मुझे बचाने की ख़ातिर विवश-सी अधखुली रह जाती हैं। छुट्टी होने के कारण बहुत से बच्चे वर्षा बन्द होते ही घरों से बाहर निकल भागे हैं, और हो-हल्ला मचाते पानी में कूप-कूप करते हुए कूद-फाँद रहे हैं। मेरे पास ही गँदले पानी में एक ढेला गिरा, जिससे कीचड़ की कुछ बूँदें मेरे कुर्ते पर छिटक आईं। मुझे यदि अपने पीछे हँसी की फुलझड़ी छूटती हुई नहीं सुनाई देती, तो मैं शायद नहीं जान पाता कि ढेला जान-बूझकर शरारत से मेरी ओर फेंका गया था। मैंने पाजामे को घुटने तक चढ़ा लिया और इच्छा होते हुए भी पीछे मुड़कर नहीं देख सका। एक क्षण के लिए कमरे से बाहर निकलने के फ़ैसले पर पछतावा हुआ। सोचा, वापिस चला जाऊँ, किन्तु कमरे के अँधेरे और घुटन की कल्पना करते ही दिल काँप गया और गिरता-पड़ता तेज़ी से अपने को आगे घसीटने लगा। किसी तरह घर वाली अपनी गली पार की, फिर दाईं ओर मुड़कर दो फुट की ईंटों की दीवार के संग-संग चलने लगा। दीवार के नीचे घास, पत्तों और पत्थरों से ढकी ऊबड़-खाबड़-सी ढलान नाले तक चली गई है, जहाँ मेह का गँदला जल आसपास की सड़कों को इकट्ठा होकर गड़गड़ का स्वर करते हुए बराबर गिरता है।

"आय री, अम्मा री!"

मैं चलते-चलते हठात् ठिठक गया। मुझे एक बहुत दबी-पतली-सी हवा में काँपती चीख़ अचानक झिंझोड़ गई। ईंटों की छोटी-सी दीवार

के पीछे नाले की ओर आती ढलान की भीगी घास पर एक नन्ही-मुन्नी बालिका का पाँव फिसल गया था। उसका एक हाथ अपनी छोटी-सी मुट्ठी में घास को भींचे था और दूसरा हाथ काग़ज़ की नाव लिये हवा में सहारा पाने के लिए विवश-सा छटपटा रहा था। मैंने लपककर उसका हाथ ऊपर घसीट लिया और जब वह 'सी-सी' करती हुई गिरते-पड़ते मेरे पास आ खड़ी हुई, मैंने झुककर उसे गोद में उठाकर दीवार के उस पार सड़क पर खड़ा कर दिया। उसने मेरी ओर एक क्षण के लिए अपनी बड़ी-बड़ी-सी गहरी आँखों से निहारा और फिर नीचे झुककर अपने घुटने पर जमी कीचड़ की पपड़ी को खुरचने लगी। मैंने देखा, उसकी पीठ पर बालों का गुच्छा लटक आया है जिसको बाँधे हुए फीके लाल रंग का रिबन हवा चलने से फरफरा उठता है।

मैं असमंजस में पड़ा हुआ निश्चय नहीं कर पाया कि वहीं खड़ा रहूँ, या ज़िम्मेवारी ख़त्म हुई समझकर पैर आगे बढ़ाऊँ। ज़ाहिर है, मैं कुछ बातचीत करना चाहता हूँ, किन्तु बच्ची है कि अपना सिर ऊपर नहीं उठाती। मैंने बहुत सोचा कि कुछ ऐसा कहूँ जिससे बच्ची की लज्जा-झिझक टूट जाए और हम दोनों के बीच का फ़ासला कुछ कम हो। किन्तु कोई भी उपयुक्त शब्द नहीं सूझे। बेवक़ूफ़ की तरह खड़े रहने की अपेक्षा मुझे वहाँ से खिसक जाना अधिक संगत जँचा। किन्तु...

उसी क्षण उसने अपना चेहरा उठाकर, मेरी ओर अपनी गहरी बड़ी आँखों से देखते हुए, हौले से अपने कुछ-कुछ मुस्कराते होंठों की फड़फड़ाहट के बीच कहा—"थैंक्यू।"

मेरे पाँव सहसा ठिठक गए। उसके चेहरे पर कृतज्ञता का कोई भाव नहीं था, किन्तु इस शिष्टाचार-प्रदर्शन से यह छिपा न रहा कि बालिका अवश्य ही किसी शिक्षित-सुसंस्कृत परिवार से सम्बन्ध रखती है।

मैंने उसकी छोटी-सी ठुड्डी को तनिक उठाते हुए पूछा, "कहीं चोट तो नहीं आई...?"

उसने मेरी ओर केवल एक क्षण के लिए देखा, और फिर अपने को एक अपरिचित व्यक्ति के सामने पाकर सलज्ज संकोच से सिर झुका लिया।

"मैं गिरी कहाँ थी—नीचे जो कीचड़ है, वहाँ ज़रा पाँव फिसल गया था।" बच्ची ने जिस सहज भाव से 'गिरने' और 'फिसल जाने' के बीच भेद किया था, उससे मुझे बरबस हँसी आ गई और मैं हँसने लगा। उसे शायद मेरा हँसना अरुचिकर प्रतीत हुआ, और वह मेरी ओर से मुँह मोड़कर नाले में गिरती हुई पानी की धार को देखने का उपक्रम करने लगी। मैंने उसके कंधों को धीरे से छुआ। उसने मेरी अँगुलियों का स्पर्श महसूस किया होगा, तभी तो उसने गर्दन को तनिक हिलाया, कंधों को सिकोड़ा किन्तु फिर भी मेरी ओर मुड़कर नहीं देखा।

सहसा एक ढेला नाले के पानी में छप्प से गिरा, और पानी के छींटे उड़कर हमारे कपड़ों को गीला कर गए। इस बार उसने मेरी ओर देखा—उसकी आँखों में मुस्कराता हुआ कौतूहल झाँक रहा था।

"सच, हमने ढेला नहीं फेंका।" मैंने जान-बूझकर अनजान बनते हुए कहा।

इस बार वह हँसी, जैसे अनजाने में किसी ने उसे गुदगुदा दिया हो, मानो कह रही हो कि वह सब कुछ जानती है, उसको झुठलाना हँसी-खेल नहीं है। उसने तनिक नज़दीक आकर मेरे हाथ को टटोला, जिस पर ढेले की मिट्टी और कीचड़ चिपट गई थी। उसका सन्देह पक्का हो गया था, किन्तु स्पष्ट रूप से न जतलाकर वह रहस्यमय भाव से मुस्कराते हुए देखती जा रही थी।

"देखो, उधर क्या है।" आँखों ने अनायास उसकी अँगुली का अनुकरण किया। उसके स्वर में आग्रह-भरा आश्चर्य था। किन्तु उधर कुछ भी विशेष नहीं पाया, केवल आकाश था, सफ़ेद रुई-से बादल थे, हवा में काँपती हुई बिजली की तारें थीं, जिन पर वर्षा की बूँदें मोतियों-सी चमकती हुई फिसल रही थीं।

'छप्प'—नाले के पानी में फिर कुछ गिरा। इस बार छींटा हम तक नहीं पहुँच पाया, केवल नाले के किनारे पर उगे हुए पौधों और घास के पीले तिनकों को भिगो गया।

मैं जान गया था। फिर भी मैंने प्रश्न-युक्त आँखों से बालिका की ओर देखा।

"सच, हमने भी ढेला नहीं फेंका।" वह मुस्करा रही थी और मुझे अपने झूठ पर विश्वास दिलाने के लिए उसने अपनी नन्ही-सी नर्म गदोलियाँ हवा में खोलकर फैला दी थीं। मैंने उन दोनों हाथों को अपने हाथों में भर लिया। हँसी की स्निग्ध फुहार में संकोच घुलने लगा, दूरी मिटने लगी।

"नाले की ढलान पर क्यों उतरी थी?"

अपनी दो अँगुलियों में भींचे हुए काग़ज़ की नाव को हवा में झुलाते हुए उसने कहा :

"पानी में इसे बहाना था।"

"और नाले में डूब जाती—तो?"

मेरा भय कितना निराधार और बचकाना था, यह उसने अपना सिर हिलाकर जतला दिया।

"हमने कई बार अपनी नाव को पानी में बहाया है—और कभी नहीं डूबी।"

"कभी नहीं?"

"सच्ची, कभी नहीं—जीजी से पूछ लो!"

"कौन जीजी?" फिर एकदम उड़ता-सा यह विचार आया कि मुझे यह प्रश्न पूछना नहीं चाहिए था।

"हमारी बड़ी बहिन—जिन्होंने यह नाव बनाई है।"

"ओह!"

मैंने उसके हाथों के काग़ज़ की नाव को देखा जिसे पुराने अख़बार को काट-छाँटकर बनाया गया था—आगे-पीछे नुकीली, तिरछी चोंच-

सी निकली हुई और बीच में काग़ज़ की तहों से लिपटा हुआ पिरामिड खड़ा था।

"बच्ची, तुम कहाँ रहती हो?"

"हम नहीं बताएँगे।"

"क्यों?"

"हम बच्ची नहीं हैं।"

"फिर कौन हो?"

"लता माथुर!"

उसका चेहरा हल्का-सा गुलाबी हो आया। बालों का रिबन ढीला होकर गालों पर झूलने लगा जिसे उसने पीछे धकेल दिया। बादल छितराने लगे। पीली, फीकी-सी धूप में धुले आकाश की कटी-फटी नीली फाँकें झाँकने लगीं।

नाले के परे पानी से भीगी छतें, दीवारें एक-दूसरे से सटी हुई धूप में ठिठुर रही हैं। पाइप से वर्षा के गँदले जल की मोटी, मटियाली धार अब भी नाले में गिर रही है।

टेलीग्राफ़ की तारें पानी में नहाई बिलकुल नंगी खड़ी हैं। जब कोई चिड़िया फुदककर उन पर बैठती है तब उनसे मेह की बूँदें झरने लगती हैं...एक, फिर दूसरी, और फिर कुछ बूँदें सिर्फ़ अलसाई-सी फिसलती हैं, लेकिन गिरती नहीं।

हवा का एक गीला झोंका हम पर से बह गया। लता माथुर के रिबन फर्राटे से उड़ने लगे। फिर मेरे झाड़-झंखाड़ से बाल हवा में उड़े और उलझकर रह गए। उसने देखा और हँसने लगी। उसको हँसता हुआ देखकर मैं भी हँसने लगा। फिर हम दोनों एक संग हँसने लगे।

तब हम दोनों घुल-मिलकर बातें करने लगे। मैं उसके लिए अजनबी नहीं रह गया और वह मेरे लिए महज़ बच्ची न रहकर लता

माथुर बन गई। मेरी उम्र कहीं बहुत पीछे छूट गई—जैसे उसका कभी मुझसे वास्ता न रहा हो। उसके हृदय में मेरे प्रति कोई भय का संकोच मिट चला, जैसे वह वर्षों से मुझे जानती हो। उसकी अँगुलियाँ मेरे हाथ में बँधी हैं...जैसे कुछ कोमल पंखुड़ियों को मैंने अपने हाथों में समेट लिया हो। हमारी आँखें नाले के पानी पर झिलमिलाती, पिघलती चाँदी-सी धूप पर बहती हैं। नाले की ढलान पर तीन-चार मेमने गीली घास और कीचड़ से लिथड़े हुए पत्तों को सूँघते हुए, जल में अपनी टेढ़ी-मेढ़ी छाया-कृतियाँ छोड़कर आगे बढ़ गए।

हवा का एक तेज़ झोंका आया, किनारे पर कुछ घास के तिनके-पत्ते चौंककर कुछ दूर किनारे-किनारे उड़ते हुए नाले के पानी में लुढ़क गए। लता माथुर ने हवा में उड़ती हुई फ्रॉक को दोनों हाथों से घुटने तक नीचे खींच लिया।

"घर? वह देखो।"

कोई कैसे जान पाए? उसकी अँगुली का संकेत हवा में अनिश्चित दिशा की ओर टँगा है! नाले के आर-पार तो पुरानी इमारतों के खँडहर, भूली-भटकी घास की पगडंडियाँ, खिड़कियों से झाँकते रंग-बिरंगे परदे दीखते हैं—अँगुली कहाँ टिकी है?

"आया कुछ समझ में?"

"वही है न?"

झूठ को छिपाने के लिए मैंने भी अपनी अँगुली उसी दिशा की ओर उठा दी। उससे कुछ दूर गली के दूसरे कोने पर मैंने अनुमान लगाकर अपना कमरा भी दिखाया।

"अरे सच! वहीं तो हमारा स्कूल है।"

"स्कूल? कभी देखा नहीं। शायद होगा। वैसे तुम कह रही हो तो ज़रूर होगा। आज तो तुम्हारी छुट्टी होगी।"

"आज सबकी छुट्टी है—तुम्हारी भी होगी?"

"छुट्टी? हाँ, हमारी भी छुट्टी है—वैसे भी तो हर रोज़ छुट्टी ही रहती है।"

पहली बार मैंने अपनी बेकारी को बिना हया-शर्म के तसलीम कर लिया।

"यह कैसे हो सकता है?"

लता रानी के गोल-सुडौल चेहरे पर बड़ी-बड़ी आँखें आश्चर्य और अविश्वास से भर उठीं।

"हर रोज़ किसी को छुट्टी नहीं होती—सबको काम पर आना पड़ता है।"

"हमें कोई भी काम नहीं करना पड़ता, इसलिए हर रोज़ एक नई छुट्टी मिल जाती है।"

मैंने पहली बार बेरोज़गारी के इस लम्बे और उदास अरसे पर से दरिद्रता की राख को बिना दर्द के कुरेद दिया। जो अभाव की रिक्तता अब तक चुभती थी, वह अब भी है, किन्तु जैसे वह अपनी न रहकर परायी बन गई है, जिसे मैं बाहर से तटस्थ भाव से देख सकता हूँ—जिसने अब 'छुट्टी' का सहज भाव अपना लिया है।

सुबह क्या मैं उदास था? मुझे लगा, मानो मैं गीली घास पर नंगे पाँव रखता हुआ पहाड़ी की ढलान पर उतरता जा रहा हूँ। मेरे ऊपर घनी छाँहें हवा में काँप रही हैं, स्मृतियाँ सूखे पत्तों-सी झरती जा रही हैं।

ज़िन्दगी कितनी हल्की है...

ऊपर आकाश में छोटे-से एक बादल ने सूरज को ओढ़ लिया। धूप बुझने लगी और नाले के बहते पानी पर अनेक मटियाली छायाएँ मिटने लगीं।

"तुम्हारी जीजी बहुत अच्छी नाव बनाती हैं!"—मैंने उसके हाथों में कबूतर-सी दुबकी नाव को सहलाते हुए कहा।

लेकिन लता माथुर मुँह बनाए गुमसुम बैठी रही, जैसे मैं उसके सामने हूँ ही नहीं—जैसे वह नन्हा-सा मस्तिष्क किसी बहुत दूर की बात में उलझकर रह गया हो।

"जीजी एक कहानी सुनाती हैं। यहाँ से बहुत दूर, सात समुन्दर पार एक छोटा-सा देश है, जो हीरे-मोतियों की चमचमाती पहाड़ियों पर बसा है और जिसके चारों ओर चाँदी-ही-चाँदी की रेत हवा में उड़ती रहती है। जीजी कहती हैं कि वहाँ सब घरों की अपनी अलग-अलग झीलें हैं, जिनके नीले जल में दिन-रात सोने की मछलियाँ तैरती हैं। इन झीलों पर रंग-बिरंगे फूलों के पुल बने हैं, जिन पर हर शाम लोग सैर के लिए जाते हैं। जानते हो, वहाँ फूल केवल लड़कियाँ तोड़ सकती हैं, और वह भी सिर्फ़ अपने बालों में लगाने के लिए।"

मुझे हँसता हुआ देखकर लता माथुर एकदम चुप हो गई। फिर आँखों को नीचे झुकाए धीरे से बोली—

"सचमुच—झूठ नहीं है—सब जीजी ने कहा है।"

"लेकिन यह कहानी तुम्हें अचानक कैसे याद आ गई?"

उसकी आँखें चुपचाप मेरे चेहरे पर टिक गईं।

"तुमने अभी नहीं कहा था कि तुम्हें कोई काम नहीं करना पड़ता, हर रोज़ छुट्टी रहती है? जीजी की कहानी में भी वे लोग काम की फ़िक्र नहीं करते; उन्हें भी हमेशा हर दिन छुट्टी रहती है।"

"ओह...फिर तो हम भी तुम्हारी जीजी की कहानी में हैं।"

"जीजी कहती हैं कि कभी-कभी इस देश के लोग रात के समय बादलों की सवारी पर चढ़ हमारे घरों में भी आते हैं..."

"तुमने कभी उन्हें देखा है?"

"न, कोई नहीं देख पाता, सब सोए रहते हैं...वे कभी-कभी छिपकर सपनों में दिखाई दे जाते हैं। तुमने तो कई बार देखे होंगे?"

"क्या?" मैंने चौंककर पूछा, मानो सोता हुआ जाग गया हूँ।

"सपने"—उसने कहा।

"ओह...सपने!"

हम दोनों चुपचाप नाले के पानी पर सूरज की किरणों के बनते-बिगड़ते पैटर्न को देखते हैं। ईंटों की छोटी-सी दीवार पर से एक चिड़िया फुदककर नाले के किनारे पर उड़ आई और पानी में अपना सिर भिगोने लगी।

"सात समुन्दर पार उस विचित्र देश में कौन पहुँच पाता होगा?"

बच्ची खिलखिलाकर हँस पड़ी।

"तुम्हें इतना भी नहीं मालूम?"

"वे लोग किसी-न-किसी दिन हमें अपने देश में ज़रूर बुलाएँगे। देख लेना।"

"किस दिन—कब?"

"जिस दिन यह काग़ज़ की नाव बहती हुई उस देश तक पहुँच जाएगी...।"

"वे कैसे जानेंगे?"

"क्यों न जानेंगे? नाव को देखकर क्या वे इतना भी नहीं समझ पाएँगे कि मैंने ही उसे पानी में बहाया है...?" उसकी आँखों में एक धुली, स्वप्निल दीप्ति जाग उठी...मानो सात समुन्दर पार का वह विचित्र देश सब दरियों को लाँघकर उसके सामने, बिलकुल पास आ गया है... फूलों का पुल, चाँदी की उड़ती हुई रेत, नीली झीलों में झलकते हुए सफ़ेद मलमली बादल, जिन पर सोने की मछलियाँ तैर रही हैं...मानो इन सबको लता माथुर की काग़ज़ की नाव ने अपनी नन्ही-सी गोद में समो लिया है।

एक क्षण...मुझे लगा कि बीते हुए दिन बीत गए हैं, बढ़ती हुई उम्र पीठ से उतर गई है। आज कल से बँधा न होकर मुझसे जुड़ा है... जो आज हूँ। सब कुछ धुली हुई सीपी में समा गया है, जिस पर कोई

बोझ नहीं, कोई बाँध नहीं...जो कालातीत, सुदूर छोर पर धूप और जल की उनींदी लहरों पर गिर-उठ रहा है, गिर-उठ रहा है...।

समय के धुँधले सीमान्त पर मेरा बचपन, माँ का झुर्रियों भरा चेहरा...सब कुछ भीगी धूप के काँपते, सिहरते आँचल पर नीली धुंध की चिप्पियों-सा उड़ रहा है। सपनों की बासी गन्ध मानो तितली के रंगीन परों से बूँद-बूँद ढुरककर विस्मृति की क़ब्रों पर उगी हुई पीली घास में खो गई है...जहाँ कुछ फूल उग आए हैं, भीगे से फूल...

और मुझे लगता है, ज़िन्दगी कितनी हल्की है।

फिर अचानक मुझे लता माथुर की हँसी और ताली बजाने का स्वर सुनाई दिया। नाव नाले के उजले फेनिल जल में डूबती-उतराती बही जा रही थी।

मैंने देखा...और देर तक देखता रहा।

इस घटना को बीते अरसा गुज़र गया। मैं अब भी बेकार हूँ, लेकिन अब 'एम्प्लायमेंट एक्सचेंज' के दफ़्तर जाने की आदत छूट-सी गई है। मैं अकसर अपने कमरे में बन्द रहता हूँ। किन्तु जब कभी मेह बरसने लगता है और कमरे में रुआँ-रुआँ-सा धुँधलका घिर आता है...तब आज की तरह सिगरेट पीने के बहाने बाहर निकल आता हूँ। नाले में बहते पानी को देखता हुआ मैं अकसर कुछ सोचने-सा लगता हूँ। मुझे लगता है कि हवा में काँपती भीगी घास, ढलान से पानी में झुकी हुई झाड़ियाँ और नाले में नहाती हुई चिड़ियों के परों की फड़फड़ाहट...सब एक धीमे स्वर में धीरे-धीरे कुछ गुनगुना रहे हैं...एक अपरिमेय रहस्यमयता की सुर-लहरी में माया का मर्म गरजने लगता है।

"यहाँ से बहुत दूर, सात समुन्दर पार एक छोटा-सा देश है..." फिर कहानी शुरू हो जाती है...और मैं सुनने लगता हूँ।

तीसरा गवाह

क्लब के उस कमरे में, जहाँ हम बैठे थे, अँगीठी में सुलगती हुई लकड़ियाँ पटाखों-सी खड़-खड़ बज उठती थीं। दूसरे कमरे में बिलियर्ड का खेल जारी था और गेंदों का एक-दूसरे से टकराने का धीमा-सा स्वर हमें बार-बार सुनाई दे जाता था। ब्रिज खेलने के बाद एक हल्की-सी उदासी घिर आई और हम चुपचाप 'स्कॉच' पीते हुए कुछ लम्हों के लिए अपने-अपने में सिमट गए थे। "बहुत मुमकिन है कि शादी के बाद उसने अपनी ग़लती महसूस की हो। आख़िर सच्चे प्रेम की गहराई का तो शादी के बाद ही पता चलता है। इसमें इतनी आश्चर्यजनक बात क्या है? ऐसी वारदात तो रोज़ देखने-सुनने में आती है।" वकील साहब ने कहा।

मुझे याद नहीं आता कि हममें से किसने ऐसी बात कह दी थी, जिसने बाद में उस दिलचस्प और तनिक कौतूहलपूर्ण बहस का रूप धारण कर लिया था। केवल इतना याद है कि आर्मी-इंजीनियर कैप्टन

मोहित सेन ने बातों-ही-बातों में अपने एक कर्नल मित्र का ज़िक्र छेड़ दिया था, जिसने कुछ वर्ष पहले प्रेम-विवाह किया था, किन्तु जिसकी पत्नी चन्द दिनों बाद ही किसी अज्ञात कारण से उसे छोड़कर चली गई थी। हमें इस घटना में कोई विशेष दिलचस्पी न होती, यदि हमारे मित्र हाईकोर्ट के वकील मि. कौल ने (जो अवकाश के समय अगाथा क्रिस्टी और पीटर शेने के उपन्यास पढ़ा करते थे) अचानक प्रेम और विवाह के सम्बन्ध में अपनी घिसी-पिटी धारणा प्रकट न की होती।

वकील साहब की बात को हममें से किसी ने ज़्यादा महत्त्व नहीं दिया। हम ख़ामोश बैठे रहे। बात शायद वहाँ ख़त्म भी हो जाती, किन्तु उसी समय एक विचित्र घटना घटी। हमने देखा कि रोहतगी साहब चुपचाप स्कॉच का तीसरा पैग गिलास में भरने लगे हैं। यह सचमुच एक अनहोनी घटना थी। हमने उन्हें शायद ही कभी एक या दो पैग से ज़्यादा पीते देखा हो। अकसर वह क्लब की लायब्रेरी से पुस्तकें लेने आया करते थे। कभी-कभी हमारे अनुरोध पर ब्रिज खेलने रुक जाया करते थे। वह प्राय: अपनी कुर्सी पर चुपचाप बैठे रहा करते थे। मुझे याद नहीं पड़ता कि कभी उन्होंने हमारी बहसों में भाग लिया हो।

हम सबका ध्यान बरबस उनकी ओर आकर्षित हो गया। वह अधमुँदी आँखों से गिलास को देखते हुए कुछ अजीब ढंग से मुस्करा रहे थे। वह मुस्कान हमें काफ़ी भयावह-सी जान पड़ी, क्योंकि उसका उनके भावहीन और निष्प्रभ चेहरे से कोई सम्बन्ध न था—मानो वह कोई निर्जीव छाया थी जो उनके चेहरे पर भूले से भटक आई थी।

"हम केवल अनुमान ही लगा सकते हैं, वकील साहब। सच्ची बात उस लड़की के अलावा शायद कोई नहीं जान सकेगा और मुझे सन्देह है कि क्या वह ख़ुद भी सही कारण जान पाएगी?" रोहतगी साहब ने बहुत ही धीमे स्वर में कहा।

"आपका मतलब मैं ठीक तरह से नहीं समझ सका," कैप्टन मोहित ने अपनी प्रश्न-भरी दृष्टि रोहतगी साहब पर गड़ा दी।

"दरअसल जब कभी मैं किसी के मुँह से सच्चे या झूठे प्रेम के बारे में सुनता हूँ, तो मुझे बहुत हैरानी होती है। मैं समझता हूँ कि प्रेम—अगर ऐसी कोई चीज़ है तो—बहुत महत्त्वहीन और आकस्मिक परिस्थितियों में आरम्भ होता है और उसका अन्त भी शायद बहुत ही छोटे और अर्थहीन कारणों से हो जाता है," रोहतगी साहब ने पूर्ववत गिलास को देखते हुए धीरे-धीरे अटकते स्वर में कहा।

"मैं आपकी बात मानने के लिए तैयार नहीं हूँ," वकील साहब ज़रा गर्म हो गए, "कौन स्त्री अपनी मरज़ी से उस आदमी को छोड़कर चली जाएगी, जिसे वह सचमुच सच्चे दिल से चाहती है। हाँ, अगर वह सनकी या पगाल हो तो बात दूसरी है।"

"जिस लड़की को मैं जानता था, वह पागल या सनकी कुछ भी न थी, लेकिन फिर भी...।" रोहतगी साहब सहसा चुप हो गए। उनकी आँखों में अवसाद की हल्की-सी छाया सिमट आई।

हमने आग्रह किया कि वे बात खोलकर कहें। पहले वह तनिक झिझके, किन्तु कुछ देर के लिए ही। हमें ज़्यादा अनुरोध नहीं करना पड़ा। तीसरे पेग की तरल खुमारी, अँगीठी में सुलगती आग की नर्म गरमाहट, ठंडी रात का सूनापन और क्लब के उस छोटे-से कमरे का अपना एकान्त, सबने मिलकर हमारे और उनके बीच की दूरी पाट दी, बीच का व्यवधान हट गया और वह आर्मचेयर पर सिर टिकाकर धीरे-धीरे कहने लगे—

उन दिनों मैं शहर के एक बहुत पुराने पिछड़े इलाक़े में रहा करता था। आमदनी कम थी, लेकिन मेरी ज़िम्मेदारियाँ भी ज़्यादा नहीं थीं। छोटे-मोटे काम के अलावा एक स्थानीय प्रकाशक की पुस्तकों के प्रूफ़ भी जाँच लिया करता था। कभी-कभी माँ भी पिताजी से छिपाकर कुछ

रुपये भेज दिया करती थीं। शुरू-शुरू में अकेलापन अखरता था। कई बार अपने घर वापिस लौट जाने की इच्छा होती थी। फिर धीरे-धीरे अपने में रहना सीख गया। किसी हद तक मैं अपने को ख़ुशक़िस्मत कह सकता हूँ, क्योंकि सिवा इस घटना के जो मैं आपको सुनाने जा रहा हूँ, मुझे अपने सीमित घेरे से बाहर निकलने की कभी कोई आकांक्षा तक नहीं हुई।

किन्तु फिर भी चाहे हम कितने ही नीरस और तटस्थ क्यों न हों, सबसे अलग-अलग रहे, फूँक-फूँककर पाँव रखे, पर हमारे भीतर के कुछ स्थल हैं, जो बहुत ख़ामोश हैं और कब, किस अनजाने क्षण में वे हमारी आँखों को मूँदकर ख़ुद आगे निकल जाएँगे, दूसरी राहों पर मुड़ जाएँगे, इसका पता चलाना असम्भव-सा लगता है।

वह क्षण उस रात को आया था...

ऊपर की मंज़िल पर ही मकान की छत थी। इसके दोनों ओर के कमरे आमने-सामने पड़ते थे। पहले-पहल दूसरे कमरे का ताला देखकर मुझे आश्चर्य हुआ था। मैंने सोचा था कि शायद मकान- मालिक ने उस कमरे को किसी कारणवश किराये पर नहीं चढ़ाया है। किन्तु बाद में मेरा यह भ्रम ग़लत साबित हुआ। एक दिन बन्द खिड़की के शीशों से झाँककर मैंने देखा कि कमरा ख़ाली नहीं है। दीवार की खूँटियों पर कुछ मैले कपड़े टँगे थे। कोने के आले में जड़ा राधाकृष्ण का एक घटिया-सा चित्र था, जिसके शीशे पर चन्दन और रोली के लाल-पीले चिह्न छिटके हुए थे। आले के नीचे टीन के दो सन्दूक़ एक-दूसरे पर दीवार के सहारे टिके हुए थे। ऊपर के सन्दूक़ पर पुरानी चादर में बँधे बर्तनों की एक पोटली रखी हुई थी।

मुझे कोई सन्देह नहीं रहा कि कमरा किराये के लिए ख़ाली नहीं है। किन्तु फिर इतने दिनों से इसमें ताला क्यों बन्द है? जो लोग यहाँ रहते हैं, वे कहाँ चले गए? यदि हमेशा के लिए चले गए हैं, तो पीछे अपना सामान क्यों छोड़ गए?

मेरे मस्तिष्क में ये प्रश्न जितनी सहजता से उठे थे, उतनी ही सहजता से मिट भी गए। कुछ दिनों बाद मैं उस कमरे के अस्तित्व तक को भूल गया।

उस रात अचानक आँख खुल गई। मुझे लगा जैसे आसपास कहीं से कुछ दबी आवाज़ें आ रही हैं। दरवाज़ों और खिड़कियों को धकेल-धकेलकर खोला जा रहा था। मैं कच्ची नींद से जागा था, इसलिए आँख लगते देर न लगी। किन्तु कुछ ही देर बाद मैंने सुना कि कोई बहुत धीरे-धीरे मेरा दरवाज़ा खटखटा रहा है।

"माफ़ कीजिए, इस वक़्त आपको तकलीफ़ दी..." आवाज़ बहुत पतली और धीमी थी; अधूरा वाक्य बीच में ही ठिठका, सहमा-सा खड़ा रह गया था।

"कहिए," मेरे स्वर में हल्की-सी झुंझलाहट थी।

"आपके पास एक मोमबत्ती तो नहीं होगी?" मेरे पास मोमबत्ती नहीं है। मेरे उत्तर को सुनकर वह शायद पीछे मुड़ी होंगी। मैं दरवाज़ा बन्द करने वाला ही था कि हठात् मुझे कुछ याद आ गया।

"देखिए...मेरे पास एक फ़ालतू बल्ब है, उसे आप ले जा सकती हैं।" वह चुप खड़ी रहीं। मैं अलमारी से बल्ब ले आया।

"लेकिन..." वह कुछ हकलाकर चुप हो गईं।

"क्या बात है?"

"मुझे बल्ब लगाना नहीं आता।" मुझे आश्चर्य हुआ, क्या उनके साथ और व्यक्ति नहीं हैं? किन्तु मैंने उस समय कोई प्रश्न नहीं पूछा। चप्पल पहनी और उनके पीछे-पीछे सामने कमरे की ओर चल दिया।

अँधेरे कमरे में दियासलाई जलाकर स्विच का पता चलाया। जब तक कमरे में अँधेरा था, ठीक था, औपचारिकता के बन्धन दब गए थे। बत्ती जलते ही अन्धकार का मौन परिचय तीखी रोशनी में डूब गया और हम नये सिरे से अजनबी हो गए।

दीवार से सटे पलंग पर एक अधेड़ स्त्री कम्बल ओढ़े लेटी थी। बत्ती जलते ही वह कुहनी पर सिर उठाए उठ बैठी और मुझे देखने लगी।

"आप यहीं रहते हैं? सामने वाले कमरे में?" उसने पूछा।

"जी हाँ, अभी कुछ दिनों से यहाँ रह रहा हूँ।"

"आप हमारे जाने के बाद आए होंगे; पहले वह कमरा ख़ाली था।"

मैं चुप खड़ा रहा।

"आपको बहुत कष्ट हुआ। दरअसल हम शाम को ही आने वाले थे, लेकिन बीच में गाड़ी लेट हो गई।"

मुझे लगा वह बीमार हैं, क्योंकि ज़रा-सी बात करते ही उनकी साँस फूलने लगी और वह तकिये पर निढाल होकर लेट गईं।

मेरा काम समाप्त हो गया था। इस दौरान वह लड़की चुपचाप पलंग से सटकर कोने में खड़ी थी। मैं जाने लगा तो उसकी आँखें मुझ पर अनायास उठ आईं—निरीह, ख़ामोश। मैंने सोचा, शायद वह मुझे धन्यवाद देगी। मैं इस आशा में जाते-जाते एक क्षण के लिए ठिठक भी गया। किन्तु उसने कुछ नहीं कहा। आँखें जैसे चुपचाप उठी थीं, वैसे ही चुपचाप झुक गईं। मैं बाहर चला आया।

उस रात देर तक वे निरीह, ख़ामोश आँखें अँधेरे कमरे में मेरे आसपास भटकती रहीं। वे आँखें मुझे इसलिए अजीब नहीं लगीं कि वे अपने सम्बन्ध में कोई रहस्य खोलती थीं, बल्कि उन्हें देखकर मैं अपने बारे में ही सोचने लगा था—मानो किसी सूनी, सुनसान गली में चलता हुआ मैं अचानक अधखुली खिड़की के नीचे खड़ा हो गया हूँ और अधीर मन बार-बार यह कह उठता हो कि यहाँ मैं पहले कभी आया हूँ।

उस रात के बाद आने वाले दिनों में उनके कमरे और मेरी कोठरी की सीमाएँ किन छोटी-मोटी घटनाओं के बीच गुज़रती हुई एक-दूसरे के निकट सरक आईं, उन्हें आज याद नहीं कर पाता। वह अधेड़ स्त्री नीरजा की माँ थीं, एक लम्बे अरसे से बीमार पड़ी थीं। इलाज के लिए ही दोबारा इस शहर में लौट आना हुआ था। मैं रात को कभी देर से घर आता तो अकसर उनके कमरे की बत्ती जलती हुई देखता। जब कभी मैं किसी शाम जल्दी घर लौट आता, तो उनके पास काफ़ी देर तक बैठा रहता। मेरे प्रति उनके कैसे विचार रहे होंगे, यह मैं आख़िर तक नहीं जान पाया, किन्तु उन्हें अपनी बीमारी की चर्चा करते अच्छा लगता था। मेरे सम्बन्ध में उनकी धारणा कुछ भी क्यों न रही हो, पर वे अपनी छोटी-छोटी परेशानियों को लेकर काफ़ी विस्तार से मुझसे बातचीत किया करती थीं। उन्हीं से मुझे पता चला कि नीरजा के पिता पहले उन्हीं के साथ इस शहर में रहते थे। रिटायर होने पर सरकारी नौकरी के दौरान जो थोड़ी बहुत पूँजी जमा की थी, उसे लेकर उन्होंने अपने शहर मुरादाबाद में एक छोटा-सा होटल खोल दिया है। कुछ दिनों में यदि उनका कारोबार चल निकला तो वह इन्हें भी अपने पास मुरादाबाद बुला लेंगे। फ़िलहाल अपने किसी पुराने परिचित डॉक्टर से इलाज करवाने वह नीरजा को लेकर यहाँ चली आई थीं। “मेरा मन तो उन्हीं के पास अटका रहता है, इसे न जाने यह शहर क्यों अच्छा लगता है। इसकी ज़िद न होती, तो शायद टाल जाती”—वह नीरजा की ओर स्नेह-भरे उलाहने से देखने लगीं।

मेरी दृष्टि अचानक नीरजा पर उठ आई और उस क्षण मुझे लगा कि उस रात जो आँखें चुपचाप झुक गई थीं, वे अब रफ़्ता-रफ़्ता उठना, उठकर स्थिर रहना जान गई थीं, गो चुप वे अब भी रहती थीं। मुझे लगता, जैसे उसे इतने दिनों बाद भी मेरी उपस्थिति में एक अजीब डर-सा लगता रहता था। जब कभी मैं उससे कोई बात कर रहा होता, तो बीच-बीच में

मुझे विचित्र-सा सन्देह होने लगता कि वह मेरी बात नहीं सुन रही, अझिप आँखों से केवल मेरे चेहरे को देख रही है, और फिर लगता कि देख वह मुझे भी नहीं रही है, केवल उसकी आँखें मेरे चेहरे पर टिकी हैं।

वह छुट्टी का दिन रहा होगा। मैं दोपहर-भर कमरे में बैठा रहा था। माँ का पत्र आया था। घर-बार की बातें लिखी थीं। अन्त में दबे शब्दों में पूछा था कि कब तक कोई पराये शहर में रह सकता है। बाबू कहते हैं कि जब नौकरी नहीं करनी, तो जैसा अपना घर वैसा बाहर। कोई विशेष अन्तर नहीं पड़ता। शायद उनकी बात ठीक थी। कोई क्षण आता है कि आदमी फ़ैसला कर लेता है। हर छोटा-सा फ़ैसला एक लम्बी राह तक घिसटता रहता है और ज़िन्दगी ख़त्म हो जाती है। दोपहर-भर मैं यही कुछ सोचता रहा था और जब दरवाज़ा खोलकर बाहर आया तो हल्की-सी ख़ुशी हुई थी, क्योंकि कोई भी रास्ता पीछे नहीं जाता और मैं जो जी रहा हूँ, कोई भी फ़ैसला लेने से इनकार कर सकता था।

किन्तु उस ख़ुशी के पीछे एक तनाव था। एक खिंची-खिंची-सी अपूर्णता उन दिनों मुझ पर छाई रहती थी। नीरजा के कमरे में अब भी जाता था, किन्तु अब पहली-सी सजगता नहीं रह गई थी। लगता था नीरजा जो मुझे चौंकी-चौंकी निगाहों से देखती है, वह मेरा अपना डर है जिसे उसने ले लिया है, और मेरा कोई हिस्सा है जो उसके सामने बरबस अनावृत हो जाता है, जिससे मैं घृणा करता हूँ, किन्तु जिसे वह विस्मय से देखती है।

उसके अगले दिन माँ की तबीयत पूछने मैं उनके कमरे की ओर चला आया। दरवाज़ा खटखटाने पर नीरजा बाहर आई। मुझे देखकर उसने धीमे स्वर में कहा—"माँ अभी सो रही हैं।" मुझे कुछ आश्चर्य हुआ। "तबीयत तो ठीक है?" मैंने पूछा। "कल रात हल्का-सा बुख़ार चढ़ आया था। आज कमज़ोरी-सी महसूस कर रही थीं।" "अच्छा मैं

फिर जाऊँगा," मैं पीछे मुड़ गया, किन्तु अपने कमरे में न ज़ाकर छत की मुँडेर के पास आकर खड़ा हो गया।

मुझे शाम को अकेले कमरे में बैठना अच्छा नहीं लगता। उन दिनों भी नहीं लगता था। उस समय कहीं बाहर जाने का मन नहीं हुआ। छत पर खड़े होकर नीचे देखता रहा। धीरे-धीरे अँधेरा गाढ़ा हो गया। गली के चौराहे पर लैम्पपोस्ट जलने लगा। मैं पीछे अपने कमरे की ओर मुड़ा तो पाँव सहसा ठिठक गए। मुझसे कुछ दूर, जहाँ हमारी छत की मुँडेर ख़त्म होती है, नीरजा खड़ी थी।

"तुम यहाँ कब से खड़ी हो? मुझे पता भी नहीं चला।" मैंने उसके पास आकर कहा।

"यूँ ही ज़रा बाहर चली आई, अम्मा अभी सो रही हैं।"

हम चुपचाप सामने गली के मकानों की छतों को देखते रहे।

"मुझे बड़ा अजीब-सा लगता है नीरजा, मैं कई दिनों से तुमसे पूछना चाह रहा था, मेरे सामने तुम इतना ख़ामोश क्यों हो जाती हो?" नीरजा ने चौंककर मेरी ओर देखा मानो उसे मेरा प्रश्न बड़ा विचित्र-सा जान पड़ा हो। फिर धीरे से उसने अपना सिर मोड़ लिया।

"इसमें अजीब बात कुछ नहीं है, मुझे कभी समझ में नहीं आता कि आपसे कैसे बात करूँ?"

"वैसे ही जैसे औरों से करती हो..."

"और कौन? अम्मा के अलावा यहाँ किसी से बात नहीं होती।"

"नीरजा, तुम सबसे इतना दूर-दूर क्यों रहती हो?" मैंने पूछा। मेरी आँखें नीरजा के चेहरे पर उठी रहीं। वह गली की रोशनियों के पार अँधेरे में देख रही थी, अँधेरे के परे आकाश था जहाँ कुछ तारे टिमटिमाने लगे थे।

"पता नहीं। मैं हमेशा से ऐसे ही रहती आई हूँ। मुझे कभी अजीब नहीं लगता।"

हम दोनों चुप खड़े रहे। अँधेरे में हम मानो एक-दूसरे को टटोल रहे थे। लगता था, जैसे उसके चारों ओर एक दीवार खड़ी है, जिसके पीछे कुछ भी नहीं दीखता, वह शायद ख़ुद भी नहीं दीखती, वह शायद ख़ुद भी नहीं देख पाती। भीतर कमरे से अम्मा की आवाज़ सुनाई दी। वह शायद जाग गई थीं। नीरजा के जाने के बाद भी मैं देर तक अँधेरे में छत की मुँडेर से सटा हुआ खड़ा रहा। बहुत लम्बे अरसे बाद मुझे उस शाम अपना घर, अपना शहर और उनसे जुड़ी बहुत दूर की भूली-बिसरी स्मृतियाँ याद हो आई थीं। क्या बाबू ठीक कहते थे, क्या सब एक-सा ही रहता है, कहीं कभी कोई अन्तर नहीं होता और उम्र बीतती जाती है...?

मैं अपने कमरे में चला आया। उस शाम नीरजा से जो कुछ कहना चाहता था, वह कुछ भी न कह पाया। हममें शायद 'कुछ' ऐसा है, जो हमेशा अनकहा रह जाता है, जो मौन की एकान्त छाया में पलता है, और वहीं चुपचाप झर जाता है।

उस दिन के बाद मैंने उनके कमरे में जाना छोड़ दिया। मुझे अपने ऊपर विश्वास नहीं रहा था। नीरजा के सम्मुख मुझे अपने में एक असहाय-सी कमज़ोरी महसूस होने लगती, मानो वह मुझे किसी ऐसी चीज़ के लिए मजबूर कर रही हो, जहाँ मैं अपने को सर्वथा बेबस पाता हूँ। मुझे अपने से घृणा होने लगती। मैं जान-बूझकर रात को देर से घर वापिस लौटता, सुबह जल्दी निकल जाता। दिन-भर की आकुलता काम तले दबी रहती। मैंने सोच लिया था कि कुछ दिन के लिए अपने शहर चला जाऊँगा। अगर वापिस आना हुआ तो दूसरा कमरा किराये पर लेकर रहूँगा। यहाँ रहकर मुझे हमेशा अपने से भय लगता रहेगा, मानो मैं किसी चीज़ से कतरा रहा हूँ। लगता रहेगा जैसे कोई अज्ञात शक्ति मेरी ज़िन्दगी के सीमित घेरे को बरबस तोड़ रही है...।

उस रात मैं रोज़ की तरह देर से घर आया था। सीढ़ियाँ चढ़कर सीधे अपने कमरे की ओर पाँव बढ़ा दिये। दरवाज़े के सामने आकर

मेरे पाँव आगे नहीं बढ़ सके। मुझे लगा मानो ढेर-सा ख़ून मेरी छाती के भीतर जमा हो गया है। कमरे के आगे अँधेरे में जँगले में सटी हुई जो छाया खड़ी थी, वह नीरजा हो सकती है, इस पर एकाएक विश्वास नहीं हुआ।

"आपको माँ बुलाती हैं। उनकी तबीयत कुछ ठीक नहीं जान पड़ती।"

मैं चुपचाप उसकी ओर देखता रहा। मुझे समझ में नहीं आ रहा था कि मेरे जाने से क्या होगा। मेरे भीतर कहीं पत्थर-सी जड़ता उभर आई थी।

"क्या आप कुछ देर के लिए आ सकेंगे?" उसके स्वर में हल्का भीगा-सा कम्पन था—मानो वह ज़बरदस्ती अपने आग्रह को दबा रही हो। कहीं कोई खिंचाव था, जो अपने में अवश ढीला हुआ जाता था।

"तुम चलो, मैं अभी आता हूँ।" वह चली गई और मैं न जाने कितनी देर तक चाभी हाथ में लिये बन्द दरवाज़े के आगे अँधेरे में खड़ा रहा। अम्मा की हालत अच्छी नहीं जान पड़ी। उनका माथा जल रहा था और साँस उखड़-उखड़कर चलती थी। इंजेक्शन की शीशी ख़ाली पड़ी थी। मैंने नीरजा से पानी गर्म करने के लिए कहा, अम्मा की रज़ाई पर एक कम्बल डालकर उन्हें अच्छी तरह ढक-लपेटकर लिटा दिया। हमारे मुहल्ले की सब दुकानें बन्द हो चुकी थीं, इसलिए मॉल से इंजेक्शन लाने पड़े। वापिस आते हुए रास्ते में डॉक्टर का घर पड़ता था। उन्हें अपने संग घर ले आया। डॉक्टर ने अम्मा को देखकर बताया कि चिन्ता करने की कोई बात नहीं है, और वह इंजेक्शन लगाकर चले गए। अम्मा की साँस नियमित रूप से चलने लगी थी और वह करवट बदलकर सोने लगी थीं। नीरजा कमरे के कोने में जड़वत निश्चल-सी खड़ी थी, उसकी ओर देखने का मुझे साहस नहीं हुआ। उस सूने वातावरण में अम्मा की भारी साँसों के अलावा कुछ भी सुनाई नहीं देता।

"पहले मुझे ख़बर क्यों नहीं दी?" मैंने पूछा।

"एक-दो बार आई थी, लेकिन आप अपने कमरे में नहीं थे," उसने कहा।

"इधर कुछ काम ज़्यादा रहता है," मैंने टालते हुए कहा। मैं प्रतीक्षा कर रहा था कि नीरजा कुछ कहेगी। इतने दिन जो नहीं आया था, उसके लिए शायद उलाहना देगी। किन्तु जब कुछ देर तक वह नहीं बोली, तो अनायास मेरी आँखें उसके चेहरे पर उठ आईं। उस क्षण जो देखा, वह आज भी नहीं भूल पाया हूँ। दीवार से चिपके हुए उसके दोनों हाथ काँप रहे थे, होंठ खुले के खुले रह गए थे, त्रस्त काली-सी फटी-फटी आँखें हवा में टँगी-सी रह गई थीं। मैं लपककर उसके पास आ गया। "नीरजा...!" मुझसे आगे कुछ नहीं कहा गया। उसने मुझे देखा। एक क्षण के लिए मानो वह मुझे पहचान न पाई। फिर उसने मेरा हाथ पकड़ लिया। कुछ देर वह अपलक मुझे देखती रही।

"क्या माँ मर जाएगी?" उसके होंठ फड़फड़ाए थे।

"क्या कहती हो नीरजा! वह बिलकुल ठीक हैं।" मैंने कहा।

"जब तुम डॉक्टर को बुलाने गए थे, मैं अकेली रह गई थी। तब मुझे लगा था जैसे माँ भी कमरे में नहीं हैं। और मैं बिलकुल अकेली रह गई हूँ।" उसने मेरा हाथ छोड़ दिया। एक मुरझाई-सी मुस्कान उसके सूखे होंठों पर सिमट आई।

"यह सब पागलपन है...तुम्हारे मन में अजीब विचार आते हैं।" मेरे भीतर का काठिन्य रेत की दीवार की तरह ढहने लगा था।

"माँ ने कई बार आपके बारे में पूछा था," उसका स्वर बहुत धीमा-सा हो आया था।

"मुझे बुलाया क्यों नहीं?"

"पिछले कुछ दिनों से आप अलग-अलग रहते थे। मेरी हिम्मत नहीं पड़ी।" उसकी आँखें नीचे झुक आईं।

मैं चुपचाप उसकी ओर देखता रहा। मुझे लगा मानो बरसों से जमा हुआ अकेलापन धीरे-धीरे उघड़ने लगा है। मैं खिड़की के पास चला आया। महीन, पीली-सी चाँदनी मकानों की छतों और नंगी दीवार पर पड़ रही थी। कितने घर थे एक-दूसरे से सटे हुए—दूर-दूर तक फैले हुए—और मुझे लगा कि बहुत से आदमी, जिनमें से मैं भी हूँ, बहुत दूर तक चले आते हैं, फिर हमारे जाने बिना कहीं बहुत भीतर कुछ ख़ामोश हो जाता है। हम बड़े हो गए हैं, उम्र में, अनुभव में, किन्तु ख़ामोशी का दायरा बढ़ता जाता है। कोई भी शायद उसका साझीदार नहीं हो पाता...

और उसी क्षण मैंने अचानक निश्चय कर लिया...उस रात जब मैं सोने लगा, तो लग रहा था मानो एक भारी बोझ दिल से हट गया हो। अपनी ओर से मैं निश्चिन्त हो गया था, किन्तु क्या नीरजा मानेगी?

आज भी वह शाम नहीं भूला हूँ...उस रात के बाद नीरजा से कई बार मिलना हुआ था। किन्तु हर बार एक अजीब-सा भय मुझे रोक लेता था। उन दिनों अकसर नीरजा मेरे कमरे में आती थी और थकी-सी बैठ जाती थी, और मैं चुपचाप प्रूफ़ पढ़ता हुआ उसे देख लेता था। कभी-कभी मुझे अपने पर अविश्वास होने लगता। क्या मैं उसे समझ पाया हूँ? कई बार मैंने उसके अतीत के सम्बन्ध में प्रश्न पूछे थे। वह मेरे हर प्रश्न का उत्तर एक-दो शब्दों में ही दे दिया करती थी और फिर चुप हो जाया करती थी। लगता था मानो जो बातें हमें एक-दूसरे से करनी चाहिए, वे हम अपने से ही कर लिया करते थे और कहीं दूर जाकर उस मौन को समेट लिया करते थे जो बातों से बाहर था, किन्तु हम दोनों का अपना था।

आज सोचता हूँ तो लगता है कि नीरजा का अपना एक अलग अस्तित्व था जिसे मैं हर क्षण महसूस करता था, किन्तु जिसे मैं कभी छू भी नहीं सका। वह बरसों से अकेली रही थी और अपने माँ-बाप के अतिरिक्त उसने केवल मुझे इतने निकट से जाना था। किन्तु मुझे देखकर

उसे कुछ विचित्र-सी उलझन और घबराहट होने लगती थी। कहीं कोई अदृश्य दरवाज़ा था, जिसके पीछे नीरजा ने अपनी सूनी, अकेली घड़ियों को जोड़-जोड़कर एक अपना अलग स्वप्न-जगत बना लिया था, जहाँ वह दिन-रात सोए हुए प्राणी की तरह चलती रहती थी। मुझे लगता जैसे मैं हमेशा उस दरवाज़े के बाहर खड़ा रहा हूँ...।

क्या मेरे लिए पीछे लौट जाना सम्भव था? उस शाम मैंने देखा कि नीरजा अम्मा की दवा लेने बाहर जा रही है। मैं अपने रास्ते से मुड़ गया और धीरे-धीरे एक कोने में खड़ा, उसके बाहर आने की प्रतीक्षा करता रहा। मेरा दिल तेज़ी से धड़क रहा था। मैं कई दिनों से इस क्षण की प्रतीक्षा कर रहा था, किन्तु इस समय मैं कुछ भी नहीं सोच रहा था और बिलकुल चुपचाप खड़ा था। दवा की शीशी हाथ में पकड़े वह डिस्पेंसरी से बाहर निकली और ज़मीन पर आँख गड़ाए (वह हमेशा ऐसे ही चलती थी) मेरे सामने से निकल गई।

"नीरजा," मैंने उसके पास आकर धीरे से कहा। वह चौंककर ठिठक गई। उसकी भयभीत आँखें मुझ पर उठ आईं।

"आप?" उसके स्वर में हल्का-सा कम्पन था। "चलो, खड़ी क्यों हो गई?" मैंने कहा। हम दोनों सड़क के किनारे-किनारे चलने लगे। घर में हम कितनी ही बार एक-दूसरे से मिले थे, तब अकेले कमरे में भी अकेलेपन से डर लगता था। किन्तु गली की भीड़ में, लैम्पपोस्ट की मद्धिम रोशनी के नीचे चलते हुए लगा मानो हमारा अकेलापन एक-दूसरे से कटकर अलग-अलग हो गया है।

गली के आगे एक छोटा-सा उजाड़ बगीचा था—किसी समय पास खड़े पुराने चर्च का एक भाग रहा होगा। चारों ओर धूल से लदी-फँदी झाड़ियाँ लगी थीं। बच्चों के खेलने के लिए सी-सॉ के लकड़ी के पट्टे और दो-चार झूले लगे थे। मैदान के सामने आकर वह अचानक रुक गई।

"आप कहाँ जा रहे हैं?" उसके स्वर में भय से लिपटी एक विस्मित-सी आतुरता थी।

"तुम ज़रा देर में घर पहुँचोगी, तो अम्मा कुछ कहेंगी?"

वह चुपचाप मेरी ओर देखती रही। हम झाड़ियों के पास बेंच पर बैठ गए। अँधेरे में दोनों एक-दूसरे का चेहरा नहीं देख सकते थे। उसने दवा की शीशी को दोनों हाथों से पकड़ रखा था।

"तुम क्या कभी कुछ भी नहीं बोलोगी, नीरजा?" मैंने अपने हाथ उन हाथों पर रख दिये जिन्हें मैं देख नहीं सकता था, महज़ सोच सकता था कि नीरजा के हाथ हैं और महसूस कर सकता था उस गरमाहट को, जो उसकी अँगुलियों से निकलकर मेरे शरीर में फैलती जा रही थी।

"नीरजा, क्या तुम्हें मुझसे डर लगता है?"

उसने अपना सिर उठाया, एक दबी-सी साँस हवा में लड़खड़ा गई, उसकी आँखों में उस क्षण क्या रहा होगा, जो मैं अँधेरे में नहीं देख पाया?

जब जिस क्षण हम जीते हैं, तब कुछ भी नहीं होता, कुछ भी नहीं कहा जाता। एक भूख रह जाती है, अजीब सूखी-सूखी-सी भूख, एक भीगा-सा मोह उमड़ आता है। नीरजा ने हाथ नहीं हटाया। वह शायद प्रेम नहीं था, कुछ बहुत पुराना ख़ून था, जो पोर-पोर में सरसराता-सा भर आया था। लगता था जैसे हम दोनों सूखे पत्तों से, अपने-अपने अकेलेपन से उड़कर बरसों की भूख के उस खोखल में मिल गए हैं जो अचानक उस शाम हम दोनों के बीच खुल गया था। मैंने नीरजा से कुछ भी नहीं छिपाया—धीरे-धीरे सब कुछ कह दिया। नीरजा मान गई। एक महीने बाद हम ब्याह कर लेंगे...मैंने कहा और नीरजा रोने लगी।

रोना भी कैसा होता है! उस रात सड़क पर आकर मैंने बार-बार लैम्पपोस्ट के धुँधले आलोक में अपने गीले हाथों को देखा था। अँधेरे में वह रोई थी और मुझे कुछ भी पता न चला था।

अगले दिन मैंने कोर्ट में अपना और नीरजा का नाम दर्ज करवा दिया।

मुझे मालूम था कि नीरजा को मुझ पर अटूट विश्वास है। वह आँख बन्द करके मेरी बात मान जाएगी। किन्तु मुझे लगता था कि यह सत्य नहीं है; सत्य शायद वह भय था जो बार-बार मेरे और उसके बीच दीवार-सा खड़ा हो जाता था। उसके मन में दिन-रात शंकाएँ उठती रहती थीं। कई बार जब वह मेरे कमरे में आती थी तो उसकी थकी-क्लान्त मुद्रा को देखकर लगता था कि वह रात-भर सो नहीं पाई है। मैं ख़ुद बहुत अनिश्चित था, सोचता था, क्या यह सब ठीक है, क्या इतनी ख़ुशी, इतना सुख निबाह पाऊँगा? इतने वर्ष जो अकेले अपने में बिता डाले थे, उनकी जड़ता को तोड़ते हुए मन घबरा-सा जाता था। किन्तु जब नीरजा सामने होती, तो मैं बड़ी सतर्कता से अपनी आशंकाओं को ढाँप रखता। मैं जानता था कि मेरी ज़रा-सी भी कमज़ोरी उसके विश्वास को सदा के लिए तोड़ देगी।

हमने तय कर लिया था कि विवाह के बाद कुछ दिनों तक मैं और नीरजा एक मित्र के घर रहेंगे। नीरजा अपने पिता को एक पत्र में सब कुछ विस्तारपूर्वक लिख देगी। नीरजा ने बताया कि बाबू ज़्यादा अड़चन नहीं डालेंगे। वह नीरजा की इच्छा के विरुद्ध कभी कुछ भी नहीं करते और विवाह हो जाने के बाद वह नीरजा के निश्चय को चुपचाप स्वीकार कर लेंगे। अम्मा को क्लेश तो होगा, किन्तु बाबू के मान जाने पर वह ज़्यादा दिनों तक अपने को नीरजा से दूर नहीं रख सकेंगी। हमने निश्चय कर लिया था कि विवाह के बाद अम्मा हमारे घर में ही रहेंगी।

आज सोचता हूँ, तो वह महीना सपने-सा लगता है...इन दिनों मैंने देखा था कि नीरजा का चेहरा जैसा अब तक देखता आया था, वैसा नहीं था। सीढ़ियाँ चढ़ मैं अपने कमरे की ओर जाने लगता, तो

आँखें अनायास सामने वाले कमरे पर मुड़ जातीं। मैं जानता था कि वह खड़ी होगी, फिर भी जब उसे देखता तो चकित-सा रह जाता। उसकी आँखों की आत्मीयता सहसा अपने में घेर लेती। उसके चेहरे पर हल्की धूप-सी मुस्कान सिमटी रहती और मुझे लगता मानो बहुत देर अँधेरे में रहने के बाद मैं बाहर आया हूँ, और मेरी आँखें अचानक चकाचौंध-सी हो गई हैं...।

ख़ामोश वह अब भी रहती थी, किन्तु अब पहले-सी दूरी मिट चली थी। कभी-कभी लगता था कि वह मुझे भी अपनी ख़ामोशी के उन छिपे, धुँधले कोनों तक ले जाती थी जहाँ वह मुझसे अलग, अकेले में इतने बरस तक रही थी। उन दिनों मुझे पहली बार पता चला था कि हमारी भूख केवल भविष्य के क्षणों में संग जी लेने की चाह नहीं थी, वह उस अतीत की ओर भी जाती थी जहाँ हम दोनों अकेले थे और जिसे हम दोबारा एक-दूसरे के संग जी लेना चाहते थे...।

जिस दिन हमें कोर्ट जाना था, उससे एक दिन पहले की बात है। शाम को जब घर वापिस लौटा तो अम्मा छत पर अकेली खड़ी थीं। लम्बी बीमारी ने उन्हें इतना दुर्बल बनाकर छोड़ दिया था कि वह बहुत कम कमरे से बाहर निकला करती थीं। मुझे देखकर वह चौंक-सी गईं। कुछ देर तक स्तब्ध भाव से मुझे देखती रहीं।

"नीरजा न जाने अब तक क्यों नहीं लौटी?"

"क्यों, क्या वह घर में नहीं है?"

अम्मा ने बताया कि अभी कुछ देर पहले तक वह छत पर ही खड़ी थी। जब उन्होंने बुलाया तो उसका कोई जवाब नहीं आया। रसोई में जाकर देखा, वहाँ भी नहीं थी। तब से वह छत पर खड़ी होकर उसकी राह देख रही हैं।

"आप कमरे में बैठिए, मैं अभी देख आता हूँ।" मेरा स्वर काँपने लगा था।

मैं तेज़ी से ज़ीना उतरकर गली में आ गया। उस छोटे से बाज़ार की जिन दुकानों में नीरजा जा सकती थी, उन सबको देखता हुआ मैं सड़क के दूसरे छोर तक आ गया। जब वापिस मुड़ने को हुआ तो अचानक मेरे मस्तिष्क में एक पुरानी स्मृति बिजली-सी कौंध गई। मैं सीधा चलता गया। कुछ दूर चलने के बाद मैं गिरजे की पुरानी इमारत के सामने खड़ा था। मेरा अनुमान सही निकला। मैली, भूरी झाड़ियों से सटी हुई बेंच पर नीरजा बैठी थी। वही बेंच थी जहाँ हम बहुत दिन पहले एक शाम बैठे थे, ढलती हुई पीली धूप छोटे-छोटे घास के टुकड़ों पर झिलमिला रही थी।

उसने मुझे देख लिया था। जब मैं उसके पास बेंच पर बैठ गया, तो भी वह मुझे एकदम चुपचाप देखती रही थी।

"तुम अम्मा से कहकर भी नहीं आईं?" मैंने कहा।

"जब बाहर आई थी तो इधर आने का इरादा नहीं था," उसने सामने फैले मैदान पर आँखें गड़ा दीं। उसके चेहरे को देखकर मैं आतंकित-सा रह गया। मुझे लगा मानो उसके चेहरे का यह सहमा-सा भाव मैंने पहले कभी नहीं देखा था और अचानक मुझे वह रात याद हो आई, जब माँ बीमार पड़ी थीं और वह कमरे में अकेली रह गई थी।

उसने धीरे से मुस्कराकर मेरी ओर देखा।

"उस शाम मैंने पहली बार अपने बारे में सोचा था," उसके स्वर में घनी-सी तरलता भर आई थी, "मैंने कभी स्वप्न में भी नहीं सोचा था कि मैं इतनी हिम्मत कर पाऊँगी। उस रात देर तक नींद नहीं आई थी।"

"क्या सोचती रही थी?"

"अम्मा बताती हैं, बचपन से ही मैं बहुत डरपोक थी। रात को कमरे की बत्ती जलाकर उनके पास सोती थी। आज भी बाहर निकलते जी घबराता है। सोचती रही, फिर यह सब कैसे हो गया?"

"नीरजा, एक बात पूछूँ, सच-सच बताओगी?"

"क्या?"

"तुम्हें कोई पछतावा तो नहीं है?" नीरजा कुछ क्षणों तक निश्चल-ख़ामोश बैठी रही, फिर उसने अपनी काँपती पलकें मुझ पर उठा दीं—देर तक मुझे देखती रही। अचानक उसका समूचा शरीर पत्ते-सा हिल उठा। उसने कसकर मेरे दोनों हाथ पकड़ लिये, उसके होंठ फड़फड़ा उठे।

"देखो इधर मेरी ओर देखो। तुमने क्या कभी किसी को इतना सुखी देखा है?"

"नीरजा, क्या बात है?"

"कुछ भी नहीं—मैं एक बार यहाँ आना चाहती थी...याद है, जब हम पहली बार यहाँ आए थे, इसी बेंच पर बैठे थे, अम्मा की दवा की शीशी मेरे हाथ में थी।"

हम दोनों उस पुराने बेंच की लम्बी धूमिल छाया के नीचे बैठे रहे। नीरजा की अँगुलियाँ मेरे हाथों में दबी बार-बार सिहर उठती थीं।

उस शाम उसने मुझे पहली और आख़िरी बार 'तुम' कहा था।

अगले दिन मैं बहुत व्यस्त रहा। मुझे पहले से ही सूचित कर दिया गया था कि विवाह के समय कोर्ट में तीन गवाहों का मौजूद होना आवश्यक है। जिस मित्र के घर हमें विवाह के बाद कुछ दिनों तक रहना था, उनसे कोई बात छिपी न थी। कोर्ट में सम्पन्न होने वाली विवाह-प्रणाली के वह तीव्र विरोधी थे, किन्तु पुरानी मित्रता की ख़ातिर उन्होंने गवाह बनना मंजूर कर लिया था। दूसरे गवाह मेरे प्रकाशक मित्र थे, जिनकी पुस्तकों के प्रूफ़ मैं समय-समय पर पढ़ दिया करता था। वह अपने को बड़े गर्व से उदारपंथी कहा करते थे और कभी-कभार हिन्दू समाज में बढ़ते हुए भ्रष्टाचार के विरुद्ध लेख भी छपवाते थे। वह सहर्ष गवाह बनने के लिए राज़ी हो गए। स्थानीय हाईस्कूल के एक

मास्टर मेरे तीसरे गवाह बने। वह मेरे शहर के निवासी थे और अब तक अविवाहित थे। मेरी बात सुनकर उन्होंने ईर्ष्या और अविश्वास से मेरी ओर देखा, फिर विरक्त भाव से हँस दिया। विवाह की तिथि और समय के अलावा उन्होंने रजिस्ट्रेशन कोर्ट का पता भी बड़ी सावधानी से अपनी फटी-पुरानी नोट-बुक में लिख लिया। उन्होंने मुझे बतलाया कि उस दिन वह स्कूल से छुट्टी ले लेंगे। सन्दिग्ध भाव से मुस्कराते हुए मुझे बधाई दी और समय पर पहुँचने का वादा किया।

रोहतगी साहब अचानक बीच में ही चुप हो गए। कुछ देर तक अँगीठी में बुझी हुई लकड़ियों को देखते रहे। फिर आँखें ऊपर उठाईं और सरसरी निगाह से हमारी ओर देखा। हम सबकी आँखें उन पर जमी थीं। उन्होंने धीरे से गिलास उठाया और उसमें जितनी व्हिस्की बची थी, उसे बिना सोडा मिलाए एक घूँट में ही पी गए।

मैं आज भी उस दिन की घटनाओं को पूरी तरह साफ़-साफ़ याद नहीं कर पाता। जब कभी सोचता हूँ, हर बार कोई नया नुक्ता उभर आता है; जिसकी तरफ़ पहले ध्यान नहीं गया था, या किसी बात का नया पहलू नज़र आने लगता है, जिसे पहले न देख सका था।

आज जब याद करता हूँ, तो मेरी आँखों के सामने वह कोर्ट-रूम घूम जाता है जहाँ हम मुश्किल से दस मिनट ठहर पाए थे। वह एक लम्बा अँधेरा कमरा था, जहाँ दिन के समय भी बत्ती जलती रहा करती थी। मजिस्ट्रेट की कुर्सी ख़ाली पड़ी थी। बाहर चपरासी ने हमें बताया था कि वह कुछ ही मिनटों में आते होंगे। बीच में एक लम्बी मेज़ थी, जिसके दोनों ओर धूल में अटी पुरानी कुर्सियाँ रखी थीं। कमरे में घुसते

ही हमने देखा कि दरवाज़े के पास एक छोटे-से स्टूल पर कोई व्यक्ति अधमुँदी आँखों से हमें घूर रहा था। बाद में हमें पता चला कि वह मजिस्ट्रेट साहब का क्लर्क था। उसके होंठ विकृत मुद्रा में मुड़े थे, जिसे देखकर लगता था मानो वह व्यंग्यात्मक भाव से मुस्करा रहा है। हम आगे बढ़े ही थे कि वह झपटकर हमारे पास आ गया। उसके हाथ में एक पतला-सा रजिस्टर था जिसके पन्ने वह तेज़ी से पलटता जा रहा था। आख़िर एक स्थान पर उसकी निगाहें अटक गईं। रजिस्टर को आँखों के पास खींचकर कर्कश आवाज़ में उसने दो नाम पढ़ दिये। फिर नीरजा की ओर घूरते हुए बोला, "क्या ये आप ही के नाम हैं?"

कमरे में घुसते ही नीरजा का चेहरा पीला पड़ गया। उसके इस प्रश्न को सुनकर वह हतबुद्धि-सी मेरी ओर देखने लगी।

"देखिए, आप मुझसे बात कीजिए, ये नाम हमारे नहीं हैं।" मैंने ज़िन्दगी में वे नाम पहली बार सुने थे।

"आपके ये नाम नहीं हैं? यह कैसे हो सकता है।" उसने सन्देह-भरी दृष्टि से पहले मुझे, फिर नीरजा को देखा।

उसकी मिचमिचाती आँखों के सामने नीरजा का विवर्ण चेहरा कातर-सा हो आया था। किन्तु कुछ देर बाद उसे हमारे नाम मिल गए। उसने रजिस्टर बग़ल में दबाते हुए पूछा, "आपके गवाह कहाँ हैं?"

"अभी आते होंगे," मैंने लापरवाही से उत्तर दिया।

"देखिए, वे लोग तो नहीं हैं?"

उस कमरे से सटा हुआ एक दूसरा कमरा था, जिसकी ओर जल्दी में मेरी दृष्टि नहीं गई थी—वहीं मेरे मित्र और प्रकाशक महोदय बैठे थे। वे हमारे पास बड़े कमरे में आ गए।

"आप लोग यहाँ अपना नाम और पता दर्ज करा दीजिए," उसने उन दोनों के सामने रजिस्टर खोलकर रख दिया, "आपके तीसरे गवाह कहाँ हैं?"

मैंने चारों ओर नज़र दौड़ाई, किन्तु मेरे शहर-निवासी हाईस्कूल के अध्यापक कहीं दिखाई नहीं दिये। क्लर्क की तीखी आँखों के सामने मैं असमंजस में पड़ गया। वह अब भी सन्देह की दृष्टि से मुझे देख रहा था—उसके होंठों की व्यंग्यात्मक मुस्कान और भी अधिक गहरी हो गई थी।

"मजिस्ट्रेट साहब अभी आते होंगे, उस वक़्त तीन गवाहों का मौजूद होना ज़रूरी है," किन्तु दूसरे ही क्षण उसका स्वर धीमा पड़ गया। उसने नीरजा की ओर देखा और अश्लील भाव से मुस्कराते हुए कहा, "मैं आपकी परेशानी समझता हूँ बाबूजी, यहाँ कई बार ऐसी मुश्किल आ पड़ती है—लोग दूसरे शहरों से ले आते हैं, लेकिन गवाह नहीं ढूँढ़ पाते, कहिए तो मैं कोई बन्दोबस्त करवा दूँ?"

मैंने उसकी ओर देखा। मेरी आँखों में कुछ रहा होगा कि वह आगे कुछ नहीं बोल सका, और चुपचाप हमारे सामने से चला गया।

क्या नीरजा ने क्लर्क की बात सुन ली है? उस समय मुझमें इतना साहस नहीं था कि मैं नीरजा के चेहरे को देख सकूँ।

मैंने अपनी आँखें फेर लीं, और दरवाज़े के बाहर देखने का उपक्रम करने लगा। इसी बीच मजिस्ट्रेट आए, किन्तु यह जानकर कि अभी तीसरा गवाह नहीं आया है, उल्टे पाँव लौट गए। वह बहुत व्यस्त जान पड़ते थे। जाते समय क्लर्क से कह गए थे कि जब गवाह पूरे हो जाएँ तो वह उन्हें बुला ले। इस बीच नीरजा मेज़ पर सिर टिकाए चुपचाप बैठी रही थी, उसके पीले चेहरे पर एक निस्पन्द, सूना-सा भाव घिर आया था।

मैं हर क्षण मास्टर साहब के आने की प्रतीक्षा कर रहा था। बाहर मेघाच्छन्न आकाश और चारों ओर धुँधलका-सा घिर आया था। कमरे में बत्ती का बुझा-बुझा प्रकाश वातावरण को और भी अधिक बोझिल बना रहा था। प्रकाशक महोदय और मेरे मित्र राजनीति के किसी प्रश्न

पर बहस कर रहे थे और जब उनमें से किसी की आवाज़ ज़रा ऊँची हो जाती तो कोने में बैठा हुआ क्लर्क तीखी, क्रुद्ध दृष्टि से उनकी ओर देखने लगता। जब वे कुछ देर के लिए चुप हो जाते, तो एक विचित्र भयावह-सा सन्नाटा छा जाता और कमरे की हर चीज़—लम्बी काली मेज़, क्लर्क का रजिस्टर, मद्धिम रोशनी में डूब नंगी दीवारें—निर्जीव और निरर्थक-सी दीखने लगतीं।

"आपके मित्र कब तक आएँगे?" प्रकाशक महोदय ने घड़ी देखते हुए पूछा।

"उन्हें अब तक आ जाना चाहिए था," मैंने अनिश्चित स्वर में कहा।

"आप बैठिए, हम कुछ देर के लिए बाहर हो आते हैं, अगर वह कहीं आसपास हुए तो उन्हें भी अपने संग लेते आएँगे," मेरे मित्र ने कहा। वह अध्यापक महोदय से परिचित थे। मैं भी उनके संग फाटक तक चला आया। मुझे बाहर मुश्किल से पाँच मिनट लगे होंगे। जब मैंने कमरे में प्रवेश किया तो एकाएक अपनी आँखों पर विश्वास नहीं हुआ। देखा, नीरजा की कुर्सी ख़ाली पड़ी है। मैं कुछ देर तक विस्मित-सा खड़ा उस ख़ाली कुर्सी को देखता रहा। फिर मैंने जिज्ञासा-भरी निगाहों से क्लर्क की ओर देखा, किन्तु वह पूर्ववत निर्लिप्त भाव से अपने रजिस्टर पर लिख रहा था। हठात् मेरी आँखें उस छोटे-से कमरे की ओर खिंच गईं जो कोर्ट-रूम के भीतर होता हुआ भी उससे अलग जान पड़ता था।

नीरजा भय-त्रस्त आँखों से मुझे देख रही थी।

मैं जब उसके पास आया, तो वह अपने में सिकुड़ गई। उसका चेहरा पत्थर-सा निश्चेष्ट और भावहीन हो आया था।

"क्या बात है नीरजा, यहाँ क्यों खड़ी हो?"

"मैं यहाँ से जाऊँगी।"

उसकी आँखों में एक भयानक-सा रूख़ापन सिमट आया था।

"नीरजा...सुनो," मैंने धीरे से अपना हाथ उसके कंधे पर रख दिया।

"नहीं...यहाँ नहीं...नहीं," उसने मेरा हाथ अपने कंधे पर से हटा दिया।

"पागल मत बनो, अभी कुछ देर में..."

किन्तु उसी क्षण मुझे लगा मानो नीरजा के भीतर उन चन्द मिनटों में एक अजीब-सा परिवर्तन आ गया था और मुझे एक बहुत पुरानी बात याद हो आई—कोई भूला-भटका-सा क्षण आता है, जब मन फ़ैसला कर लेता है। हर छोटा सा फ़ैसला एक लम्बी राह तक घिसटता रहता है और ज़िन्दगी ख़त्म हो जाती है। क्या मैं उस नीरजा को पहचानता था, जो चौंकी-चौंकी-सी पथराई आँखों से मुझे देख रही थी।

इससे पहले कि मैं कुछ कह पाऊँ, वह कोर्ट-रूम से बाहर जा चुकी थी।

क्लर्क रजिस्टर से सिर उठाकर चुपचाप मेरी ओर देख रहा था। चोरों की तरह उससे आँखें बचाता मैं बाहर चला आया।

देर तक बाहर कोर्ट के अहाते में खड़ा रहा था, मुझे लग रहा था कि अनजाने में कहीं कोई ग़लती हो गई, जो अभी कुछ देर में सुधर जाएगी। मैं बार-बार अपने को झूठा विश्वास दिला रहा था कि वह कुछ दूर जाकर वापिस लौट आएगी। उस क्षण उसका लौट आना मुझे अनिवार्य-सा लग रहा था।

कुछ देर बाद मैं भागता हुआ बस-स्टैंड की तरफ़ गया था। मैंने सोचा था कि शायद नीरजा से यहाँ मिल सकूँ। किन्तु वह कहीं भी दिखाई नहीं दी। जब मैं वहाँ से जाने लगा तो देखा मास्टरजी बस से उतरकर कोर्ट की तरफ़ जा रहे हैं। सौभाग्यवश उन्होंने मुझे नहीं देखा।

दिन-भर बाहर रहा। जब रात को सोने के लिए अपने कमरे में आया तो देखा, उनके कमरे में रोशनी नहीं जली है। मेरे पाँव उनके

कमरे की ओर मुड़ गए। दरवाज़े पर ताला लगा हुआ था। बाद में मकान मालिक से मालूम हुआ कि वे शाम की गाड़ी से मुरादाबाद चली गई थीं।

रोहतगी साहब चुप हो गए। उनकी आँखें कालीन के रंग-बिरंगे पैटर्न में कोई अदृश्य चीज़ खोज रही थीं। दूसरे कमरे में बिलियर्ड का खेल काफ़ी पहले समाप्त हो चुका था, और अब उस क्लब से हमारे अलावा प्राय: सब लोग जा चुके थे। कमरे की घनी नीरवता सिमट आई थी, अँगीठी में भी कभी-कभी किसी अधजली लकड़ी से चिनगारी कड़क उठती थी और फिर शान्त हो जाती थी।

"मैं पहले यही सोचता था कि नीरजा को शायद मुझसे प्रेम नहीं था किन्तु मेरे मन में बार-बार एक विचार आता है..." रोहतगी साहब अचानक रुक गए। हम सब प्रश्न-भरी निगाहों से उन्हें देख रहे थे।

"मुझे लगता है कि कोर्ट-रूम में बिताए वे दस मिनट ही सबसे अधिक महत्त्वपूर्ण थे।"

"हम आपका मतलब नहीं समझे," वकील साहब ने पूछा। हम सब आश्चर्य से रोहतगी साहब को देख रहे थे। उनकी आँखें कहीं दूर शून्य में जाकर अटक गई थीं।

"कोर्ट का वह अजीब भयानक कमरा, उस क्लर्क की मनहूस मुस्कराहट, नीरजा को छोड़कर मेरा बाहर चला जाना, अगर यह सब न होता तो शायद कुछ भी न बिगड़ता। मुझे काफ़ी हैरानी होती है, जब मैं सोचता हूँ कि यह सब कुछ सिर्फ़ एक छोटी-सी ग़लती का परिणाम था।"

"कैसी ग़लती?" कैप्टन मोहित सेन ने पूछा।

"कभी-कभी सोचता हूँ कि अगर मास्टर साहब समय पर आ जाते तो शायद..."

किन्तु उन्होंने अपना वाक्य पूरा नहीं किया और ज़ोर से ठहाका मारकर हँसने लगे, "ख़ैर, छोड़िए, 'नाइट-कैप' के लिए आख़िरी एक-एक पैग ही और पी जाए।"

एक क्षण के लिए हममें से कोई हिल-डुल न सका, किन्तु दूसरे ही क्षण हमने चुपचाप अपने-अपने गिलास आगे कर दिये।

अँधेरे में

बीच की तीन पगडंडियों को पार करके बानो आती थी। आते ही पूछती थी, "कुछ पता चला?" मेरा मन झूठ बोलने के लिए मचल उठता। सोचता, कह दूँ—"हाँ, पता चल गया...हम दिल्ली जा रहे हैं।" लेकिन बानो झूठ ताड़ जाएगी, इसलिए आँखें मूँदे रहता।

बानो मेरे माथे पर हाथ रखती। जब उसका हाथ ठंडा लगता, मैं जान जाता कि अभी बुख़ार है, जब गर्म लगता तो मन उल्लसित हो उठता। आँखें खोलकर पूछता—"कैसा लगता है बानो?" और बानो निराशा-भरे स्वर में कहती, "अभी तो कम है, लेकिन शाम तक ज़रूर चढ़ जाएगा।" बानो समझती थी कि जब तक बुख़ार रहेगा, हम उसके संग शिमले में ही रहेंगे—बुख़ार उतरने लगता, तो उसे निराशा होती। जब कभी बानो की आहट मिल जाती, मैं जान-बूझकर पास रखे ठंडे पानी से अपना माथा रगड़ लेता। जब वह आती तो उसका हाथ अपने माथे पर रखकर पूछता, "देख

तो बानो, कितना ठंडा है।" बानो गुमसुम-सी खिड़की के बाहर देखती रहती।

खिड़की के बाहर नीले जंगल हैं, ऊँची-ऊँची पहाड़ियाँ हैं, पेड़ों के घने झुरमुट हैं। जब हवा का झोंका परदे को डुलाता हुआ भीतर आता है, दूर-दिगन्त की एक स्वप्निल-सी ख़ुशबू कमरे में बिखर जाती है।

"इन पहाड़ों के पीछे दिल्ली है, है न बानो?" मैं पूछता।

बानो ने चुपचाप सिर हिला दिया—उसे दिल्ली की बातों में कोई दिलचस्पी नहीं थी। कभी-कभी मुझे उस पर काफ़ी तरस आता—उस बेचारी ने अब तक दिल्ली नहीं देखी थी। उसके अब्बा का दफ़्तर बारहों महीने शिमले रहता था।

"मैं आज गई थी—अपने घर," बानो ने कहा। जिस 'अपने घर' का नाम सुनकर मैं सब कुछ भूल जाता था, आज उसके प्रति मेरे मन में कोई उत्सुकता नहीं जगी।

"मेरे अलूचे तुम ले लेना...बानो," मैं आँखें मूँदे लेटा रहा।

"तुम्हारे गले-सड़े अलूचे कौन खाएगा, जब दिल्ली जाओगे, अपनी पोटली में बाँधकर ले जाना।" बानो खीजकर बाहर बरामदे में भाग गई।

मुझे ग़ुस्सा आने लगा। लेकिन बीमारी में ग़ुस्सा भी टूटा-टूटा आता है, कोई भी भाव अन्त तक नहीं पहुँच पाता, बीच रास्ते में ही सूख जाता है। जब रोने को जी करता है, तो रोना नहीं आता, आँखें बिफरी-सी रह जाती हैं। जब ख़ुशी होती है, तो दिल तेज़ी से नहीं धड़कता, केवल होंठ काँपकर रह जाते हैं।

इन दिनों मेरे कमरे में आने से पहले बानो की तलाशी ली जाती थी कि कहीं वह खट्टे अलूचे और कच्ची ख़ूबानियाँ लुक-छिपकर भीतर न ले आए। उसके दुपट्टे के सिरे में नमक-मिर्च की पुड़िया बँधी रहती—बीमारी से पहले अलूचों को उनमें भिगोकर हम चटनी बनाया करते थे।

बानो ने जिसे अभी 'अपने घर' कहा था, वह पड़ोस में एक भुतहा मकान था, जो बारहो महीने ख़ाली-उजाड़ पड़ा रहता था। कहते थे, वहाँ एक मेम ने अपने हाथों अपने को जान से मार लिया था। उस मकान का एक कमरा ग़ुसलख़ाने से खुलता था—वहीं मैं और बानो अपनी कच्ची-पक्की ख़ूबानियों और अलूचों का ख़ज़ाना छिपाकर रखते थे। यह एक गुप्त व्यापार था, जिसकी ख़बर अभी तक किसी तीसरे व्यक्ति के कान में नहीं पड़ी थी।

बानो बाहर बरामदे में देर तक झूला झूलती रही। जब वह झोटा लेकर झूला ऊपर लाती है, उसकी सलवार गुब्बारे-सी फूल जाती है। झूले को ऊपर-नीचे घूमता देखते हुए मेरी आँखें झपकने लगीं। कब आँखें लग गई, याद नहीं आता। सपना आया था। दोपहर को सोते हुए जो सपना आता है, वह मुझे हमेशा याद रहता है। दफ़्तर से बाबू का टिफिन लेने के लिए चपरासी आया है। उसने हँसते हुए बताया है कि हम दिल्ली जा रहे हैं। भुतहा मकान के कमरे की खिड़की से बानो मेरे अलूचों को बाहर फेंक रही है, और दूर पहाड़ियों में कालका-शिमला की रेल में वही मेम बैठी है, जिसने आत्महत्या की थी। बानो जो अलूचे बाहर फेंकती है, रेल के डिब्बे से वही मेम खिड़की से हाथ बाहर निकालकर उन्हें पकड़ती जा रही है।

जब मेरी आँख खुली तो बानो कब की जा चुकी थी।

शाम को माँ चाय लेकर आई, तो मैंने पूछा—"चपरासी आया था?" माँ ने हैरान होकर कहा, "हाँ आया था, क्यों?" "कुछ कहता था?" मैंने पूछा। माँ ने कहा, "नहीं—क्यों क्या बात है?" मैं कुछ नहीं बोला और तकिये के सहारे अधलेटा-सा चाय पीने लगा।

माँ ने थर्मामीटर लगाकर देखा, फिर झटक दिया। पहले मैं अपना बुख़ार पूछ लिया करता था, किन्तु जब देखा कि माँ झूठ बताती हैं, तो पूछना छोड़कर केवल उनके चेहरे को पढ़ने की कोशिश किया करता

था। कभी-कभी माँ मेरे गम्भीर चेहरे को देखकर कहतीं—"जल्दी ठीक हो जाओ, फिर दिल्ली चलेंगे।" वह इस निश्छल, हल्के ढंग से कहतीं, मानो ठीक होना मेरे बस की बात है, जैसे मैं जान-बूझकर ज़िद किये हुए बीमार पड़ा हूँ और वह मुझे ठीक होने के लिए फुसला-मना रही हैं। इससे मुझे ग़ुस्सा आता और मैं करवट बदलकर खिड़की की ओर मुँह मोड़ लेता। किन्तु उन्हें काफ़ी देर तक पता नहीं चला कि मैं ग़ुस्सा किये हूँ। मैं अपने पाँव ऐंठ लेता, दोनों हाथों की मुट्ठियाँ बन्द कर लेता और दाँतों को भींचता हुआ ज़ोर-ज़ोर से साँस लेने लगता। माँ जो खिड़की से बाहर देख रही होतीं, एकदम घबरा उठतीं। मेरे चेहरे को देखतीं, फिर एक ठंडी साँस लेकर सिरहाने बैठ जातीं। न जाने मैं कैसे जान लेता कि वह मेरे अभिनय को भाँप गई हैं। किन्तु ऊपर से वह कुछ नहीं बतलातीं...धीरे से अलमारी से कैडबरी चॉकलेट निकालकर मेरे तकिये के नीचे रख देतीं। "बाबू को मत बताना," उन्होंने मेरे बालों को अपनी अँगुलियों से सहलाते हुए कहा। दूसरे क्षण वह मुझे भूल गईं। उनकी अँगुलियों के निश्चित, अर्ध-सोए स्पर्श से मुझे पता चल जाता है कि वह स्वयं मुझसे कोसों दूर खो गई हैं। चॉकलेट जो मुझे दी है, वह मुझे रिझाने को नहीं, बल्कि मुझसे छुटकारा पाने के लिए, जिससे वह बिना किसी विघ्न-बाधा के अपने में सिमटी रह सकें। ऐसे क्षणों में मैं चुपचाप उनकी ओर देखता रहता। वह नहीं जानतीं कि मैं उनकी ओर देख रहा हूँ। उनके चेहरे के बल ढीले पड़ जाते, सब उतार-चढ़ाव मिट जाते और एक शून्य-सी समतलता बिछ जाती। मुझे लगता जैसे उनकी आँखों में सूखी तपिश की गरमाई-सी फैल गई है, किन्तु दूसरे क्षण ही भ्रम होता कि उनमें धुँधला-सा गीलापन है जो चमक रहा है। मुझे अकसर यह ख़ुशफ़हमी होती कि वह मेरी बीमारी के सम्बन्ध में सोच रही हैं—हालाँकि भीतर-ही-भीतर मुझे मालूम था कि ऐसे क्षणों में उनके ख़यालों से मेरा दूर का भी वास्ता नहीं है।

तब मैंने धीरे से उनके हाथ पर अपना हाथ रख दिया। वह एकदम हड़बड़ाकर चौंक गईं। मुझे लगा जैसे मैं उन्हें ज़बरदस्ती कहीं बहुत दूर से खींच लाया हूँ। वह मुझे कुछ देर तक घूरती रहीं। फिर अचानक मेरे होंठों को चूम लिया। मैंने क़मीज़ की बाँह से अपने होंठों को पोंछा, वह मुस्कराने लगीं।

"बच्ची, एक बात पूछूँ?"

"क्या?"

"अगर मैं कहीं चली जाऊँ, तो क्या तुम मुझे समझोगे?"

माँ अपलक, एकटक मुझे देख रही हैं।

"क्या मैं भी तुम्हारे संग चलूँगा?"

"न"—उन्होंने सिर हिलाया।

"बाबू के संग जाओगी?"

"न।"

"फिर...?" मैं विस्मित-सा उनकी ओर देखता रहा।

वह हँसने लगीं और मेरे संग पलंग पर लेट गईं।

मैंने अपने गाल उनके गालों से सटा लिये। माँ बहुत ख़ूबसूरत हैं। घर में सब उनसे डरते हैं; मुझे कभी-कभी काफ़ी आश्चर्य होता है कि उनमें कौन-सी ऐसी बात है जो सबको इतना आतंकित किये रहती हैं। वैसे डर मुझे भी लगता है—उनकी आँखों से, जब वह मेरे पास बैठकर मुझे देखती हैं।

मैं बहुत दिन पहले बाबू के संग उनके एक मित्र के घर गया था। वापिस आते हुए हमें पहाड़ी नाले के संग-संग ऊपर चढ़ना पड़ा था। ऊपर आकर हम पेड़ों के घने अँधेरे झुरमुट के बीच कुछ देर के लिए सुस्ताने खड़े हो गए थे। मैं उस जगह की वीरान चुप्पी से डर गया था।

आज जब कभी मैं माँ की आँखों को देखता हूँ, तो न जाने क्यों मुझे उस रात जंगल के झुरमुट का घना-घना-सा अँधेरा याद आ जाता है।

संगमरमर-सी चिकनी सफ़ेद उनकी बाँहें हैं, जिन्हें मैं शरमाते-शरमाते छूता हूँ। वह अपने बालों को बहुत कसकर बाँधती हैं, इसलिए उनका माथा इतना चौड़ा दिखाई देता है। बालों के बीचोबीच सीधी माँग है—जिसे देखकर अकसर मैं उदास हो जाता हूँ। उनके कान बहुत छोटे-छोटे हैं, गुड़िया के कानों से—जिन्हें वे अपने बालों के भीतर छिपाए रखती हैं। जब कभी वे मुझसे सटकर लेटती हैं, तो मैं उनके कानों को बालों के भीतर से निकाल लेता हूँ। मुझे बानो की बात याद आती है, और मेरे सारे शरीर में एक हल्की-सी झुरझुरी फैलने लगती है। "जिनके कान छोटे होते हैं," बानो ने एक दिन कहा था, "वे लोग बहुत जल्दी मर जाते हैं।" मैंने यह बात माँ को नहीं बताई है, सोचता हूँ, जब वह मरने लगेंगी तो कह दूँगा कि वह अपने छोटे-छोटे कानों की वजह से ही मर रही हैं।

कभी-कभी मुझे लगता है कि उन्हें मेरी बीमारी की विशेष चिन्ता नहीं है। मुझे लगता है कि वह यह भी भूल जाती हैं कि मैं बीमार हूँ। एक दिन जब मैंने केक खाने की इच्छा प्रकट की, तो उन्होंने बुआ अथवा बाबा की तरह मेरी नाजायज़ माँग का कोई विरोध नहीं किया। चुपचाप अलमारी से केक का टुकड़ा तश्तरी पर रखकर मेरे सामने धर दिया और ख़ुद आँखें मूँदकर कुर्सी पर लेटी रहीं। मुझे कुछ बुरा लगा और केक खाने की मेरी इच्छा उसी क्षण मर गई। मुझे भय था कि कुछ भी खा लेने से बीमारी लम्बी हो जाएगी, और तब दिल्ली जाने का दिन और भी पीछे टल जाएगा।

मुझे मालूम है—माँ दिल्ली नहीं जाना चाहतीं। इसका कारण मुझे आज भी समझ में नहीं आता, किन्तु एक बार उन्होंने यह बात बीरेन चाचा से कही थी।

कभी-कभी चोरी-चुपके से मैं माँ के कमरे में जाता हूँ। पिछले कुछ महीनों से माँ और बाबू अलग-अलग, अपने-अपने कमरे में सोते

हैं। पहले मुझे यह बात कुछ अजीब-सी लगी थी—किन्तु कुछ चीज़ें हैं, जिन्हें मैं किसी से नहीं पूछता, मन का एक कोना है, जिसमें सबकी आँखों से छिपाकर उन्हें दबा देता हूँ।

माँ का कमरा छज्जे के अन्तिम सिरे पर है। मुझे अपने कमरे से उनके कमरे की दो खिड़कियाँ दिखाई देती हैं—खिड़कियों के बीच दीवार का छोटा-सा टुकड़ा है, जिस पर पत्तों की जालीदार छाया हर शाम सिमट आती है। कभी-कभी खिड़की का नीला परदा उड़कर दीवार से चिपक जाता है, तब पत्तों की जाली दीवार से उठकर परदे पर मँडराने लगती है। खुली खिड़की से माँ का सिर दिखाई देता है। जब वह सिर ज़रा ऊपर उठाती हैं, तो धूप में उनका जूड़ा सुनहरा-सा होकर चमक उठता है। मैं समझ जाता हूँ, माँ खिड़की के पास कुर्सी पर बैठी पढ़ रही हैं।

मैं कई बार माँ के कमरे में गया हूँ—सोफ़े पर, उनके पलंग पर तकिये के पास, पलंग के नीचे किताबें बिखरी रहती हैं। माँ को शायद बहुत कम नींद आती है—रात को अनेक बार मैंने उनके कमरे में बत्ती का प्रकाश देखा है। सोचता हूँ, वह इन्हीं किताबों को पढ़ती रहती होंगी।

एक बार मैंने कोई किताब खोली थी, उस पर छोटे-छोटे, टेढ़े-नीले अक्षरों में बीरेन चाचा का नाम लिखा था—मैं मंत्रमुग्ध-सा उन अक्षरों में खो गया था। बाद में वह नाम मैंने माँ के कमरे में रखी अनेक किताबों पर देखा था।

मुझे बीरेन चाचा की छोटी-सी कॉटेज याद आती है, जहाँ एक दिन मैं माँ के संग गया था। एक बड़े कमरे में छत तक किताबें चुनी रखी थीं। हर शेल्फ़ के नीचे छोटी-छोटी सीढ़ियाँ खड़ी थीं, जिन पर चढ़कर किताबों को उतारना पड़ता था। दूसरे कमरे में टेढ़ी-मेढ़ी बेडौल शक्लों के अजीब चित्र टँगे थे, जिन्हें देखकर मैं स्तम्भित-सा खड़ा रह

गया था। बाबू बताते हैं कि लड़ाई से पहले बीरेन चाचा ने इन चित्रों को यूरोप में ख़रीदा था। मुझे बीरेन चाचा पर कभी अचम्भा होता, कभी दया आती—वह बारहों महीने सर्दी, गर्मी में इस निर्जन, अकेले मकान में कैसे रह पाते होंगे?

बाबू के मित्रों में शायद बीरेन चाचा का स्थान सबसे अलग है। बाबू केवल उनके संग मेरे कमरे में चाय पीते हैं—उनके अन्य मित्र बाहर बैठक में बैठते हैं। जब वह आते हैं, उस शाम मुझे जल्दी सोने के लिए मजबूर नहीं किया जाता—देर तक मेरे कमरे में ही बातचीत होती है। मेरे लिए ये रातें बहुत सुखद होती हैं।

एक शाम बीरेन चाचा जब हमारे घर आए, तो उनकी वेश-भूषा देखकर उन्हें एकदम नहीं पहचान सका। घुटनों तक लम्बे बूट, कंधे पर ख़ाकी थैला, दूसरे पर कैमरा और सिर पर सोला हैट—इस पोशाक में उनकी छोटी-सी दाढ़ी बड़ी बेमेल और कृत्रिम लग रही थी। पैंट की दोनों जेबों में किताबें ठूँस रखी थीं।

वह मेरे पलंग के पास आए और मुझसे हाथ मिलाया। वह मुझसे ऐसे पेश आते हैं जैसे मैं बीमार हूँ ही नहीं, और न कभी मेरी तबीयत ही पूछते हैं।

माँ पास की कुर्सी पर बैठी बुन रही थीं—एक बार उन्होंने बीरेन चाचा को देखा और फिर सिर झुका लिया।

उन्होंने बताया कि वह एक रात के लिए कुफ़्री जा रहे हैं, रेस्ट हाउस में ही ठहरेंगे और अगले दिन शाम तक वापिस लौट आएँगे।

"कहते हैं, रेस्ट हाउस का चौकीदार बड़ा क़ाबिल आदमी है। वह पिछले तीस साल से कुफ़्री में रह रहा है—उससे शायद कुफ़्री के बारे में बहुत-सी बातें मालूम होंगी," बीरेन चाचा ने कहा।

माँ के चेहरे पर हल्की-सी मुस्कान सिमट आई, मानो उनकी आँखों में बीरेन चाचा की बात रत्ती-भर मूल्य नहीं रखती।

"इस तरह के इंटरव्यू तुम कितने बरसों से ले रहे हो।" माँ ने आँखें झुकाए बुनते हुए कहा।

"ओह, तुम्हें विश्वास नहीं होता—लेकिन तुम्हें मेरे नोट्स देखने चाहिए।" बीरेन चाचा की नीली आँखें चमक उठीं। वह जब कभी अपनी किताब 'शिमला का इतिहास' का ज़िक्र छेड़ते हैं, माँ ऐसे ही हँसती हैं।

"कभी-कभी इस किताब के सिलसिले में खोज करते हुए अजीब चीज़ें मिल जाती हैं।"

"कैसी चीज़ें, बीरेन चाचा," मैं बीरेन चाचा की किताब के बारे में काफ़ी उत्सुकता दिखलाता हूँ। मुझे मालूम है, इससे उन्हें काफ़ी प्रसन्नता होती है।

"एक बहुत पुरानी फ़ोटो मिली थी—किसी अँगरेज़ ने ली होगी।"

"क्या था फ़ोटो में?" इस बार माँ की आँखें सलाइयों से ऊपर उठ जाती हैं।

"रेस-कोर्स की भीड़ दिखाई गई है...बहुत से लोग भीड़ में खो गए हैं, लेकिन एक अँगरेज़ लड़की का चेहरा बिलकुल साफ़ दिखता है—वह पवेलियन के पास छाता लिये खड़ी है—जबकि और सब लोगों की आँखें भागते हुए घोड़ों पर जमी हैं...वह गहरी उत्सुक आँखों से पीछे की ओर देख रही है—उसका इस तरह पीछे मुड़कर देखना मुझे काफ़ी अजीब-सा लगा।"

बीरेने चाचा अचानक चुप हो गए—माँ के हाथों में सलाइयाँ चलती-चलती ठहर गईं।

"फ़ोटो के नीचे लिखा था—'ऐननडेल, शिमला, 1903'...पचास साल गुज़र गए और वह वैसे ही छाता लिये पीछे मुड़कर देख रही है...।"

बीरेन चाचा धीरे से हँसने लगे, मानो उन्हें अपनी बात काफ़ी बेतुकी-सी जान पड़ी हो। माँ गुमसुम-सी उनकी ओर देख रही हैं और मुझे आश्चर्य होता है कि बीरेन चाचा कभी-कभी इस प्रकार की अर्थहीन-सी बातें क्यों करते हैं।

"कभी-कभी मैं सोचता हूँ कि लोगों की अपेक्षा शहरों की कहानी लिखना बहुत कठिन है—मेरे पास शिमला के बारे में इतने पुराने फ़ोटो नोट्स, किताबें, टूरिस्टों के यात्रा-लेख जमा हैं, किन्तु मुझे लगता है कि मैं किताब शायद कभी नहीं लिख पाऊँगा।"

"क्यों?" माँ ने पूछा।

"शहर...हर शहर—अपने में हमेशा इतना चुप जो रहता है।" बीरेन चाचा उठ खड़े हुए—धीरे से उन्होंने मेरा माथा छुआ।

"रास्ते में डॉक्टर मिले थे—कहते थे, दो-चार दिनों में तुम घूमने-फिरने लगोगे," उन्होंने तनिक झुककर मुझसे कहा।

"ज़रा बैठ जाओ—देखूँ, तुम्हारा फ़ोटो कैसा आता है!" उन्होंने अपने कंधे से कैमरा उतार लिया। मेरा फ़ोटो लेने के बाद वह अपनी छड़ी उठाकर जाने लगे।

"कब वापिस लौटोगे?" माँ ने पहली बार सीधे उनकी ओर देखा।

"शायद कल शाम तक—कुछ देर के लिए आऊँगा," बीरेन चाचा जब माँ की ओर देखते हैं, तो उनकी आँखें चौंधिया-सी जाती हैं—और वह अपना मुँह दूसरी ओर मोड़ लेते हैं।

"बीरेन चाचा..." मैं बुरी तरह शरमा रहा हूँ।

"क्या बच्ची?" उन्होंने आश्चर्य से मेरी ओर देखा।

"एक फ़ोटो मैं खींचूँगा।"

बीरेन चाचा ने मुस्कराकर कैमरा मेरे हाथों में थमा दिया।

माँ की ओर देखता हूँ...

"नहीं बच्ची, मेरी नहीं...।" माँ एकदम झुँझला-सी उठती हैं।

"सिर्फ़ तुम नहीं...बीरेन चाचा भी रहेंगे।" मैंने कहा। बीरेन चाचा का चेहरा क्षण-भर के लिए म्लान-सा हो उठा—वह माँ की ओर देखते हैं। माँ ने इस बार विरोध नहीं किया, वह कुर्सी से उठ खड़ी हुईं, "बच्ची, तुम बहुत ज़िद्दी हो," उन्होंने कहा।

"बीरेन चाचा, तुम जँगले के पास खड़े हो जाओ, वहाँ धूप आ रही है, और माँ, तुम इधर दाईं तरफ़।" मैं पलंग से उतरकर दीवार के सहारे खड़ा हो गया हूँ। मेरा सिर चकरा रहा है, लेकिन फ़ोटो ठीक आता है। आज भी वह फ़ोटो मेरे पास है...

कमरे में शाम का धुँधलका कब चुपके से घिर आया, पता नहीं चला। बीरेन चाचा बहुत पहले जा चुके थे। माँ मेरे पलंग के पास कुर्सी पर बैठी हैं—जब से बीरेन चाचा गए हैं, तब से वह वैसे ही चुपचाप बिना हिले-डुले उस कुर्सी पर अधलेटी-सी पड़ी हैं। मैं बत्ती नहीं जलाता, मुझे कमरे में अँधेरे का धीरे-धीरे आना अच्छा लगता है।

मेरी आँखों के सामने बहुत दिन पहले की एक शाम घूम जाती है—तब मैं बीमार नहीं पड़ा था। माँ उस शाम मुझे बीरेन चाचा के घर ले गई थीं।

हमें देखकर बीरेन चाचा हैरान से हो गए थे। फाटक खोलकर वह माँ के सामने ठिठक गए।

"पोनो—तुम..." एक क्षण के लिए वह खोए से खड़े रहे। पहली बार उन्होंने मेरे सामने माँ को उनके नाम से पुकारा था। उनके मुँह से माँ का नाम सुनकर मुझे बहुत अजीब-सा लगा था। माँ हँसने लगीं और न जाने क्यों मुझे माँ की वह हँसी अच्छी नहीं लगी—एक घुटा-घुटा-सा डर मेरे मन में समा गया।

"यूँ ही सैर को निकले थे, सोचा तुमसे मिलते चलें।" माँ ने कहा। पहली बार मैंने माँ को झूठ बोलते देखा था।

बीरेन चाचा की नीली आँखों में हल्का-सा विस्मय घिर आया। उन्होंने मेरी अँगुली पकड़ी और चुपचाप कॉटेज के भीतर चले आए।

वहीं मैंने पहली बार उनकी लायब्रेरी देखी थी। उन्होंने मुझे अपनी अलबमों में शिमले की पहाड़ियों, घाटियों और झरनों के फ़ोटो दिखलाए, जो उन्होंने अपनी किताब के लिए जमा किये थे। मेज़ पर ढेर-सी किताबों के पास हल्के रंग के शेड से ढका टेबल-लैम्प जल रहा था। उन्होंने जब दो चॉकलेटें मुझे दीं, तो मैं कुछ हैरान-सा हो गया। उन्होंने हँसते हुए कहा—"मेरे पास बहुत-सी रखी हैं, बर्फ़ के दिनों में बाहर जाना नहीं होता, इसलिए जमा कर रखता हूँ।" मैं क्षण-भर उन्हें देखता रह जाता हूँ। बीरेन चाचा बाबू से कितने अलग हैं—उनमें वह तनाव, बोझिल गम्भीरता अथवा भारीपन नहीं है, जो मैं बाबू में देखता हूँ। हर चीज़ पर उनका स्पर्श एक स्निग्ध कोमलता लिये रहता है। उनकी छोटी-सी दाढ़ी के ऊपर जो आँखें हैं, उन्हें देखकर मुझे हमेशा लगता है, जैसे वह धीमे-धीमे कुछ कह रही हों, मानो जिस वस्तु पर वे टिक जाएँगी, वह अपने आप सँवर-निखर जाएगी।"

"तुमने कभी बहुत पास से किसी पहाड़ी की चोटी पर बर्फ़ देखी है?" उन्होंने मुझसे पूछा। मैंने सिर हिला दिया।

"वहाँ से बर्फ़ का रंग बिलकुल नीला दीखता है। मैंने एक कलर्ड फ़ोटो लिया है..." वह उस फ़ोटो को लाने के लिए दूसरे कमरे में चले गए। मैं मेज़ पर रखी अलबमों को उलटने-पलटने लगा। हर फ़ोटो में शिमले का कोई-न-कोई दृश्य था : ग्लैन, जाखू, चैटविक फॉल। मैंने इन सब स्थानों को आसानी से पहचान लिया। कुछ देर बाद जब बीरेन चाचा नहीं आए, तो मैं ऊब गया। पास किताबों के शेल्फ़ पर एक छोटा-सा अलबम कोने में रखा था, मैंने उसे खोला और खोलते ही एक क्षण के लिए मुझे लगा—यह चेहरा मैंने कहीं देखा है, किन्तु दूसरे ही क्षण मेरी आँखें स्तब्ध-सी स्थिर हो गईं। फ़ोटो माँ का था।

क्या माँ कभी ऐसी थीं? मेरे भीतर कहीं एक गहरा-सा साँस उखड़ आया। वही चौड़ा-सा माथा, किन्तु उस पर छोटी-सी बिन्दी लगी थी, जो माँ अब नहीं लगातीं, दोनों चोटियाँ कंधे के नीचे लटक रही थीं, पूरे स्लीव का स्वेटर पहन रखा था और बालों के भीतर वही छोटे-छोटे कान छिपे थे। सहसा मुझे आभास हुआ कि इस चेहरे में कुछ ऐसा है, जिसका मुझसे कोई सम्बन्ध नहीं, बाबू से कोई सम्बन्ध नहीं।

फ़ोटो माँ का था, लेकिन उसमें माँ कहाँ थीं?

अचानक मुझे बीरेन चाचा के पैरों की आहट सुनाई दी। न जाने मेरे भीतर क्या चोर छिपा था कि मैंने डरकर झटपट वह अलबम किताबों में छिपा दी।

जब हम वापिस लॉन में आए तो हल्का, फीका-फीका-सा अँधेरा छाने लगा था। माँ शॉल में दुबकी हुई पत्थर की बेंच पर बैठी थीं।

"इतनी देर कहाँ लगा दी?" उन्होंने मुझे खींचकर अपने से सटा लिया। बीरेन चाचा माँ के पैरों के निकट घास पर बैठ गए। मेरी आँखें माँ के चेहरे पर टिकी रहीं, मानो मैं कुछ खोज रहा हूँ, माँ की आँखें, मुँह, माथा हर चीज़ अलग-अलग देखो तो वैसी ही थी, किन्तु आपस में मिलकर जो भाव बनता था, वह उस चेहरे से बिलकुल अलग था, जो मैंने अभी कुछ देर पहले बीरेन चाचा की अलबम में देखा था।

जो अन्तर है—उसे समझा नहीं सकता, उस पर अँगुली नहीं रख पाता...वह कैसा भाव था जो किसी लम्बी दूरी को हमारे पास ले आता है, लेकिन अपने को दूर ही रहने देता है।

"बच्ची क्या बात है—?" माँ मेरे बालों को धीरे-धीरे अपनी अँगुलियों में उलझाने लगीं।

मैंने सिटपिटाकर मुँह फेर लिया।

माँ ने आगे कुछ नहीं पूछा। हम तीनों इसी तरह अपने-अपने में सिमटे चुप बैठे रहे। जब से हम आए थे, बीरेन चाचा ने माँ से कोई

बात नहीं की थी। मुझे शुरू-शुरू में कुछ आश्चर्य-सा हुआ था, किन्तु मैंने उस पर अधिक ध्यान नहीं दिया।

लॉन पर नीला-नीला अँधेरा घिर आया। दूर पहाड़ियों के बीच छोटे-छोटे जुगनुओं सी बत्तियाँ बिखरी थीं—और अँधेरे में पहाड़ियों के छिप जाने से लगता था कि आकाश बहुत नीचे सरक आया है, कभी-कभी तो पता भी नहीं चलता कि तारों और बत्तियों में कौन-सी बत्तियाँ और कौन से तारे हैं।

बीमारी के दिनों में मुझे अकसर वह शाम याद आ जाती है—हालाँकि उस शाम कोई भी ऐसी बात नहीं हुई थी, जिसे याद रखा जाता। जब हम वापिस लौटने लगे, तो बीरेन चाचा कुछ दूर हमारे संग आए थे। फिर माँ के कहने पर कि हम ख़ुद चले जाएँगे, वापिस मुड़ गए थे। मैं और माँ कुछ दूर ऊपर की सड़क पर चुपचाप चढ़ते रहे। मैं तेज़ क़दमों से माँ के आगे-आगे चल रहा था। कुछ दूर चलने के बाद सहसा मेरे पाँव ठिठक गए। मुझे लगा, माँ मेरे पीछे नहीं आ रही हैं। मैं वापिस मुड़कर पीछे की ओर चलने लगा। अँधेरे में मेरा दिल ज़ोर-ज़ोर से धड़क रहा था।

कुछ दूर नीचे उतरकर अचानक मेरे पाँव रुक गए—मैं अँधेरे में आँखें फाड़ता हुआ हतबुद्धि-सा खड़ा रहा। माँ सड़क के मोड़ पर खड़ी थीं, किनारे पर लगी तार पर झुकी हुई—उनकी साड़ी का आँचल हवा से उड़कर कंधे पर आ गिरा था—अपने में बिलकुल खोई-सी वह अपलक नीचे देख रही थीं...

उतराई के नीचे थी—बीरेन चाचा की कॉटेज, जो शाम के धुँधलके में बिलकुल सूनी और निर्जन दिखाई दे रही थी। लायब्रेरी की खिड़की से आती हुई मद्धिम-सी प्रकाश-रेखा में लॉन की घास झिलमिला रही थी।

कुछ देर तक शाम के झुटपुटे में हम बिलकुल ख़ामोश खड़े रहे, फिर माँ अचानक आगे मुड़कर चलने लगीं—उनकी चाल इतनी धीमी थी कि एक क्षण मुझे लगा, मानो वह सोते हुए चल रही हों।

वह मेरे पास आ गईं—आँखें ऊपर उठाकर एक लम्बे क्षण तक अपनी आकुल, विवश निगाहों से मुझे निहारती रहीं, फिर झपटकर उन्होंने मुझे अपने पास घसीट लिया और बार-बार अपने ठंडे, सूखे होंठों से मुझे चूमने लगीं।

कुछ दिनों बाद एक सुबह मुझे अपने मुँह का स्वाद अच्छा-सा लगा। अंगों में एक हल्की-सी स्फूर्ति का आभास हुआ। पहले मैं धूप से बचने के लिए खिड़की बन्द किये रहता था, अँधेरे कमरे में आँखें मूँदकर लेटना भला लगता था। अब मैंने खिड़की खोलकर परदों को उठा दिया। बाहर की गर्म, ऊनी धूप मेरे पलंग को चारों ओर से घेर लेती है। मैं बिस्तर से उतरकर मेज़ के सहारे खड़ा हो जाता हूँ। सिर पहले की तरह नहीं चकराता, मैं पायदान की ओर कुछ क़दम बढ़ाता हूँ, और मुझे लगता है, मानो मैंने ज़िन्दगी में पहली बार अपने आप चलना सीखा हो।

मैं चुपके से बाहर बरामदे में आ जाता हूँ। कुछ दूर पर बुआ गीली धोती काठ के जँगले पर सुखा रही हैं—मैं उनकी आँख बचाकर बाबू के कमरे के पीछे वाले छज्जे पर चला जाता हूँ। कमरे के दरवाज़े और खिड़कियाँ बन्द हैं, भीतर के लाल परदे नीचे गिरे हुए हैं। जब माँ मौसी के घर चली जाती हैं, तो बाबू उस कमरे को बन्द कर देते हैं। अपनी सारी चीज़ें ऊपर छत पर 'स्टडी' में ले जाते हैं और रात को वहीं सोते हैं।

छज्जा निपट सूना है। नीचे 'आउट-हाउस' के क्वार्टरों की छतों के चौड़े नीले टीन के पटरों पर बड़ियाँ चमक रही हैं, जो पहाड़ी ख़ानसामा

की औरत हीरा ने सुखाने रख छोड़ी हैं। सामने मदरसे के छोटे से मैदान में लड़के बस्ता घुमाते हुए चार-चार की पाँत में खड़े नकियाते, अलसाए स्वर में प्रार्थना कर रहे हैं—"लब पे आई है दुआ बन के तमन्ना तेरी।"

उनकी तीखी-रूखी आवाज़ को सुनकर जब मैं ऊब जाता हूँ, तो मेरी आँखें खड्ड के ऊपर मेम के उस रहस्यमय बँगले पर टिक जाती हैं जहाँ हम कच्चे अलूचे छिपाकर रखते थे। उससे ज़रा दूर पेड़ों और झाड़ियों से घिरी हुई एक पगडंडी साँप की तरह बल खाती हुई बानो के मकान के ऊबड़-खाबड़ अहाते में जाकर गुम हो गई है। मैं अपने कमरे से बाबू की पुरानी छड़ी ले आता हूँ, जिसके सिरे पर मैंने माँ की लाल साड़ी का चीथड़ा बाँध रखा है। मैं जँगले से बाहर गर्दन निकालकर छड़ी को हवा में दाएँ-बाएँ घुमाता हूँ—लाल रेशम की झंडी हवा में फरफराती है। बानो ने मेरी लाल झंडी को देख लिया है—उसने हाथ उठाकर कुछ कहा है, जिसे मैं कुछ भी सुन-समझ नहीं पाता। यह मेरा और बानो का पुराना और प्रिय खेल है। हमारे और उसके मकान के बीच ढलान पर कई कोठियाँ और दुकानें हैं, किन्तु ऊँचाई पर होने के कारण हम एक-दूसरे को छज्जे से देख पाते हैं—हालाँकि हम चाहे कितना भी चिल्लाकर क्यों न बोलें, एक-दूसरे की बात नहीं सुन पाते। इसीलिए इशारों से बात करने के लिए मैं बाबू की छड़ी से सिग्नल का उपयोग करता हूँ।

बानो अपनी अम्मी को भीतर से बरामदे में खींच लाई है—अम्मी ने हाथ उठाकर मुझे बुलाया है। अम्मी मुझे इतनी दूर से नहीं देख पातीं, फिर भी मैं शरमा जाता हूँ और छड़ी को बरामदे में फेंककर अपने कमरे में भाग आता हूँ।

कमरे की देहरी पर सहसा मेरे पाँव ठिठक गए—बाबू का स्वर सुनाई दिया। नौकर ने आकर बताया कि बाबू अपने कमरे में मुझे बुलाते हैं।

मेरे दिल में ख़ुशी की लहर-सी दौड़ गई। ऐसा बहुत कम होता है कि बाबू मुझे अपने कमरे में बुलाकर मुझसे बातें करें—अकसर वह हालचाल पूछने मेरे कमरे में ही आ जाते हैं। मैं झटपट अपने नाख़ून दाँतों से काट लेता हूँ क्योंकि बाबू हमेशा सबसे पहले मेरे दोनों हाथों को देखते हैं। आँखों को गीले तौलिये से पोंछ लेता हूँ और हाथों को मुँह पर रखकर फूँक मारता हूँ, और फिर उन्हें सूँघता हूँ—यह देखने के लिए कि मुँह साफ़ है या नहीं। फिर शीशे में मुँह देखकर कंघी करता हूँ (माँ के न होने से पिछले कुछ दिनों से मुझे ये सब काम ख़ुद करने पड़ते हैं) और जब कंघे से अपने बालों को झरता हुआ देखता हूँ, तो न जाने क्यों मुझे अपने ऊपर गहरी-सी दया आने लगती है, और मेरी आँखों में आँसू भर आते हैं।

ड्राइंग रूम (जिसे उन दिनों हम हॉल कहते थे—क्योंकि वह हमारे घर का सबसे बड़ा कमरा था) के कालीन पर पैरों की आहट नहीं होती, फिर भी मैं बहुत हौले-हौले दबे पाँवों से बाबू के कमरे की ओर जाता हूँ। सुबह मैं ठीक था, किन्तु अब सिर चकराता है, मानो कनपटियों से धुएँ की दो लकीरें ऊपर उठती हुई सिर के बीचोबीच मिलने की चेष्टा कर रही हों और बीच में रुई का एक घुटा-घुटा-सा बादल इन दोनों के बीच आकर अड़ गया हो।

मैं उनके कमरे की देहरी पर खड़ा हूँ—परदों के रिंग हाथ लगाने से धीरे-धीरे बजते हैं। वह बिना मेरी ओर देखे मुझे भीतर बुलाते हैं। मैं और आगे खिसक आता हूँ। बाबू के कमरे को पहचानना कितना आसान है—सिगार के धुएँ की गर्म-गर्म-सी गन्ध, चारों ओर फैली गहरी बोझिल-सी चुप्पी, एक अजीब धुँधली-सी रोशनी, जो दिन और रात दोनों समय एक-सी रहती है। और एक खट्टी और भीनी-सी बू, जो मेरी दवा की बू से मिलती हुई भी कहीं दूर जाकर उससे अलग हो जाती है। उसके बारे में मैं कभी तय नहीं कर पाता कि वह मुझे अच्छी

लगती है या बुरी—लगता है, वह बू नहीं है, महज़ एक हल्का-सा रंग है जो बाबू के कमरे की हवा में तिरता रहता है।

"बाहर क्या कर रहे थे?" मैं उनकी आवाज़ पहचानता हूँ, उसमें गुस्सा नहीं है।

"बानो को देख रहा था—" और मैं सकुचाकर चुप हो जाता हूँ।

"बाबू..."

उनकी आँखें ऊपर उठ आईं।

"आज मैं ठीक हूँ...बुख़ार नहीं है।"

बाबू ने मेरे दोनों हाथों को अपनी गोद में रख लिया। "अभी कुछ दिन तुम्हें बिस्तर पर लेटना होगा..." उन्होंने मेरे हाथ को एक-दूसरे के ऊपर रख दिया, और उन्हें अपने खुरदरे, बालों से भरे हाथों में समेट लिया।

"बाबू—हम दिल्ली कब जा रहे हैं?" जब कभी मुझे उनसे बात करने का मौक़ा मिलता है, मैं हर बार उनसे यह प्रश्न करता हूँ।

उन्होंने सिगार को मुँह से निकालकर अँगुलियों में थाम लिया। वह कुछ देर तक चुपचाप दीवार के बेल-बूटों वाले काग़ज़ को देखते रहे मानो उस पर कुछ लिखा है, जिसे वह बड़े ग़ौर से पढ़ रहे हों।

"बच्ची, तुम्हें डर तो नहीं लगता?"

"डर?" मैं विस्मित-सा होकर उनकी ओर देखने लगा। उनकी आँखें दीवार से उतरकर मुझ पर टिक गईं।

"माँ घर में नहीं हैं...शायद इसलिए..."

"लेकिन वह तो कुछ दिनों में आ जाएँगी?" मैं चाहता था कि बाबू मेरी बात का समर्थन करें, किन्तु वह चुपचाप मेरी ओर देखते रहे।

"हाँ—वह आएँगी," बाबू का स्वर इतना धीमा, इतना सोया-सा था मानो वह यह बात मुझसे न कहकर अपने से कह रहे हों।

"बच्ची...?"

"क्या बाबू?"

"तुम क्या उन्हें देखना चाहोगे?"

बाबू का स्वर एकदम भारी-सा हो आया। उनका यह प्रश्न मुझे काफ़ी विचित्र और निरर्थक-सा लगा था—सोचा, कह दूँ, हाँ...

उनके पास जाऊँगा; और दूसरे ही क्षण मुझे लगा कि बाबू मुझसे इस उत्तर की आशा नहीं कर रहे हैं, जैसे वह सच जानते हुए भी जान-बूझकर मुझसे झूठ कहलाना चाह रहे हों।

मैंने 'नहीं' में सिर हिला दिया। हैरत-भरी दृष्टि से वह मुझे देखते रहे—फिर धीरे से उन्होंने मेरे हाथों को अपनी गोद से हटा दिया।

"अच्छा, अब अपने कमरे में जाओ—अभी दो-तीन दिन तक बाहर खेलने मत जाना।"

वह कुर्सी से उठ खड़े हुए और मेरी ओर से मुँह मोड़कर खिड़की से बाहर देखने लगे।

कुछ देर तक मैं वहाँ चुपचाप खड़ा रहा। मेरे मन में अचानक बाबू के प्रति भीगी-भीगी-सी सहानुभूति उमड़ने लगी। माँ के संग मेरा सम्बन्ध अधिक सहज और सीधा था। बाबू के संग जो संकोच और तनाव रहता है, वह माँ के संग बिलकुल नहीं है। वह कोई भी प्रतिवाद किये बिना मेरी हर फ़रमाइश को चुपचाप मान लेती हैं—किन्तु इतना सब करने पर भी वह मुझसे हमेशा दूर रहती हैं, कभी न मिटने वाला एक अलगाव बनाए रखती हैं। उनके सामने मुझे लगता है कि मैं एक बहुत ही छोटा, बेडौल और निरर्थक-सा प्राणी बन गया हूँ। किन्तु बाबू की बात दूसरी है। मैं उनसे डरता हूँ, कोई भी फ़रमाइश करते समय मेरा दिल धड़कने लगता है, कभी खुलकर उनसे मैंने अपने मन की बात नहीं की—इसके बावजूद वह मुझे अपने अधिक निकट और जाने-पहचाने लगते हैं। कुछ ऐसा है, जो हम दोनों को माँ से अलग कर देता है,

इसीलिए माँ को चाहते हुए भी उन पर कभी सहानुभूति नहीं होती और बाबू से डरते हुए भी उन्हें देखकर कभी-कभी मेरे भीतर कुछ रुआँसा हो जाता है।

बाबू ने पीछे मुड़कर मुझे देखा और एकटक देखते रहे। मुझे लगा जैसे वह कुछ देर के लिए मेरी उपस्थिति बिलकुल भूल गए थे और अब सहसा मुझे अपने सम्मुख देखकर समझ न पा रहे हों कि मैं कौन हूँ, उनके कमरे में कैसे खड़ा हूँ।

मैं कमरे से बाहर चला आया। कुछ देर तक बड़े कमरे की दीवार से सटकर बाबू के कमरे की देहरी पर खड़ा रहा। सोचा था, बाबू बाहर आकर मुझसे कुछ कहेंगे, किन्तु यह मेरा भ्रम था। उनके कमरे में सिर्फ़ सन्नाटा था—एक घना गहरा-सा सन्नाटा जो हमारे सारे घर पर घिर आया था।

और तब उस क्षण मुझे लगा कि मैं बहुत अकेला हूँ, बाबू भी अपने में बहुत अकेले हैं। माँ के बिना हर कमरा साँय-साँय-सा करता प्रतीत होता है।

मैं दीवार से सटकर आँखें मूँद लेता हूँ।

जिस दिन माँ मौसी के घर मुझसे मिले बिना चली गईं, उससे एक दिन पहले आधी रात को मेरी आँख खुल गई थी।

कमरे में अँधेरा था। हवा से खिड़की का परदा मेरे तकिये के ऊपर ज़ोर-ज़ोर से फड़फड़ा उठता था। कुछ देर तक मेरे मन में एक अजीब-सा भ्रम मँडराता रहा। मुझे लगा कि इस कमरे में—जहाँ मैं लेटा हूँ—हर चीज़ अपने पुराने स्थान को छोड़कर नये कोनों में उठ

आई है। मुझे लगा कि जो खिड़की मेरे बाईं ओर होती थी, वह अँधेरे में चुपचाप खिसककर बिलकुल मेरे सामने आ गई है। मेरे पलंग से दो गज़ की दूरी पर जहाँ पहले दीवार थी, वहाँ दरवाज़ा सिमट आया है। दरवाज़ा आधा खुला हुआ था। उसके भीतर से बाबू के कमरे की रोशनी थर्मामीटर की चमकती हुई पारे की रेखा-सी फ़र्श पर खिंच आई थी—इतनी महीन, इतनी म्लान मानो हाथ से छूते ही टूट जाएगी, चारों ओर पानी-सी बिखर जाएगी।

अचानक वह दरवाज़ा दोनों बड़े-बड़े काले पंखों-सा फड़फड़ाता हुआ खुल गया, प्रकाश की पतली-सी रेखा फ़र्श पर तेज़ी से लपकती हुई सामने की दीवार पर चढ़ गई। दरवाज़े के पीछे छोटे से गलियारे में कोई ज़ोर-ज़ोर से हाँफ रहा था। पहले क्षण मुझे लगा था कि दरवाज़ा हवा के झोंके से खुल गया है—माँ उसे बन्द करने आई हैं। किन्तु कुछ देर तक कोई भीतर नहीं आया। दरवाज़े के पीछे गलियारे में उखड़ी हुई साँसों का एक हल्का-सा बवंडर उठता था और फिर दब जाता था। कुछ सहमे हुए शब्द सुनाई देते थे—कभी दूर से—इतने दूर से कि शब्दों के बजाय आहट ही मुझ तक पहुँच पाती थी, कभी पास से, इतने पास से मानो कोई मेरे कानों में फुसफुसा रहा हो।

"नहीं, तुम भीतर नहीं जाओगी," मैंने बाबूजी का स्वर पहचान लिया।

एक पतली-सी चीख़ चमकीले काँच के टुकड़े-सी अँधेरे को छील गई। माँ को क्या हो गया है? वह इस अजीब ढंग से चीख़ क्यों रही हैं?

"छोड़ो...मेरा हाथ छोड़ दो।"

"पोनो...तुम भीतर नहीं जाओगी।"

"कौन हो तुम मुझे रोकने वाले—छिः, शर्म नहीं आती?"

"पोनो...वह सो रहा है...इस तरह मत चिल्लाओ।"

"मैं चिल्लाऊँगी नहीं, मुझे भीतर जाने दो।"

"नहीं...इस वक़्त नहीं।"

"तुम समझते हो, मैं पागल हूँ...उसे सब कुछ बता दूँगी?"

"पोनो, अपने कमरे में चलो...यहाँ मैं कुछ नहीं सुनूँगा। इस वक़्त तुम होश में नहीं हो।"

किन्तु बाबू अपनी बात पूरी नहीं कह पाए—बीच में ही किसी ने झपटकर परदा हटा दिया—गलियारे की रोशनी में मेरा बिस्तर चमक उठा, पलंग और खिड़की के बीच की दीवार अँधेरे से बाहर निकल आई।

मैंने देखा—संगमरमर-सी सफ़ेद दो बाँहें परदे के बाहर हवा में फैली हैं। पीछे एक छाया है, भूखी, फटी-फटी-सी दो आँखें हैं...परदे को नोचती हुई लम्बी-पतली काँपती अँगुलियाँ हैं और बिजली में चमचमाती नाक की लौंग, जो बार-बार फड़फड़ाते होंठों के ऊपर तारे-सी टिकी है...यह सब कुछ मैंने एक छोटे-से क्षण में देखा था—दूसरे क्षण मुझे लगा मानो परदा अपनी जगह वापिस खींच लिया गया है, सिर्फ़ एक भर्राई-सी आवाज़ सुनाई दे जाती है, जो ऊपर उठने से पहले ही दबा दी जाती है, मानो किसी ने अपने हाथ से उसे भींच रखा हो।

तब जो मैंने सुना, उस पर एकाएक विश्वास नहीं हो पाया। मुझे लगा परदे के पीछे कोई धीरे-धीरे हँस रहा है। नहीं, यह माँ नहीं हो सकतीं। माँ को जब कभी फिट आता है, तब केवल उनके दाँत कटकटाते हैं। मैंने उन्हें इतने विचित्र ढंग से हँसते हुए कभी नहीं सुना। फिर भी मैं जानता था कि यह माँ की ही आवाज़ है—मैं आगे कुछ भी नहीं सुन पाता—लगता है मानो कमरे का अँधेरा कमरे से अलग होकर एक मैले चीथड़े की तरह मेरी आँखों के चारों ओर घूम रहा है। संगमरमर-सी सफ़ेद दो बाँहें काली झील से ऊपर उठी हैं—कातर-सी होकर मुझे बुलाती हैं—बार-बार अपनी ओर खींचती हैं।

उस रात देर तक मैं बिस्तर पर बैठा-बैठा काँपता रहा। एक अजीब-सी आवाज़ हवा के संग खिड़की से भीतर आती थी और मेरे चेहरे को छूती-सहलाती धीरे-धीरे हँसने लगती थी।

बानो टैरेस के नीचे गिरी हुई ख़ूबानियाँ बीन रही है।

बानो...

मैं हौले से कहता हूँ...बानो।

शिमले की एक दोपहर—जब मैं टैरेस पर लेटा हूँ—बीमारी के बाद के दिन हैं, जब हमें कोई नहीं पूछता। सब निश्चिन्त से हो गए हैं, बाबू अब मेरे कमरे में हर शाम नहीं आते। बीरेन चाचा एक लम्बे अरसे से दिखाई नहीं दिये। मेरे ठीक होने पर अगर दुख है तो शायद बानो को—मैं अगर बीमार बना रहता, तो दिल्ली जाने के दिन टलते रहते।

टैरेस के पीछे दो छोटी-छोटी पहाड़ियाँ खुली हुई कैंची की तरह आकाश की ओर उठी हैं—उनके बीच पेड़ों की लम्बी श्रृंखला दूर तक चली गई है। जब कभी कालका जाने वाली ट्रेन वहाँ से गुज़रती है, तो धुएँ की एक लट आकाश के चेहरे पर उड़ जाती है।

बानो...हम दिल्ली जा रहे हैं।

दिल्ली! इस एक शब्द में कितनी स्मृतियाँ छिपी हैं—शिमला-कालका की साँप-सी बल खाती टेढ़ी-मेढ़ी लाइन, लम्बी-लम्बी अँधेरी सुरंगें और रेल के डिब्बे की खिड़की से बाहर हवा में फिसलती तारें... शाम हो जाती और मैं ऊँघ जाता। माँ कंधा झकझोरकर जगातीं, "बच्ची, उठो!" मैं हड़बड़ाकर बैठता। बाहर अँधेरे मैदान में दूर-दूर तक कालका

की झिलमिल-झिलमिल-सी रोशनियों को देखकर लगता मानो ढेर से तारे आकाश से उतरकर ज़मीन पर बिखर गए हों...

बानो सीढ़ियाँ चढ़कर कब टैरेस पर आ गई, मुझे पता नहीं लगा। उसने अपनी फ्रॉक को ऊपर उठाकर झोला बना लिया है, जिसमें ठसाठस ख़ूबानियाँ भरी हैं। नंगे पेट के चारों ओर जाँघिये के नेफे के निशान जहाँ-तहाँ छोटी-छोटी मछलियों से उभर आए हैं।

वह फ्रॉक नीची करके ख़ूबानियाँ बिखेर देती है—कच्ची, पक्की ख़ूबानियाँ हैं, हरी, पीली, कुछ-कुछ लाल...

"लो खाओ।" वह एक पकी हुई पीले रंग की ख़ूबानी मेरे आगे कर देती है।

मैंने सिर हिला दिया। बाबू ने बाहर की कोई भी चीज़ खाने से मना किया है।

"यह कच्ची नहीं है, इससे कुछ नहीं होगा," किन्तु उसने मेरी स्वीकृति की प्रतीक्षा नहीं की और जो ख़ूबानी वह मुझे दे रही थी, उसे निश्चिन्त होकर ख़ुद खाने लगी।

खाने को ख़ूबानी खा लेता, बाबू का तो बहाना है। असली कारण दूसरा है, जो कोई नहीं जानता, बानो बेचारी तो बिलकुल नहीं जानती। जब से बुख़ार उतरा है, मुझे लगता है, जैसे मैं सब लोगों से भिन्न हूँ, अलग हूँ। कमज़ोरी के कारण जब कभी सिर चकराता है, पाँव काँपते हैं, तो अच्छा लगता है, मन में अजीब-सी ख़ुशी होती है, अपने पर गर्व होता है, लगता है मुझमें एक अद्भुत परिवर्तन हो गया है और मैं असाधारण हूँ। पहले—बीमारी से पहले, माँ के मौसी के घर जाने से पहले—मेरा अपना घेरा था, जिसमें बानो और माँ, बीरेन चाचा और बाबू सब कोई थे। न मालूम, बीमारी के इस लम्बे अरसे में कौन-सा क्षण आया था, जब यह घेरा टूट गया था। पिछले कुछ दिनों से मैं जिस चीज़ को जैसे देखता हूँ, वैसे शायद कोई नहीं देखता। पहले मैं हर चीज़ को दूसरों

की आँखों से देखता था—और निश्चिन्तता थी। अब उनके पीछे एक रहस्य है, डर है जो मेरा अपना है, और जिसे कोई नहीं जानता।

टैरेस के पास पवेलियन की छत पर खटखटाहट होती है। लगता है जैसे टपाटप बूँदें गिर रही हों। मैं जँगले के बाहर हाथ निकालकर देखता हूँ—बारिश नहीं है, केवल कुछ पहाड़ी चिड़ियाँ हैं जो छत पर एक कोने से दूसरे कोने तक फुदक-फुदक कर उड़ती हैं।

बानो ख़ूबानी को गाल के भीतर लट्टू की तरह घुमाती है—उसका कहना है कि इस तरह मुँह का सारा थूक ख़ूबानी के भीतर जाकर रस बन जाता है।

"दिल्ली जाना पक्का हो गया?"

"माँ आ जाएँ, तब!"

"कहाँ गई हैं तुम्हारी माँ?"

"मौसी के घर।"

"तुम्हें पक्का मालूम है कि वह मौसी के घर गई हैं?" बानो ने रहस्य-भरी आँखों से मेरी ओर देखा।

मैं विस्मय से बानो की ओर देखता हूँ—"क्या बात है बानो?"

"कुछ नहीं, ऐसे ही पूछा था," बानो ने थूक में भीगी ख़ूबानी को होंठों पर रगड़ते हुए कहा।

"अम्मी ने मना किया है—कहा है तुमसे कुछ न कहूँ।"

मैं चुपचाप लापरवाही से मुस्कराता हूँ। बानो पर मुझे बेहद ग़ुस्सा है। मुझे जब बहुत ग़ुस्सा आता है, तो मैं हमेशा मुस्कराता हूँ ताकि कोई यह न समझे कि मेरा मन इतना कच्चा और छोटा है।

सुरमई रंग के बादल नीचे झुके आ रहे हैं। टैरेस के पीछे पहाड़ियाँ काली, भूरी-सी हो गई हैं। जब कभी बादलों की ओर से सूरज का मुँह बाहर निकलता है, तो पतली-दुबली छायाएँ पूर्व से पश्चिम की ओर भागने लगती हैं।

टैरेस पर—चारों ओर आसपास अब सन्नाटा है। बरसों पहले एक मेम यहाँ रहती थी। उसके मर जाने के बाद अब यहाँ कोई नहीं रहता। बारहों महीने—गर्मी, सर्दी—कमरे बन्द रहते हैं, बरामदा और उसके आगे लम्बा गलियारा सूना पड़ा रहता है। हम गेस्ट हाउस के पिछवाड़े सीढ़ियाँ चढ़कर पवेलियन पर चोरी-चुपके चले जाते हैं और वहीं एक कोने में अपने अलूचे और ख़ूबानियों का ख़ज़ाना जमा करते हैं।

कौन-सी बात है, जो बानो मुझसे छिपा रही है, क्या सचमुच उसकी अम्मी ने मना किया है, या वह सिर्फ़ मुझे चिढ़ाने के लिए बहका रही है।

मैं टैरेस पर लेटे-लेटे अधमुँदी आँखों से अपने घर की छत देखता हूँ। दाईं ओर छज्जे के सिरे पर माँ के कमरे की खिड़की दिखाई देती है—माँ जब घर में नहीं होतीं, तो वह हमेशा बन्द रहती है। वह अभी तक वापिस क्यों नहीं लौटीं? मौसी के घर वह इतने दिन कभी नहीं रही थीं। क्या वह जानती हैं कि मैं अब चल-फिर लेता हूँ और बाबू ने मुझे अब यहाँ—मेम के भुतहे मकान तक आने की अनुमति दे दी है?

उस रात से मैंने उन्हें नहीं देखा जब वह चीख़ती हुई मेरे दरवाज़े तक आई थीं और बाबू ने उन्हें भीतर आने से रोक दिया था। मैं निश्चय नहीं कर पाता कि क्या ऐसा सचमुच हुआ था, या मैंने सिर्फ़ कोई सपना देखा है।

"दिल्ली पहाड़ों के ऊपर है या नीचे?" बानो ने पूछा।

"दिल्ली मैदान में है—वहाँ जाने के लिए नीचे उतरना पड़ता है," मैंने सुनी-सुनाई बात बड़े गर्व से कह दी।

बानो ने अविश्वास-भरी दृष्टि से मुझे देखा।

"नीचे तो ऐननडेल का मैदान है और उसके नीचे खड्ड है—दिल्ली क्या खड्ड के नीचे है?"

बानो कभी दिल्ली नहीं गई, मुझे उस पर हमेशा तरस आता है। मैं उसकी जिज्ञासा को शान्त करने का कोई प्रयत्न नहीं करता, और लापरवाही से सिर फेर लेता हूँ।

बानो ने ख़ूबानियों की गुठलियाँ पवेलियन के पीछे गेस्ट-रूम में फेंक दीं और वहीं कुछ देर तक दरवाज़े से सटकर खड़ी रही।

हवा से ख़ूबानी के पेड़ की शाख़ाएँ छतों पर झुकती हैं। ख़ूबानियाँ झरती हैं—कुछ ज़मीन पर, कुछ पवेलियन की छत पर—खट-खट...

दोपहर और शाम के बीच सारा शिमला चुप हो जाता है, बस केवल ख़ूबानियों की खट-खट आवाज़ पहाड़ी हवा में गूँजती है...

बानो ने हाथ के इशारे से मुझे अपने पास बुलाया है। गेस्ट-रूम के दरवाज़े का एक शीशा टूटा हुआ था, उसी में अपना सिर डालकर वह कमरे के भीतर झाँक रही थी। उसके सिर के ऊपर जो ज़रा-सी ख़ाली जगह बच गई थी, वहीं मैंने खींचतान करके अपना सिर अड़ा दिया।

कमरा बिलकुल ख़ाली था। दीवार के बेल-बूटेदार काग़ज़ों का रंग फीका पड़ गया था। छत के एक कोने में मकड़ी का जाला धीरे-धीरे फैल रहा था। बासी हवा की गन्ध चारों ओर फैली थी। फ़र्श के बीचोबीच मैली-सी रोशनी जम गई थी, जो कभी पीली हो जाती थी, कभी फीकी-फीकी-सी सफ़ेद। कमरे के धुँधलके में यह सफ़ेद धब्बा बड़ा अजीब और भयावह-सा लग रहा था।

"वह मेम यहाँ रहती होगी।" बानो ने धीमे स्वर में कहा।

"और शायद यहीं मरी होगी।" मैंने कहा, और मेरे सारे शरीर में एक हल्की-सी झुरझुरी फैल गई। मुझे लगा, सामने दीवार के कटे-फटे, उखड़े पलस्तर पर एक बेडौल-सा चेहरा उभर आया है—जिसके जबड़े खुले हैं, फटी-फटी-सी आँखें हैं और जो मेरी ओर देखता हुआ हँस रहा

है। मुझे लगता है कि वह चेहरा उस मेम का रहा होगा जो बरसों पहले उस कमरे में न जाने क्यों अपने-आप मर गई थी...और वह हँसी, उस रात जैसे दरवाज़े के पीछे माँ हँस रही थीं...

टूटे हुए शीशे के भीतर झाँकता हुआ मेरा चेहरा बानो के सिर पर टिका है। मेरे मुँह के ज़रा नीचे बानो के अखरोटी रंग के बाल हैं, उन बालों की गन्ध पानी में भीगी मिट्टी की गन्ध से मिलती है। बालों के बीच छोटी-सी माँग है—माँ की माँग जैसी, किन्तु माँ की माँग ज़रा लम्बी थी और हमेशा बहुत उदास दीखती थी।

"बानो..." मेरे होंठों पर सफ़ेद काग़ज़-सा थूक जम गया।

"क्या?"

"अम्मी ने क्या तुमसे माँ के बारे में कुछ कहा था?"

"तुमसे क्या?" बानो ने ढीठ बनकर कहा।

हवा चलने से सूने, ख़ाली मकान के दरवाज़े खड़खड़ा उठते हैं। फ़र्श पर सिमटा हुआ सफ़ेद धब्बा धीरे-धीरे सरक रहा है।

"बानो...जब मैं बीमार था, तो कभी-कभी बड़ा अजीब-सा लगता था..."

"कैसा...बच्ची?"

"लगता था जैसे मैं भी माँ की तरह हूँ—जैसे उनकी कोई बात मुझमें भी है।"

"कैसी बात?"

"जिसे सब छिपाते हैं।"

बानो का सिर सिहर जाता है।

"एक सफ़ेद छाया है बानो—जैसे बर्फ़ से लिपटी हो। वह अँधेरे में भी चमकती है और संगमरमर से सफ़ेद उसके हाथ हैं, जो हमेशा हवा में खुले रहते हैं। कभी-कभी मुझे लगता है कि पीछे से चुपचाप आकर

उसने मुझे अपने में ओढ़ लिया है, और मैं अपने से ही अलग हो गया हूँ—सच बानो—लगता है जैसे मैं अपने से ही अलग हो गया हूँ..."

मुझे लगा कि बानो पत्ते-सी काँप रही है, भय से उसकी आँखें फैल गई हैं।

मैं हँसने लगता हूँ।

"डर गई बानो...?"

बानो चुप है, उसकी गर्म साँस मेरे सूखे होंठों को छूती है।

"बानो सच—मैं तुम्हें बहका रहा था—जो मैंने कहा वह बिलकुल झूठ है।" बानो कुछ नहीं कहती, वह दरवाज़े को छोड़कर तेज़ी से टैरेस की सीढ़ियाँ उतरने लगती है।

"बानो..." मैंने एक-दो बार उसे बुलाया, किन्तु उसने एक बार भी पीछे मुड़कर नहीं देखा।

बूँदें आती हैं, पवेलियन की छत टप-टप करती है...और मैं समझ नहीं पाता कि मेरे गालों पर जो बूँदें हैं, वे बादलों से आई हैं—या पहले से ही वहाँ थीं...

घर का सामान बाँधा जा चुका है। सन्दूक़ों, थैलों और बिस्तरों पर लेबल चिपकाए जा रहे हैं जिन पर मोटी-मोटी सुर्ख़ियों में 'शिमला-दिल्ली' और उसके नीचे बाबू का नाम लिखा है। घर में बड़ी चहल-पहल मची है—नौकर, जमादार, कुली और बाबू के दफ़्तर के चपरासी सब इधर-से-उधर भागते हुए दिखाई देते हैं।

माँ ऊपर वाले कमरे में हैं। वह इस बार कुछ काम नहीं कर रहीं—उनकी तबीयत शायद ठीक नहीं है, बाबू ने मुझे उनके पास जाने

से मना किया है। जब से वह मौसी के घर से आई हैं, मैंने उन्हें नहीं देखा, वह शायद रात को आई थीं, जब मैं सो रहा था।

सब अपने काम में जुटे थे। मैं ही अकेला एक ऐसा था जिसे कोई काम नहीं था। कभी छज्जे में जाता था, कभी बरामदे में, किन्तु हर जगह अपनी व्यर्थता महसूस होती थी। ख़ाली-ख़ाली से कमरे, नंगी दीवारें, कोनों में कूड़े के ढेर...मेरा दम घुटने-सा लगा और मैं बाबू की आँख बचाकर बाहर चला आया।

पगडंडी से उतरकर मैं खड्ड के ऊपर नाले के किनारे-किनारे चलने लगा। कभी-कभी खड्ड के भीतर कोई बड़ा, मोटा-सा गेला मिल जाता तो उसे उठाकर जेब में रख लेता। रेल की खिड़की से मैं इन गेलों को छोटे-छोटे तालाबों में फेंका करता था। जब दोनों जेबें भर चुकीं तो देखा कि मैं घर से काफ़ी दूर निकल आया हूँ। सूरज ढलने लगा था हालाँकि दूर की पहाड़ियों पर धूप अब भी थकी-माँदी-सी रेंग रही थी। मैं बीच रास्ते में मुड़ गया और एक छोटी-सी पगडंडी से घर की ओर चलने लगा।

कुछ दूर चला हूँगा कि अचानक पाँव ठिठक गए। दाईं ओर नीचे की तरफ़ बीरेन चाचा की कॉटेज दिखाई दे रही थी। पेड़ों के झुरमुट में चारों ओर झाड़-झंखाड़ से घिरे उस घर को देखकर मुझे सहसा वह शाम याद आ गई जब मैं माँ के संग यहाँ आया था। माँ भूली-सी, खोई-सी नीचे देख रही थीं, और मैं चुपचाप उनके पीछे खड़ा था। जब से माँ मौसी के घर गई थीं, बीरेन चाचा हमारे घर नहीं आए थे। एक बार उनके बारे में बाबू से पूछा था, किन्तु बाबू का चेहरा इतना कठोर, इतना भावहीन-सा हो आया था कि आगे उनसे कुछ भी पूछने का साहस नहीं हुआ।

ढलती धूप में कॉटेज की ढलुआँ लाल छत चमक रही थी। मैं धीरे-धीरे सड़क के किनारे लगी तार के संग नीचे उतरने लगा।

फाटक खुला है। मैं दबे क़दमों से भीतर चला आया हूँ। हवा आती है तो लॉन की घास पर छोटी-बड़ी सलवटें पड़ जाती हैं, झाड़ियों की सरसराहट आसपास की नीरवता को और भी अधिक घनी बना जाती है। लॉन के किनारे वही पत्थर का बेंच है, जहाँ उस दिन माँ बैठी थीं।

सोचता हूँ वापिस लौट जाऊँ, लेकिन पाँव बजरी की सड़क पर बँधे से खड़े रह जाते हैं।

दरवाज़ा खटकाता हूँ—धीरे-धीरे। "बीरेन चाचा...बीरेन चाचा"— मुझे अपनी आवाज़ उस अकेली, निस्तब्ध कॉटेज में गूँजती-सी सुनाई देती है। लगता है यह कोई अजनबी आवाज़ है, जो मेरी आवाज़ के पीछे-पीछे दौड़ रही है।

"बच्ची, भीतर आ जाओ, दरवाज़ा खुला है।" बीरेन चाचा का स्वर सुनाई दिया।

मेरे पाँव देहरी के भीतर जाते ही एक क्षण के लिए रुक गए हैं, टेबल लैम्प का मद्धिम-सा प्रकाश मेज़ पर बिखरे काग़ज़ों, किताबों पर गिर रहा है। एक-दो मिनट तक मैं बेवक़ूफ़-सा देहरी पर खड़ा रहा—और तब सहसा आभास हुआ कि कमरा ख़ाली नहीं है, कोने में ईजी चेयर पर बीरेन चाचा बैठे हैं। जहाँ वह बैठे थे, वहाँ अँधेरा था, इसलिए कमरे में घुसते ही वह मुझे एकदम दिखाई नहीं पड़े थे।

उन्होंने मुझे अपने पलंग पर बैठने के लिए कहा और अपनी कुर्सी मेरे नज़दीक खींच ली।

"इतनी दूर अकेले आए हो?" उन्होंने मेरे हाथ को अपने हाथ में ले लिया और मुस्कराने लगे।

मेरी आँखें अनायास अपने निकट की फूली हुई जेबों पर टिक गईं। संकोच से मेरा मुँह लाल हो गया।

"क्या भर रखा है इनमें—गेले हैं?"

मैंने चुपचाप सिर हिला दिया।

"क्या करोगे इनका?"

"रेल के लिए रखे हैं।" मैंने अटपटा-सा उत्तर दे दिया।

"रेल के लिए?" बीरेन चाचा की प्रश्न-भरी दृष्टि मुझ पर टिक गई। और तब सहसा मुझे ख़याल आया कि बीरेन चाचा को कुछ भी नहीं मालूम है। मुझे भीतर-ही-भीतर बहुत ख़ुशी हुई कि मैं पहला व्यक्ति हूँ जिससे उन्हें यह ख़बर मिलेगी।

"बीरेन चाचा—आज रात हम दिल्ली जा रहे हैं।"

वह कुछ देर तक अपलक मेरी ओर देखते रहे, मानो उन्होंने मेरी बात नहीं सुनी। फिर वह कुर्सी से उठे और मेरी ओर कोई ध्यान दिये बिना खिड़की से बाहर देखने लगे।

कुछ देर तक कमरे में घुटा-घुटा-सा सन्नाटा छाया रहा। मुझे लगा मानो बीरेन चाचा को यह बात पहले से ही मालूम थी, तभी शायद उन्होंने कोई कौतूहल नहीं दिखाया।

तभी वह खिड़की से मुड़े। भूरी दाढ़ी के ऊपर उनकी नीली आँखें चमक रही थीं।

"तुमने उस दिन जो फ़ोटो लिया था—वह धुल गया है...देखोगे?"

उन्होंने अलमारी से एक छोटा-सा लिफ़ाफ़ा निकालकर मेरे हाथ में रख दिया।

"तुम्हारा हाथ बहुत सधा हुआ है, फ़ोटो बिलकुल साफ़ आया है।"

मैंने फ़ोटो निकाला और मुझे लगा मानो बहुत अरसे पहले की एक घड़ी—जिसे मैं बिलकुल भूल चुका था—मेरी आँखों के सामने हूबहू वैसी ही वापिस लौट आई है।

छज्जे के पीछे जँगले पर माँ की साड़ी सूख रही है—उसके पीछे पहाड़ियों की धुँधली-सी रेखा है, बिजली के तार हैं, कोने में सिमटा आकाश का एक टुकड़ा है। आगे के हिस्से में बीरेन चाचा जँगले से

सटे खड़े हैं। उनकी एक बाँह माँ की साड़ी से छू भर गई है और माँ...न जाने क्यों उनकी आँखें मुँद-सी गई हैं, दोनों होंठ मरी हुई तितली के परों के समान अधखुले रह गए हैं, मानो वे कुछ कहते-कहते अचानक रुक गए हों।

मैं न जाने कितनी देर तक फ़ोटो को निहारता रहा।

अचानक ध्यान आया कि मुझे बहुत देर हो गई है। स्टेशन जाने का समय पास सरक आया था। बाबू देर से मेरी प्रतीक्षा करते होंगे।

मैं झटपट पलंग से उतर आया।

"अच्छा बीरेन चाचा..." मुझसे आगे और कुछ नहीं कहा गया।

बीरेन चाचा ने मुझे देखा—एकटक देखते रहे, फिर धीरे से मेरे पास आए, अपने हाथों से मेरे बालों को छुआ और धीरे से मेरे माथे को चूम लिया—बिलकुल वैसे ही जैसे उस रात माँ ने मुझे चूमा था।

उन्होंने दरवाज़ा खोला और हम बाहर बरामदे में आ गए।

"मैं तुम्हारे संग चलूँ—तुम्हें डर तो नहीं लगेगा?"

मैंने सिर हिलाकर मना कर दिया, मुझे घर का रास्ता मालूम था।

कुछ देर तक हम बरामदे में चुपचाप खड़े रहे।

"बच्ची..." बीरेन चाचा का स्वर सुनकर मैं चौंक-सा गया। मैंने उनकी ओर देखा।

"माँ ने एक किताब माँगी थी—मुझे याद नहीं रहा—" वह झिझकते हुए चुप हो गए।

"आप मुझे दे दीजिए—मैं दे दूँगा।"

किताब देते हुए मुझे लगा मानो वह कुछ कहना चाह रहे हैं, किन्तु वह चुप रहे और मैं तेज़ी से फाटक की ओर चल पड़ा।

कॉटेज बहुत पीछे छूट गई है। मैं एक सँकरी-सी सुनसान सड़क पर चल रहा हूँ। सामने पहाड़ी के ऊपर पेड़ों की एक लम्बी क़तार

चली गई है। उसके पीछे डूबते सूरज की पीली, गुलाबी, सोनाली छायाएँ आकाश पर खिंच आई हैं। चारों ओर एक हल्की, हरी-सी धुंध फैल गई है। घर से कुछ दूर मैं लैम्पपोस्ट के नीचे खड़ा हो गया और किताब खोलकर देखने लगा।

मैंने देखा—पन्नों के बीच में वही फ़ोटो वाला लिफ़ाफ़ा रखा था।

किताब बहुत पुरानी थी—आज भी उसके ज़र्द, भुरभुरे पन्ने याद आते हैं—"फ्लाबेज लेटर्स टु जॉर्ज सां।" उन दिनों न मैं फ्लाबे को जानता था, न जार्ज सां को। बरसों बाद जब मैंने उसे पढ़ा तो माँ नहीं थीं और बीरेन चाचा एक लम्बे अरसे से इटली में जाकर बस गए थे।

किन्तु उस दिन मेरे लिए उस पुस्तक का कोई महत्त्व नहीं था। उसे हाथ में लिये मैं देर तक अँधेरे में खड़ा रहा—अपने घर के ऊपर वाले कमरे की ओर देखता रहा।

माँ के कमरे की खिड़की बन्द थी, सफ़ेद-पीली रोशनी खिड़की के शीशे पर बुझी-बुझी-सी झिलमिला रही थी।

वह शिमले में हमारी आख़िरी शाम थी।

पिक्चर पोस्टकार्ड

जब उसने मुझे देखा, तो अख़बार मेज़ के कोने में सरका दिया।

"क्यों कुछ बना?"

मैं उसके सामने ख़ाली कुर्सी पर बैठ गया। "कहानी वापिस हो गई है, बुक-रिव्यू रख लिया है।" मैंने कहा।

चाय पीते हुए मेरी निगाहें अख़बार पर ठहर गईं। सीडी वैकेंसीज का दूसरा पन्ना देख रहा होगा, क्योंकि सामने वही पन्ना खुला पड़ा था। तीन-चार जगह के हाशियों पर उनकी पेंसिल के निशान पड़े थे।

"कितना देंगे?...फ़्लैट रेट है या लफ़्ज़ों के हिसाब से?" उसने पूछा।

"पता नहीं—" मैंने कहा।

"रिव्यू के नीचे तुम्हारा नाम होगा?"

"पता नहीं—" मैंने कहा।

"शायद नहीं देंगे, अकसर अँगरेज़ी अख़बारों में नाम नहीं देते—" उसने कहा।

कुछ देर तक हम चुपचाप चाय पीते रहे।

"तुम्हारे संग निकी नहीं आया?" सीडी ने पूछा।

"यूनिवर्सिटी गया है। उससे वहीं मिलेंगे—" मैंने कहा।

वह अख़बार के दूसरे पन्ने पर कुछ खोजने लगा।

"इस बार कहाँ एप्लाई करोगे?" मैंने पूछा।

उसने अपनी नोटबुक पर अख़बार से एक पता उतार लिया।

"तुम्हारी नोटबुक अभी पूरी भरी नहीं?" मैंने कहा।

"शट अप!" उसने कहा।

हम दोनों उठ खड़े हुए।

हम रीगल के पोर्च में खड़े रहे। एयरकंडीशंड हॉल का दरवाज़ा जब कभी खुल जाता है, तो ठंडी हवा का झोंका हमें ढक लेता है।

"सच, सीडी, मैं दिन-भर यहाँ खड़ा रहूँ!" मैंने कहा।

सीडी चुप है, वह पोर्च की दीवार पर लगे हुए सिनेमा के पोस्टर देख रहा है!...जब तक सीडी खड़ा है, मैं पास की दुकान से 'टाइम्स' के सम्पादकीय विभाग में फ़ोन कर आता हूँ। उन्हें आज रात रिव्यू मिल जाना चाहिए। आधा टाइप हो चुका था, आधा बचा है...कल रात लिखना था। कल रात मैं सो गया।

"सीडी, कल रात तुम नहीं आए? सब इन्तज़ार करते रहे।" मैंने कहा।

सीडी लड़कियाँ देख रहा है। वे पोर्च से बाहर निकलकर सिन्धिया हाउस की ओर मुड़ गईं। अब मैं और सीडी दोनों उन्हें देख रहे हैं।

"कल रात क्या हुआ?" सीडी ने कहा।

"निखिल लिवर्स ब्रदर्स में चला गया है। उसके संग बियर पी थी।" मैंने कहा, "कल रात लिखना था। कल रात मैं सो गया। बियर

पीकर हमेशा सोचता हूँ, अब कभी नहीं पिऊँगा। रात-भर सिर चकराता रहा और अजीब से सपने आते रहे।"

धूप में बस स्टैंड की ओर चलते हुए हमने क़मीज़ों के बटन खोल लिये। पानी में रूमाल भिगोकर मुँह पोंछा। कुछ देर के लिए लू भी अच्छी लगी। किन्तु रूमाल से पसीने की बू आती रही। कनॉट प्लेस में कॉरिडोर में इस कड़कड़ाती दोपहरी में भी अँधेरा है। बाहर गर्म चुनचुनाती धूप है। शुरू की गर्मी की खट्टी-मीठी हवा है। हमने इस हवा में लहकते गुलमुहर के फूलों को देखा है।

"गर्मियों में यहीं रहोगे?"

"मसूरी से आंटी ने बुलाया है।" उसने कहा।

"चले क्यों नहीं जाते? इन दिनों वहाँ कनॉट प्लेस से भी कहीं ज़्यादा रौनक रहती है। पिछली बार मैं गया था, तो सारी शाम 'किताबघर' के सामने गुज़ार देता था।" मैंने कहा।

"इस बार नहीं," सीडी ने कहा, "इस बार कम्पीटीशन में रह गया, तो 'ओवर एज' हो जाऊँगा। यहीं रहकर तैयारी करनी होगी।"

सीडी बहुत गम्भीर है।

हम दोनों ने एक ही कॉलेज से एम.ए. पास किया था। उन दिनों का सीडी आज भी है, मेरे संग-संग चल रहा है। किन्तु तब वह इतना गम्भीर नहीं था। उन दिनों की बातें हम आज बहुत कम करते हैं। लगता है, मानो हम किन्हीं दूसरे आदमियों की बातों को चुराकर बोल रहे हैं। हमें अपने अतीत पर बहुत शर्म आती है। यह बहुत अच्छा है कि जो लोग हमसे आज मिलते हैं, वे हमारे उन दिनों से अपरिचित हैं, जब हम हर रात डायरी लिखकर दूसरे दिन एक-दूसरे को सुनाते थे। और सोचते थे कि हम दूसरों से भिन्न हैं।

जो आज हमें देखेगा, वह कुछ नहीं जानेगा। आज जब हम अपनी पुरानी डायरी पढ़ते हैं, तो खिसियाने से हँसते हैं, चारों ओर देखते हैं,

कि हमें कोई देख तो नहीं रहा है। बिलकुल वैसी ही शर्म आती है, जैसे बचपन में आती थी, जब माँ पराये लोगों के सामने तारीफ़ करने बैठ जाती थीं।

हमारा बड़प्पन सब कोई देखते हैं, हमारी शर्म केवल हम देख पाते हैं।

बस आई और हम पिछली सीट पर बैठ गए।

"पिछले इतवार के पेपर में 'व्हाट डू द स्टार्स टेल' (राशिफल) देखा था?" सीडी ने कहा।

"हाँ, अब कुछ याद नहीं रहा। तुम्हारे बारे में क्या फोरकास्ट (भविष्यवाणी) था?"

"मैं कुछ ठीक समझा नहीं।...कहीं से कोई पत्र आएगा, जो आने वाले महीनों में नई तब्दीलियों का सूचक होगा। तुम क्या अर्थ लगाते हो?"

"शायद किसी नौकरी का ऑफ़र हो।"

"होता हमेशा सच है, तुमने कभी आजमाया है?"

"नहीं, मुझे कभी याद नहीं रहता।"

"तुम्हारा कौन से महीने का जनम है?"

मुझे एकदम याद नहीं आता, "शायद अप्रैल।"

"तुम्हारा एरियस है, अगले इतवार को मैं तुम्हारा भी देखूँगा।"

मैं सीडी को देखता हूँ। वह निर्विकार भाव से खिड़की के बाहर देख रहा है। बस मिंटो रोड के रेलवे ब्रिज के पार सरकारी क्वार्टरों के सामने चौड़ी सड़क पर निकल आई है। क्वार्टरों के संग-संग लम्बी झाड़ी चली गई है, जिस पर धूप में सूखते हुए गीले कपड़े हवा चलने से फरफराने लगते हैं। उसके बाद बस की गड़गड़ाहट मद्धिम पड़ने लगी और मैं ऊँघने लगा। इर्विन अस्पताल के स्टॉप पर क्षण-भर के लिए आँख खुली थी, क्योंकि भीड़ का एक छोटा-सा लश्कर बस में

चढ़ा था। फिर बस चलने पर आँख लग गई थी, और दरियागंज तक मैं सोता रहा। दरियागंज पर सीडी ने हल्के से मुझे झिंझोड़ा।

"वह आगे की तरफ़ बाईं सीट पर बैठी हुई लड़की तुम्हें घूर रही थी।" सीडी ने कहा।

"हेल विद हर!" मैंने जम्हाई ली और मेरी आँखों में पानी आ गया। मैंने उस लड़की की ओर देखा और फिर ऊँघने लगा।

"निकी का अफ़ेयर कैसा चल रहा है?" सीडी ने पूछा।

"मैंने उससे पूछा नहीं।"

"आज यूनिवर्सिटी शायद उसी से मिलने गया है?"

"उसने मुझे कुछ कहा नहीं। शायद उसी से मिलने गया हो।" मैं कुछ और सोचने लगा था।

"सीडी, तुम्हें मेरी कहानियाँ कैसी लगती हैं?" मैंने पूछा।

सीडी कुछ देर तक चुप रहा और मुझे लगा कि वह कुछ हिचक रहा है।

"अच्छी लगती हैं, लेकिन मैं सोचता हूँ कि जब तक कहने के लिए कुछ सिग्नीफिकेंट (महत्त्वपूर्ण) चीज़ न हो, तब तक लिखने के क्या मानी रह जाते हैं?"

मैं कुछ कहना चाहता हूँ, फिर भी चुप रह जाता हूँ, क्योंकि मुझे मालूम है कि मैं जो कुछ कहूँगा, वह बहुत नीरस और निरर्थक है। बहुत से शब्द हैं और मैं अकसर बोलते हुए ग़लत शब्दों को चुन लेता हूँ और फिर मुझे बुरा लगता है, और फिर ज़िद बँध जाती है, और मैं विषय से भटक जाता हूँ, लेकिन तब चुप रहने का अवसर चूक जाता है, और जब अन्त में बोलकर चुप हो जाता हूँ, तो मुझे लगता है कि मुझे शुरू में ही चुप रहना था।

बाहर की धूप बस की खिड़की से हमारी सीट पर गिरती है। मैं माथे का पसीना पोंछता हूँ। रूमाल से वही बू आती है।

"रिव्यू अँगरेज़ी में लिखते हो, कहानी क्यों नहीं लिखते? अँगरेज़ी में तो आजकल बड़ा स्कोप है—" सीडी ने कहा।

"कभी सोचा नहीं—" मैंने कहा और खिड़की के बाहर देखने लगा। खैबरपास से मालरोड तक ऊबड़-खाबड़ धरती पर विस्तार फैला है। मिट्टी के ढूहों और चट्टानों के परे यमुना है, जो हमें नहीं दिखती है। दिखता है केवल मजनू का टीला, जिसकी मीनार मुझे आकाश की राख कुरेदती-सी जान पड़ती है। मैं ख़ामख़ाह हँसता हूँ।

"क्या बात है?"

"सीडी, तुम्हें याद है जब हम होस्टल में थे, तो किसी रात विकेट गेट को लाँघकर यहाँ आते थे?..." तब हमें बड़ा डर लगता था।

सीडी चुपचाप ड्राइवर की सीट की ओर देखता रहा। डर हमें शायद अब भी लगे, हालाँकि बीच के कई साल गुज़र गए हैं और हम काफ़ी बड़े हो गए हैं, मैंने सोचा।

बस यूनिवर्सिटी के मोड़ पर मुड़ गई। मैं अब हँस नहीं रहा हूँ। मैं अब उस लड़की को देख रहा हूँ जो आगे की सीट पर बाईं ओर बैठी है और जिसने मुझे ऊँघते हुए देखा था। बाहर की धूप उसके जूड़े पर पड़ रही है।

यूनिवर्सिटी कैंटीन में निकी ने हमें दूर ही देख लिया। दूर से ही उसने 'हलो' कहा और हमने हवा में हाथ हिला दिये। भीड़ में हमें उसका 'हलो' सुनाई नहीं दिया, किन्तु उसने काफ़ी ज़ोर से कहा होगा, क्योंकि उसके पास बैठी हुई दोनों लड़कियों ने पीठ मोड़कर हमारी ओर देखा।

"हलो नीलू! हमने तुम्हें लायब्रेरी में देखा, और तुम यहाँ हो!" सीडी ने कहा।

"यह हैं प्रभा, यह हैं परेश," नीलू ने कहा।

"हाऊ डू यू डू?" मैंने कहा।

"हाऊ डू यू डू?" प्रभा ने कोल्ड कॉफ़ी में डूबी स्ट्रा से क्षण-भर के लिए मुँह हटाकर मेरी ओर देखा। किन्तु उसकी आँखें हठात् सीडी की ओर मुड़ गईं। लड़कियाँ सीडी को हमेशा ऐसे ही देखती हैं, मानो वह पुडिंग की प्लेट हो।

"कैसे पेपर हुए?" मैंने नीलू से पूछा।

"शायद अगले साल फिर आना पड़ेगा—" वह कहीं भी नहीं देख रही थी।

"डोंट बि सिली," मैंने कहा।

उसने मेरी ओर देखा, क्षण-भर, अपलक, मानो मैं कोई अजनबी हूँ और वह मुझे पहली बार देख रही है। मुझे लगता है, जैसे यह बहुत दूर की निगाह है, जो मुझे बहुत पास से देख रही है। मैं सोचता हूँ कि मैं यह बात नीलू से कहूँ, किन्तु मैं चुप रहता हूँ, क्योंकि शब्द बहुत हैं और मैं अकसर ग़लत शब्दों को चुन लेता हूँ।

"निकी भी अजीब सनकी है," प्रभा ने सीडी से कहा—"हमेशा वही रिकॉर्ड बजाता है!"

जूक बॉक्स पर लाल सितारे-सी रोशनी जल गई। निकी ने हाथ आगे बढ़ाकर बटन दबाया। यह निकी का संकेत था, निकी ही कर सकता था। बहुत पुराना दृश्य आँखों में घूम गया, जब सार्त्र के नाटक 'नो एक्ज़िट' में निकी ने इस तरह अवरुद्ध, अनिश्चित ढंग से शून्य में संकेत करते हुए कहा था, "हेल, हेल इज़ द अदर्स!" जूक बॉक्स के शीशे में रिकॉर्ड छोटे पहिये-सा हवा में चक्कर काटता हुआ डिस्क पर आ गिरा। एक क्षण के लिए स्तब्ध, परेशान-सा ठिठका रहा, सुई के स्पर्श की प्रतीक्षा में फिर चौंककर सचेत हो गया।

एक बहुत पुरानी डांस ट्यून, मानो, चिरीको के चित्र से बाहर आ रही है। सूनी, अन्धी गलियों में भुतैले मकानों की नंगी छायाएँ, जिनमें वह ट्यून एक पागल जिप्सी-सी भटक रही है!

"निकी, प्लीज़, स्टॉप इट!" प्रभा ने कहा।

लेकिन निकी कहीं पास नहीं है। वह जूक बॉक्स के पास खड़ा हुआ प्रभा को देख रहा है।

"कल मैं तुम्हारे होस्टल आया था, तुम बाहर थीं—" मैंने नीलू से कहा।

"हाँ, कल हम सब पिक्चर देखने गए थे। कल हमारा आख़िरी पेपर था। मैं सिर्फ़ दो प्रश्न करके उठ आई थी। अला-बला लिख आई हूँ।"—नीलू हँसने लगी।

मुझे लगा कि उसका चेहरा बहुत पीला है और हँसने पर आँखें थिर रहती हैं मानो ख़ुद नीलू की हँसी से बाहर हैं। वह बहुत तेज़ी से बोल रही है, जैसे उसे डर है कि कोई बीच में उसका वाक्य पकड़कर मरोड़ न दे।

"पेपर के बाद हम पिक्चर देखने गए थे, 'लव इज़ ए मैनी स्पलैंडर्ड थिंग'। जेनीफर जोन्स बिलकुल चीनी लगती है। और पिक्चर के बाद हम एसप्रेसो गए थे। मैंने जूक बॉक्स पर रिकॉर्ड बजाया था। हमने सोचा था, तुम वहाँ होगे। और हम जब बाहर आए, तो अँधेरा था। और हमने सिगरेट पी, अँधेरे में, और मुझे बिलकुल खाँसी नहीं आई। सच परेश, बड़ा मज़ा रहा। होस्टल में देर से पहुँचे थे, किन्तु आख़िरी दिन होने के कारण मैट्रन ने कुछ नहीं कहा। तुम कब आए थे?"

"मेरी चिट मिली थी?"

"हाँ, मुझे मिली थी। सोचा था, सुबह पढ़ूँगी, फिर याद नहीं रहा। क्या लिखा था?"

"रहने दो, कुछ भी नहीं था।"

"मेरे बैग में अब भी पड़ी होगी, देखूँ?"

"रहने दो, कुछ भी नहीं था।"

मैंने नीलू को देखा और मेरी आँखें नीचे उतर आईं। मैंने उसकी कालर-बोन के पास छोटे से गिट्टे को देखा। उसके तनिक ऊपर बित्ते-भर का गढ़ा था। मेरी आँखें उस गढ़े में टिक गईं। मैंने कई बार सोचा है कि किसी दिन मैं कालर-बोन के उस गढ़े को अपनी ज़ुबान की नोक से स्पर्श करूँगा। उस गढ़े में हल्का पसीना है। मैंने कई बार सोचा है कि किसी दिन मैं उस पसीने को अपने होंठों से चूस लूँगा।

"इस इतवार को परेश का रिव्यू 'टाइम्स' में आएगा—" सीडी ने कहा।

मैंने सीडी को देखा। उस क्षण मुझे सीडी से गहरी घृणा हुई।

"अच्छा तो आप लिखते भी हैं? हाऊ वंडरफुल"—प्रभा ने कहा। मैं दूसरी ओर देखने लगा, मुझे सीडी पर बेहद ग़ुस्सा था।

"हमारे शहर में 'टाइम्स' नहीं आता, कटिंग भेजो तो मैं भी पढ़ूँगी—" नीलू ने कहा।

"तुम कब जा रही हो?" मैंने कहा।

"आज रात को। आख़िरी पेपर के बाद होस्टल में रहने की इजाज़त नहीं है।"

"हाऊ फनी!" सीडी ने कहा।

"हाँ, जैसे कॉलेज न हो, किंडरगार्टन हो!" प्रभा ने कहा।

निकी ने बिल चुकाया। हम कैंटीन के बाहर आ गए। धूप में आँखें चुँधिया गईं। नीलू ने साड़ी के पल्लू से सर ढक लिया। लॉ कॉलेज के सामने लॉन पर फूलों की क्यारियों के बीच कुछ लड़के बैठे थे। हम पीछे मुड़कर दूसरी ओर से जाने लगे। उनमें से किसी ने हमारी ओर देखकर सीटी बजाई। हमने पीछे मुड़कर देखा, वे लोग हँस रहे थे और हवा में रूमाल हिला रहे थे। नीलू ने भी उनकी ओर देखते हुए हाथ हिलाया।

"तुम पागल तो नहीं हो गई हो, झाड़ के काँटे की तरह कल तुम्हारे पीछे पड़ जाएँगे।" प्रभा ने झुँझलाकर उसका हाथ झिंझोड़ दिया।

मैं विस्मित-सा नीलू को देखता रहा।

"कल मैं यहाँ नहीं हूँगी," नीलू ने कहा—"और फिर हाथ हिलाने में क्या हर्ज है? वे सब लोग हवा में रूमाल हिलाते हुए कितने अच्छे लग रहे थे? दे वर लुकिंग लाइक सेलर्स! क्यों निकी, लग रहे थे न?"

हम लॉन पार करके लाल बजरी की सड़क पर आ गए। वहाँ से हम सेंट स्टीफंस कॉलेज के चैपल का क्रास देख सकते थे। वह उस दोपहरी में बहुत अकेला और अपने में बहुत खोया-सा दिखाई दे रहा था। उसके ऊपर सिर्फ़ आकाश था। लाल बजरी की सड़क के सिरे पर फ़िजिक्स लैब के सामने सीडी ने कहा कि वह कुछ देर के लिए लायब्रेरी जाएगा।

"इस वक़्त लायब्रेरी में क्या करोगे?" प्रभा ने पूछा। लगता था कि उसे सीडी का जाना कुछ अच्छा नहीं लगा।

निकी का चेहरा पत्थर-सा भावहीन हो आया—"सीडी इस साल आई.ए.एस. में बैठ रहा है।"—निकी ने उसी निर्विकार भाव से कहा।

सीडी ने निकी को ऐसे देखा, मानो उसे फाड़कर खा जाएगा। न जाने हम सब इतनी जल्दी अपने पर क्यों शर्मिन्दा हो जाते हैं?

"हाऊ वंडरफुल!" प्रभा ने कहा।

"मैं लायब्रेरी सिर्फ़ 'लन्दन मैगज़ीन' देखने जा रहा था। वर्जीनिया वुल्फ की डायरी के कुछ पन्ने छपे हैं।"—सीडी ने अटकते, लड़खड़ाते हुए स्वर में कहा।

"नीलू, आज शाम तुम क्या कर रही हो?" मैंने कहा।

"पैकिंग—" नीलू ने कहा।

"मैं स्टेशन आऊँगा," मैंने जान-बूझकर प्रश्न नहीं पूछा, ताकि उसे उत्तर न देना पड़े।

वह बहुत देर तक चुप रही। मैं बराबर उसकी कालर बोन के गढ़े को देखता रहा।

"होस्टल की लड़कियाँ मेरे संग होंगी," उसने कहा।

"तो फिर मैं आज शाम को होस्टल आऊँगा, गेट के बाहर," मैंने कहा।

उसने कुछ नहीं कहा।

यूनिवर्सिटी लॉन से लायब्रेरी का चक्कर काटकर प्रभा और नीलू, अपने कॉलेज की सड़क पर मुड़ गईं।

"गुड बाई!" हमने हवा में हाथ हिलाए।

निकी प्रभा को देख रहा है। प्रभा प्रीवियस में है, वह छुट्टियों के बाद वापिस आएगी। निकी धीरे-धीरे स्टैंड की ओर चलने लगा।

मैं कुछ देर तक वैसा ही, उसी स्थान पर खड़ा रहा, जहाँ से वे अलग हुई थीं। मैंने सोचा था कि नीलू एक बार पीछे मुड़कर देखेगी। मैंने सोचा था कि मैं एक बार केवल उसी के लिए हाथ हिलाऊँगा।

किन्तु नीलू प्रभा के संग धीरे-धीरे आगे चलती गई। उसने साड़ी के पल्लू से अपना सर दोबारा ढक लिया। उसने पीछे मुड़कर नहीं देखा। वह और प्रभा किसी बात पर हँस रही थीं और हँसते-हँसते खड़ी हो गई थीं। फिर कुछ दूर चलकर वे आँखों से ओझल हो गईं।

बस में हम दोनों चुप रहे। लू के संग धूल की गर्म मोटी परतें बस के भीतर चली आती थीं। इसलिए हमने खिड़की के शीशे ऊपर चढ़ा दिये। खिड़की के बाहर कहीं आकाश नहीं था, केवल गर्द की चादर थी, जिसके पीछे सूरज मैले आईने में बुझते दीये-सा जल रहा था। कश्मीरी गेट पहुँचकर निकी ने कहा—"चलो, ज़रा नीचे उतरकर साँस लें। भीतर मेरा दम घुट रहा है।"

टिकट करोलबाग का लिया था, किन्तु मैंने कुछ नहीं कहा।

"थोड़ी-सी बियर पी लें, गला सूख रहा है—" निकी ने कहा।

हम कार्लटन में जाकर बैठ गए।

"मैं नहीं लूँगा, निकी—" वेटर के आने पर मैंने कहा।

"क्यों?"

"मुझे रिव्यू पूरा करना है और बियर के बाद मुझसे कुछ काम नहीं होता।" मैंने वेटर से एक विमटो लाने के लिए कह दिया, ताकि निकी ज़्यादा बहस न करे। मुझे निकी अच्छा नहीं लगता, जब वह चुप रहता है। कुछ देर तक निकी चुपचाप बियर पीता रहा।

"परेश, तुम्हें प्रभा कैसी लगती है?"

"मैं उसे जानता नहीं, महज़ देखा-भर है—" मैंने कहा।

"क्या वह और लड़कियों-सी नहीं है?" निकी ने कहा।

"पता नहीं, निकी, मैं कम, बहुत कम लड़कियों को जानता हूँ, जिनमें मेरी माँ और बहिन भी शामिल हैं।"

निकी बियर के गिलास के पीछे से मुझे घूरता रहा। मुझे निकी अच्छा नहीं लगता, जब कभी वह इस तरह देखता है।

"और नीलू?" निकी ने दूसरा गिलास भरा। वह मेरी ओर देख रहा था।

"मे बी येस, मे बी नो!"

हम दोनों हँसने लगे। यह हमारे बीच पुराना मज़ाक़ है। जब हम किसी बात को नहीं जानते, तो हमेशा इस वाक्य का सहारा पकड़ लेते हैं।

"परेश, थोड़ी-सी पी लो।"

"नहीं, मैं ठीक हूँ।"

"अच्छा, एक घूँट!"

मैंने उसके गिलास की बियर अपनी विमटो में डाल ली।

"थोड़ी-सी और लो!"

"नहीं निकी, इतनी काफ़ी है।"

"परेश, क्या तुम प्रेम करते हो?"

"निकी, चलो—" मैंने धीरे से उसका हाथ खींचा।

"मुझे लगता है, परेश, कि प्रभा और मेरे बीच कुछ भी नहीं है—" निकी ने कहा।

"यू आर क्रेजी, निकी,"—मैंने कहा।

"देखा नहीं, वह सीडी को कैसे देख रही थी—" उसने कहा।

"सब लड़कियाँ सीडी को ऐसे ही देखती हैं," मैंने कहा—"निकी चलो।" मैंने उसका कंधा पकड़कर उठाने की चेष्टा की।

उसने मेरा हाथ अपने हाथ में ले लिया—"परेश, तुम्हारी क्या उम्र है?"

"निकी, पहले बाहर चलो," मैंने कहा।

"परेश, क्या तुम अभी तक वर्जिन हो?"

मैंने ज़बरदस्ती निकी को कुर्सी से उठा लिया। वेटर से टैक्सी लाने के लिए कहा और अपने रूमाल से निकी का मुँह साफ़ करने लगा।

"नीबू चूसोगे, निकी?" मैंने उसके कंधे को अपनी बाँह से घेर लिया।

"यू आर डियर, परेश!" निकी हँस रहा था।

जब हम घर पहुँचे, तो हल्की-सी बूँदाबाँदी होने लगी थी। निकी अब ठीक था। दोपहर-भर वह मेरी काउच पर लेटा-लेटा फ्रेंच गानों की धुनें गुनगुनाता रहा। कभी-कभी जब रात के समय में सोते हुए जाग जाता, तो देखता कि वह पाल वैलरी या एपोलोनियर की कविताएँ अँधेरे में ही गुनगुना रहा है।

"परेश, क्या कार्लटन में मैं बहुत ज़्यादा बकवास कर रहा था? तुमने मुझे रोका नहीं?" निकी ने कहा।

"छोड़ो भी, निकी। तुम कुछ देर सो जाओ।" मैं अपना रिव्यू टाइप करता रहा।

"परेश"—उसके स्वर में एक अजीब-सा भारीपन था। हाथ रोककर मैंने उसकी ओर देखा। उसके लम्बे, साँवले चेहरे पर बढ़ी हुई दाढ़ी के ऊपर दो उदास आँखें मुझे देख रही थीं।

"मैं सोचता हूँ, गर्मियों में कहीं चला जाऊँ। इस तरह मुझसे निठल्ले नहीं बैठा जाता।"

"तुम चले जाओगे, तो रिहर्सल का क्या होगा?"

"रिहर्सल सितम्बर तक नहीं होंगे।" कल ही यूनिट ने फ़ैसला किया है।" वह करवट बदलकर पेट के बल लेट गया और दोनों कुहनियों पर उसने अपना मुँह टिका लिया।

"निकी, तुम किसी प्रोफ़ेशनल थिएटर में क्यों नहीं चले जाते, कब तक ऐसे घिसटते रहोगे?"

"यहाँ रहकर कुछ नहीं होगा। अगर कभी गया, तो ब्राडवे या पेरिस जाऊँगा।"

"किसी स्कॉलरशिप के लिए क्यों नहीं कोशिश करते? तुम्हें फ्रेंच तो आती है।"

"मुझसे यह सब कुछ नहीं होता। मैं शायद कुछ भी नहीं कर पाऊँगा।" उसने आँखें मूँद लीं और धीरे-धीरे काउच पर अपने पैर हिलाता रहा।

मैं फिर अपने टाइपराइटर के सामने बैठ गया। मन ऊबा था खिड़की के शीशे पर बारिश की बूँदें छिटक आई थीं। निकी आँखें मूँदे सीटी बजा रहा था। मैंने नया पन्ना जोड़ा और धीरे-धीरे टाइप करता रहा, केवल एक ही वाक्य, कभी शुरू के शब्द, कभी आख़िर के शब्द, पन्ने की अन्तिम लाइन तक, इन द ईवनिंग आई शैल मीट नीलू (शाम को नीलू से मिलूँगा)...आई शैल मीट नीलू इन ईवनिंग...इन द ईवनिंग,

इन द ईवनिंग...जब पूरा पन्ना भर गया, तो उसे वहीं छोड़कर मैं उठा और चाय का पानी स्टोव पर रख आया।

"परेश, तुम कभी मुझे अपनी कहानी क्यों नहीं सुनाते? तुम जानते हो, हिन्दी मैं एक लफ़्ज़ नहीं पढ़ पाता।" निकी ने कहा।

मैं चुपचाप टाइप करता रहा। मुझे मालूम है, कहानियाँ हमेशा उसे उबा देती हैं। वह केवल मेरा जी ख़ुश करने के लिए ही शिकायत करता है।

कुछ देर बाद हमने चाय पी।

"मेरी एक तमन्ना है, निकी," मैंने कहा—"मैं एक ड्रामा लिखूँ, जिसमें तुम एक्ट करो और मैं आगे की सीट पर बैठूँ, और तुम्हारे मुँह से वे शब्द सुनूँ, जो मैंने लिखे है और..."

किन्तु निकी ने मुझे बीच में ही टोक दिया—"और उस रात आडिटोरियम में मेट्रो गोल्डन मेयर का कोई बड़ा डायरेक्टर बैठा हो। प्ले के एकदम बाद वह हम दोनों के संग कॉन्ट्रैक्ट कर ले, तुम सीनिरियो लेखक और मैं..."

"हॉलीवुड का नया जेम्स डीन्स!" मैंने कहा।

हम बहुत देर तक हँसते रहे। चाय मेज़ पर पड़ी-पड़ी ठंडी हो गई। रेमिंग्टन में दबा आधा टाइप किया हुआ रिव्यू मानो विस्मित-सा होकर हम दोनों के पागलपन को देखता रहा।

एक घंटे बाद रिव्यू टाइप कर चुकने पर जब मैंने पीठ मोड़ी, तो देखा, निकी काउच पर घुटने उठाए, पोटली-सा बना हुआ सो रहा है।

"निकी," मैंने कहा, धीरे से सीटी बजाई, किन्तु वह पूर्ववत् सोता रहा। मैंने उसके घुटने काउच पर फैला दिये और कुर्सी से कुशन उठाकर उसके सिरहाने रख दिया। कमरे की चाभी ताले में लगाकर मेज़ पर रख दी। मैं अपना मुँह हौले से उसके कान के पास ले गया। उसके मुँह से

बियर की बू अब तक आ रही थी। मैंने उसके माथे पर गिरे बाल पीछे खिसका दिये और धीरे से कहा—"जेम्स डीन्स!"

वह हँसा नहीं। मैं चुपचाप दरवाज़ा बन्द करके कमरे के बाहर हो गया।

जब बस से उतरा, बादल छितर आए थे। भीगी सड़कों पर भाप के हल्के, झीने बादल उड़ रहे थे। रजिस्ट्रार के बँगले से आगे यूनिवर्सिटी रोड के दाईं ओर एक छोटी-सी लेन चली गई है। इस लेन पर धूप और छाया आधी-आधी बँट गई है। मैं आधी छाया पर चलता हूँ, मेरी छाया आधी धूप पर गिरती है।

होस्टल के मेन गेट की दीवारों पर काँच के टुकड़े शाम की धूप में चमक रहे हैं। ऊपर की मंज़िल में दाहिने विंग पर उसका कमरा है। खड़ा-खड़ा मैं जेब में हाथ डालकर कहानी के पन्नों को छूता हूँ। बहुत दिन पहले लिखी थी। बहुत दिन पहले नीलू ने माँगी थी। मुझे मालूम है कि वह ऐसे ही पूछती है, ऐसे ही भूल जाती है। लेकिन शायद कहीं याद हो, पूछेगी, तो दे दूँगा। दूँगा नहीं, केवल दिखला-भर दूँगा। दिखलाकर कहूँगा, नहीं, कहूँगा कुछ नहीं, सिर्फ़ शीर्षक बतला दूँगा, फिर शीर्षक का अँगरेज़ी में अनुवाद करूँगा क्योंकि अँगरेज़ी में शीर्षक हमेशा अच्छा सुनाई देता है। नहीं, यह सब कुछ नहीं करूँगा, जेब में ही पड़ा रहने दूँगा और अगर वह पूछेगी, तो कहूँगा, नहीं, कहूँगा कुछ नहीं...

"कब से खड़े हो?"

मैंने अचकचाकर पीछे देखा।

नीलू मुझसे कुछ दूर खड़ी थी।

"कहाँ से आ रही हो?" मैंने पूछा।

"यूनिवर्सिटी लायब्रेरी में किताबें वापिस करनी थीं।"

मैंने रूमाल निकालकर पसीना पोंछा। हवा में घुटती-सी उमस थी।

"लायब्रेरी सिक्योरिटी के रुपये वापिस मिले हैं। यहाँ रहती, तो आज सब पिक्चर जाते।" उसने कहा।

"नीलू"—मुझे अपनी आवाज़ के कम्पन से घृणा होती है। मैं फिर पसीना पोंछता हूँ।

"क्या परेश?" नीलू ने कहा।

"तुम छुट्टियों बाद आओगी?"

"हाँ, शायद आना पड़े, सारे पेपर बिगड़ गए हैं—" उसने कहा।

"डोंट बी सिली!" मैंने धीरे से कहा।

"सारा सामान बिखरा पड़ा है। अभी कुछ भी पैक नहीं किया।" नीलू ने कहा।

मेरा हाथ जेब में जाता है। मेरा अँगुलियाँ कहानी के पन्ने को छू रही हैं।

"परेश, अपने रिव्यू की कटिंग ज़रूर भेजना। हमारे शहर में 'टाइम्स' नहीं आता। मेरा पता मालूम है?"

उसने पर्स से काग़ज़ निकाला और पता लिखने लगी। मेन गेट की बत्ती जल गई। उसकी झुकी हुई गर्दन के नीचे कालर-बोन का छोटा-सा गढ़ा चमकने लगा। मुझे लगा, वह क्षण बहता पानी है, मेरी उम्र के सब साल इर्द-गिर्द खड़े नीचे झाँक रहे हैं, उनकी छायाएँ मेरे और उस क्षण के बीच झिलमिल-सी तिरती जाती हैं...

"परेश, तुम गर्मियों में यहीं रहोगे?" उसने वै'से ही सर झुकाए लिखते हुए पूछा।

"क्यों?"

"तुम यहाँ बेकार अपना समय बरबाद कर रहे हो।"

मैं चुप रहा और अँधेरे में दूर होस्टल की इमारत देखने लगा।

"सुनो, तुम किसी पेपर के प्रतिनिधि बनकर बाहर क्यों नहीं चले जाते?"

"बाहर कहाँ?"

"क्यों, सारी दुनिया पड़ी है!...लन्दन, न्यूयार्क, पेरिस..." मैं हँसने लगा।

"सच! अभी मेरा कजिन कैरो गया था, स्वेज की ख़बरें कवर करके लौटा है। तुम अगर जाओ, तो हर शहर से पिक्चर पोस्टकार्ड भेजना। पिरामिड्स, आइफल टावर, लूव्र..."

मैं अब हँस नहीं रहा, बेवक़ूफ़-सा नीलू को देख रहा हूँ। मेरी अँगुलियों से कहानी के पन्ने छूट गए और मैंने अपना हाथ जेब से बाहर निकाल लिया।

"अच्छा परेश, मैं चली। सारा सामान खुला पड़ा है। दिन-भर आलस के मारे कुछ भी पैक नहीं किया। यह पता रख लो। कटिंग ज़रूर भेजना।"

मैं चुपचाप अँधेरे में खड़ा हूँ। नीलू मेन गेट के भीतर दो क़दम चलकर रुक गई, "तुम अब कहाँ जाओगे?"

"एसप्रेसो! सीडी और निकी इन्तज़ार में होंगे"—मैंने कहा।

"वह ट्यून याद है, जो पिछली बार एसप्रेसो में बजाई थी?" नीलू ने कहा।

मैंने सर हिलाया। मुझे नीलू के संग बिताई गई शामें याद हैं, "थ्री कायन्ज इन द फ़ाउंटेन"—मैंने कहा।

"आज वह रिकॉर्ड बजाओगे?" उसने कहा।

"तुम उस समय ट्रेन में होगी, नीलू"—मैंने कहा।

"फिर भी बजाना...दस बजे...मैं उस समय तुम सबको याद करूँगी। निकी, सीडी और तुम्हें और दिल्ली में बिताए दो साल!"

"गुड बाई, नीलू!"

नीलू ने हाथ हिलाया। वह अँधेरे में चली गई।

मैं अँधेरे में खड़ा रहा, पिक्चर पोस्टकार्ड! नीलू ने पिक्चर पोस्टकार्ड के बारे में क्या कहा था?

बारिश के बाद भी रात गर्म थी। गीली सड़कों पर दुकानों की नियोन लाइट्स के नीचे चलते हुए मुझे वे सब बातें याद हो आईं, जो मैं नीलू से कहना चाह रहा था और नहीं कह पाया था। मुझे अच्छा लगा कि मैंने उन्हें नहीं कहा। अब सोचकर मुझे शर्म आ रही थी, क्योंकि कुछ बातें हैं, जो एक उम्र के संग जुड़ी होती हैं, और अगर उम्र बीत जाए, और वे अनकही रह जाएँ, तो उन्हें कभी कहना नहीं होता।

एसप्रेसो में कोने की कुर्सी पर निकी बैठा था। हाथ के इशारे से उसने मुझे पास बुला लिया। वेटर को बुलाकर उसने एक एसप्रेसो कॉफ़ी लाने के लिए कहा। "तुम नहीं लोगे?"—मैंने पूछा।

"पिछले एक घंटे से बैठा हूँ। तुम्हें इतनी देर कैसे हो गई?" निकी ने पूछा।

"मैं नीलू के होस्टल गया था"—मैंने कहा।

"प्रभा मिली थी?" उसने पूछा।

"नहीं, उसके पेपर अभी बाक़ी हैं"—मैंने कहा।

"क्या नीलू को 'स्टेशन सी ऑफ़' करने गए थे?" उसने कहा।

"नहीं, होस्टल से ही लौट आया"—मैंने कहा।

निकी धीरे से मेरे पास झुक आया—"तुम्हारी आँखें झपक रही हैं, सच बतलाओ, क्या कुछ पीकर आए हो?"

"शट अप, निकी!" मैंने कहा।

एसप्रेसो में भीड़ छँटने लगी थी। वेटर ख़ाली घूम रहे थे। दो-चार विद्यार्थी जूक बॉक्स के पास खड़े हुए आपस में हँस रहे थे।

"परेश, एक बात पूछूँ?" निकी मुझे ध्यान से देख रहा था।

"क्या निकी?"

"क्या तुम कभी कम्युनिस्ट रहे थे?" निकी ने कहा।

"निकी, तुमसे किसने कहा?"

"सीडी ने कहा था। लेकिन मैंने विश्वास नहीं किया। क्या यह सच है, परेश?"

"सीडी ने क्या कहा था?"

"कुछ नहीं, मुझे सिर्फ़ उत्सुकता हुई थी। जानते हो, मेरा अभी तक किसी कम्युनिस्ट से वास्ता नहीं पड़ा। दूर से देखा है, लेकिन इतने पास से कभी नहीं, जितने तुम हो। परेश, क्या सचमुच तुम कम्युनिस्ट रह चुके हो?"

"निकी, अगर तुम्हारी बीती हुई उम्र के पिछले पाँच साल तुम्हें कोई लौटा दे, तो तुम क्या करोगे?"

निकी कुछ देर तक विस्मित-सा एकटक मुझे निहारता रहा। जूक बॉक्स पर जाज का रिकॉर्ड बजने लगा था।

"मैं आर्मी में चला जाता!" निकी की आँखों पर अजीब घनी-सी तरलता घिर आई—"परेश, मुझे एक बात का हमेशा दुख रहेगा, पिछली लड़ाई में मैं बहुत छोटा था, वरना मैं ज़रूर जाता!"

कुछ देर बाद दरवाज़ा खुला और हमें सीडी भीतर आता हुआ दिखाई दिया। उसके चेहरे पर मुस्कराहट चमक रही थी। वह बीच की कुर्सियाँ हटाता तेज़ी से हमारी टेबल के पास आ गया।

"हलो, सीडी! इतनी देर कैसे हो गई?" निकी ने उसके आगे कुर्सी खिसका दी।

"बाबू का मनीऑर्डर आया है। आंटी के पास मसूरी जाने के लिए लिखा है।" सीडी की मुस्कराहट सारे चेहरे पर फैल गई।

"लेकिन तुम तो आई.ए.एस. की परीक्षा के लिए रुक गए थे?" मैंने उसे चिढ़ाते हुए कहा।

लेकिन वह चिढ़ने के मूड में नहीं था—"अभी दो महीने पड़े हैं। वहीं तैयारी कर लूँगा।"

"कब जाओगे?"

"कल। टिकट ख़रीदने लगा था, इसलिए देर हो गई।"

"हाऊ वंडरफुल, सीडी!" निकी ने हँसते हुए सीडी के कंधे झिंझोड़ दिये—"सीडी, लेट अस सेलीब्रेट टुनाइट!"

सीडी ने वेटर से तीन क्रीम कॉफ़ी लाने के लिए कहा—"एक पिक्चर क्यों न संग देख ली जाए, क्या बजा है, निकी?"

"दस बजने में कुछ मिनट बाक़ी हैं, अभी तो न्यूज़ रील चल रही होगी।"

दस बजे...दस बजे...नीलू ने कहा था...

"सीडी, परसों तुम इस वक़्त मॉल पर होगे। सामने पहाड़ियों में घिरी देहरादून की रोशनियाँ होंगी। मैं दो साल पहले गया था।" निकी ने कहा।

"जल्दी करो, दस बज रहे हैं!" सीडी ने कहा।

"परेश, सच बताओ, तुमने आज पी है, तुम्हारी आँखें इतनी मुँदी-मुँदी क्यों हैं?"

"निकी, यू आर क्रेजी!" मैंने कहा।

"सीडी, क्या मसूरी में प्रोहीबिशन है?" निकी ने पूछा।

"पता नहीं। जल्दी करो, दस बज रहे हैं!" सीडी ने कहा।

"दस बजे मैं ट्रेन में हूँगी," नीलू ने कहा था।

हम सब उठ जाते हैं। मैं धीरे-धीरे जूक बॉक्स के पास आया और कुछ देर तक उसके सामने खड़ा रहा।

"जल्दी करो, परेश! वहाँ खड़े क्या कर रहे हो?"

मैंने चवन्नी डालकर धीरे से बटन दबाया।

रिकॉर्ड धीरे-धीरे ऊपर उठने लगा। जूक बॉक्स के भीतर सितारे-सी लाल बत्ती जल उठी।

सितम्बर की एक शाम

फिर हवा थमी, पत्ते ख़ामोश हो रहे और घास, जो दिन-भर काँपती रही थी, अलसाई-सी सोने लगी। दिन-भर पीली गर्म धूल हवा को झुलसाती हुई उड़ी थी। उसने कमरे की खिड़की से नालों में पत्तों को इकट्ठा होते देखा था, धूल में सने टूटे करारे पत्ते—जो सुनसान सड़कों पर पागल से भटकते रहे थे।

वह प्रतीक्षा करता रहा था—दोपहर-भर। दोपहर बीत चली थी। शाम की प्रतीक्षा नहीं थी, लेकिन शाम घिर रही थी। कमरे से चाय की दुकान जाते हुए, ग्रामोफ़ोन पर रिकॉर्ड सुने थे। वह सड़क के बीचोबीच ठिठककर खड़ा हो गया—"व्हाई डोंट यू बिलीव मी, आई लव यू सो मच।"

फीके आकाश में जामुनी बदली घुमड़ आई। रेस्तराँ से बाहर निकलकर वह सरकारी क्वार्टरों के सामने छोटे से घास के मैदान पर लेट गया। उसे लगा कि उसके पाँव पीछे कोई निशान नहीं छोड़ गए हैं—जैसे वह अभी जन्मा है। उसकी ज़िन्दगी की गाँठ अतीत के किसी

प्रेत से नहीं जुड़ी है, इसलिए वह मुक्त है, और घास पर लेटा है। सारी दुनिया उसकी प्रतीक्षा कर रही है कि वह उसे अर्थ दे, उसकी बाट जोह रही है—साँस रोके! और वह ज्वरग्रस्त व्यक्ति की तरह एक स्मृति, एक अजीब निरर्थक शब्द के पीछे पड़ जाता है, बार-बार उसे हेर-फेर के साथ दोहराता है—विक्षिप्त, बौखलाया-सा...

"वह मुक्त है, और सारी दुनिया उसकी प्रतीक्षा कर रही है..." सितम्बर, 1955 की एक शाम—जब चारों ओर शान्ति फैली हुई थी। एक युवक, जिसकी उम्र लगभग 27 वर्ष रही होगी, अपने घर से बाहर निकलकर दूसरों के घरों के सामने घास पर लेटा था। वहाँ कोई उसे नहीं जानता था, किन्तु वह जानता था कि वह हिन्दुस्तान के एक शहर के कोने में घास पर लेटा है, इस शाम के लिए जीवित है, और साँस ले रहा है। पिछले अनेक महीनों से, रात-दिन उस अजनबी शहर की अँधेरी पेचदार गलियों में अपनी छाया के साथ सरकता, मकानों, दुकानों और आदमियों से सटता हुआ भागता आया था, और आज अचानक वह ठिठक गया। उसने आँखें उठाईं—सारी दुनिया सामने पड़ी थी, और उसकी उम्र 27 वर्ष की थी।

उसने देखा—घास पर एक तितली उड़ रही है। सरकारी क्वार्टरों से बच्चे निकलकर मैदान में खेलने लगे—हँसते, हाँफते, सीटी बजाते हुए बच्चों के झुंड-के-झुंड आसपास भाग रहे हैं।

सितम्बर, 1955 की शाम—आयु सत्ताईस वर्ष—एक युवक तितली को घास पर उड़ता हुआ देख रहा है। स्क्वायर के बीच लैम्पपोस्ट—मैदान के घिरते अँधेरे में लाइट हाउस-सा टिमटिमा रहा है। शान्ति की अथाह, विस्तीर्ण झील पर—लाइट हाउस का झिलमिलाता आलोक, तितलियाँ हवा में, आकाश में, शहर की सब सड़कों और गलियों में उड़ रही हैं।

केवल वह लेटा है, और प्रतीक्षा कर रहा है।

आकाश में तारे निकलने से पहले ही बादलों का झुरमुट छाने

लगा—कुछ भूली-भटकी बूँदें घास पर घुलने लगीं। दिन-भर तपी गर्म सड़कों से भाप उठने लगी।

बारिश में भीगता हुआ, वह सड़कें पार करने लगा। बहुत से आदमियों की भीड़ में वह भी एक था। उसका चेहरा दूसरे आदमियों के चेहरों से अलग था, फिर भी उनसे मिलता-जुलता था। वेश-भूषा, चाल-ढाल, आँखों का खोलना-झपकाना, साँस लेना, फिर सहसा अनायास ढंग से साँस हवा में फैला देना—वह सब वही कर रहा था, जैसा साधारणतः सब लोग करते हैं। उसके व्यक्तित्व में कहीं भी कोई विशिष्टता, कोई चमत्कार नहीं था।

धरती कितनी विशाल कितनी फैली है। कितने आदमी एक जैसे, एक-दूसरे से मिलते-जुलते उस शाम शहर की सड़कों पर चल रहे हैं—बीच का फ़ासला पार कर रहे हैं। यदि आप में से कोई उस शाम अचानक कमरे की खिड़की खोलकर बाहर झाँक लेता, तो शायद आपकी नज़र भीड़ में चलते उस युवक पर कभी न पड़ती, पड़ती भी तो टिक न पाती, भीड़ के और चेहरों में खो जाती।

सत्ताईस वर्ष पुराना वह चेहरा इतना ही साधारण था। उसके सामने भी औरों की तरह बीच का फ़ासला फैला था, और वह उसे पार कर रहा था।

और तब एक अजीब घटना घटी। भीगी सड़क के एक गढ़े से एक शक्ल झाँक रही थी। कैफ़े की गुलाबी रोशनी में उस युवक ने अचानक अपने चेहरे का अक्स गँदले पानी के गढ़े में देखा। उसे लगा कि यह चेहरा उसके पिता की तीखी, व्यंग्यात्मक मुद्रा में मुस्करा रहा है—घर से जाओगे, अपने पाँव पर खड़े होने—जाओ। अपनी स्वतंत्रता की पोटली बाँधकर कहाँ-कहाँ भटकते फिरोगे—जब नशा उतर जाए, तो वापिस लौट आना।

और अचानक वह हँसने लगा : इतनी बड़ी भीड़ में एक हँसता हुआ चेहरा। क्या कोई इतिहास में लिखेगा कि...सितम्बर, 1955 की शाम को सड़क पर चलती हुई भीड़ में एक चेहरा हँसा था।

उसने दरवाज़ा खटखटाया। वह इस समय रसोई में होगी, जहाँ वह बहुत देर में सुनेगी कि कोई बाहर अँधेरी सीढ़ियों पर खड़ा है, और दरवाज़ा खटखटा रहा है। साँकल खुली है, ज़रा-सा धक्का देने से दरवाज़ा खुल जाएगा, किन्तु उसे कोई जल्दी नहीं है। उसने अपने बाल ऊपर समेट लिये हैं। कीचड़ और गँदले पानी के छींटे जो उसकी पैंट पर छिटक आए थे, उन्हें उसने अपने रूमाल से खुरच दिया। फिर उसने जबड़े को सूखे रबड़ की तरह खींचकर फैलाया—वह अब मुस्करा रहा है। जब वह दरवाज़ा खोलेगी, तो उसे इस तरह मुस्कराता देखेगी।

दरवाज़ा धीरे से खुला। उसकी बहिन ने देखा। वह दरवाज़े की देहरी पर खड़ा मुस्करा रहा है। वह कुछ नहीं बोली। वह कभी कुछ नहीं बोलती। वह उसकी ओर देख रही है। उसकी आँखें...

उसकी आँखों से बचता हुआ, हल्के से उसे धकेलता हुआ, वह भीतर आया।

"इतने दिन कहाँ रहे..." वह चुपचाप उसकी ओर देख रही है।

वह खिसियाना-सा मुस्करा रहा है।

"जीजाजी कहाँ हैं?"

"अभी आते होंगे...बारिश में बाहर चले गए हैं।"

वह जीजाजी के कपड़ों की अलमारी खोलने के लिए मुड़ी। उसने उसका हाथ पकड़ लिया।

"अभी यह सब रहने दो," उसने कहा। वह उसका हाथ पकड़े रहा। वह उसकी ओर देखती रही।

"तुम्हें क्या हो गया है?"

"तुम क्या देखती हो?"

"एक शहर में रहते हो, अरसे बाद आते हो, और जब आते हो तब..."

"तब?"

"माँ का पत्र आया था...तुम जब से आए हो, उन्हें कोई ख़बर नहीं दी?"

"तुमने उन्हें कुछ लिखा..."

"क्या लिखती...मैं ही तुम्हारे बारे में कौन बहुत-कुछ जानती हूँ... मुद्दत हुई तुमने शकल नहीं दिखाई..."

"अब देख लो, बिलकुल वैसा ही हूँ।"

"क्या तुमने अपना कमरा बदल लिया है?"

"क्यों?"

"तुम्हारे जीजाजी को भेजा था, पता चला, तुम कमरा छोड़कर कहीं और चले गए हो।"

"एक दोस्त के मकान का कमरा ख़ाली था, फ़िलहाल वहीं टिका हूँ।"

उसने देखा, वह समझ गई है, किन्तु जैसे आगे कुछ भी बोल पाना असम्भव है। वह जानती है कि कुछ भी कह ले, किन्तु रुपये की चर्चा उससे नहीं कर पाएगी। उससे वह कुछ भी ले सकेगा, इस विचार से उसके रोंगटे खड़े हो जाते हैं।

"मेरी तरफ़ देखो।"

उसने उसकी ओर देखा।

"मेरी सौगन्ध खाओ। जो मैं कहूँगी, मानोगे।"

वह निर्विकार भाव से उसकी ओर देख रहा है।

"तुम घर वापिस लौट जाओ," उसके स्वर में धीमा कम्पन था।

"बच्ची, तुम इतनी बुज़ुर्ग कब से बन गईं?" उसने बहुत वर्षों बाद उसके बचपन का नाम लिया था।

"बुज़ुर्ग तुम अपने को समझते हो, जो सबसे लड़-झगड़कर घर से भाग आए हो।"

कुर्सी पर बैठे-बैठे उसने आँखें मूँद लीं। उसके भीतर का भारीपन पिघलने लगा है, बर्फ़ की सिल की तरह बूँद-बूँद चू रहा है।

उसने देखा, बच्ची का मुँह सफ़ेद हो गया है, और होंठ काँप रहे हैं। उसे अजीब-सी ख़ुशी हुई, वह किसी को तो दुख पहुँचा सकता है।

"बच्ची, क्या तुम्हें याद है, जब हम दोनों बहुत छोटे थे, तब मैं घर से नहीं भागा था। तब तुम्हारा ब्याह नहीं हुआ था, तब हम कुछ नहीं जानते थे, जब हम सब कुछ जानते थे। आज तुम सोचती हो कि मैं इससे भिन्न हो सकता था जो आज हूँ—किन्तु जो आज हूँ वह उन दिनों मेरे भीतर था, और उसे देखकर तुम नहीं डरती थीं।"

छत पर बारिश की बूँदों का टप-टप स्वर अनवरत आ रहा था। कमरे में बहुत देर तक बोझिल-सा सन्नाटा छाया रहा।

"बोलते क्यों नहीं?" वह उसके नज़दीक सरक आई।

"जैसा हूँ, क्या बहुत बुरा हूँ, बच्ची?"

"बुरे हो, अच्छे हो, तुम जानो; मैं इतना ही जानती हूँ, इस तरह नहीं जिया जाता।"

"सब अपनी ज़िम्मेदारी लिये जीते हैं, बच्ची, तुम यह सब कब समझोगी?"

वह उठ खड़ा हुआ। उसे लगा, वह बच्ची की आँखों से अपने को देख रहा है, मानो बच्ची की आँखें आईना हैं, जिनमें उसकी ज़िन्दगी के सूराख़ झाँक रहे हैं।

"अगर घर छोड़कर भागना था, तो इस शहर में क्यों आए, माँ की चिट्ठियाँ आती हैं; तुम्हारे जीजाजी परेशान होते हैं, मुझे कोसते हैं। बताओ, मैं क्या करूँ? जब तक यहाँ, इस शहर में रहोगे, मुझसे छुटकारा नहीं मिलेगा।"

वह उसके और निकट आ गई, बिलकुल पास, उसके सामने।

"इतना घमंड लेकर कैसे जिओगे! तुम...तुम बहुत बड़े बन गए हो, छि: तुम्हें शर्म नहीं आती। अपनी तरफ़ देखो। सड़कों पर बेकार एड़ियाँ घिसने से तुममें बड़प्पन आ गया है? आया होगा, मुझे तो दिखता नहीं!"

बच्ची की आँखें उसे पिये जा रही थीं। आवेश में उसका चेहरा विकृत हो गया था।

उसने धीरे से बच्ची को पीछे धकेला। उसे लगा, उसकी टाँगें काँप रही हैं।

"बच्ची, तुम पागल हो," उसका गला रुँध आया था।

वह दरवाज़े की ओर बढ़ा। अपने विश्वास पर उसकी पकड़ ढीली होती जा रही थी।

बच्ची दरवाज़े को रोके खड़ी है। उसे लगा, वह उसे एक तरफ़ घसीटकर, धक्का देकर दरवाज़ा खोल दे, लेकिन उसके पाँव फ़र्श पर जमे रहे। एक लम्बे क्षण तक दोनों एक-दूसरे को घूरते रहे।

बच्ची काँप रही थी।

"खड़े क्यों हो? मुझे धकेलकर चोरों की तरह बाहर भाग जाओ। तुम अब बच्चे नहीं रहे, सब कुछ कर सकते हो।"

वह धीरे से उसके पास आया, उसके कंधे पर हाथ रखा। उसे लगा वह बिलकुल शान्त है, जैसे एक गहरी अथाह शून्यता के भँवर में उसने अपना सिर डुबो दिया है।

"घर वापिस लौट जाने के लिए कहती हो, लौट जाऊँगा।"

वह बहुत धीमे से मुस्कराया। बच्ची की निरीह, मूक आँखें उसे देख रही हैं। वह पूरी चेष्टा से बराबर वैसे ही मुस्कराता रहा।

बच्ची ने चुपचाप अपने आँचल से दो नोट निकाले—"लो।"

"किसलिए?"

"रेल का किराया...।"

वह चुपचाप बच्ची को देखता रहा।

"यह लोगे, तो मैं समझूँगी तुम झूठ नहीं बोले हो।"

उसने कोई विरोध नहीं किया।

सहसा बच्ची उसके दोनों कंधों पर हाथ रखकर रोने लगी।

"तुम्हारे आगे सारी ज़िन्दगी पड़ी है, कब तक अपने को ऐसे घसीटोगे?"

बच्ची उसके कंधों पर सिर रखकर धीरे-धीरे सिसक रही है। वह कुछ नहीं कहता। उसने चाहा कि रूमाल से उसके आँसू पोंछ दे, फिर याद आया कि उसका रूमाल पसीने और गर्द से गन्दा है, इसलिए वह चुपचाप खड़ा रहा। बच्ची धीरे-धीरे रोती रही।

बाहर बारिश रुक चली थी, और बादलों के पीछे से नये, धुले हुए चमचमाते तारे झाँकने लगे थे।

वही चेहरा एक पुराने आईने से उसकी ओर झाँक रहा है। आईने पर, दीवार पर कत्थे और सस्ती लिपस्टिक के अधमिटे धब्बे बिखरे पड़े हैं। पलंग के सामने नंगी दीवार पर फ़िल्म-स्टार का कैलेंडर लटका है, जिस पर एक बड़ी चाभी झूल रही है। उस तंग कमरे में एक ही खिड़की है, जो न जाने कब से बन्द है। उसी से सटे हुए बिस्तर से वह उन दोनों शरीरों को देख रहा है, जिनमें से एक उसका है।

"बच्ची, तुमने कभी सत्ताईस वर्ष के युवक के इस चेहरे को देखा है? देखो, इधर देखो। बीते हुए वर्षों के अनगिनत क्षणों, अकस्मात् अजानी घटनाओं के विचित्र पुंज से यह रात जन्मी है।" उसने उन दोनों नोटों

को छुआ, जो बच्ची ने दिये थे। उसे लगा, वह उस दुनिया को छू रहा है, जो अरसा हुआ पीछे छूट गई है, इसलिए मर गई है। इसलिए वह कहाँ पीछे लौटे, इसलिए वह इस रात यहाँ...इस अँधेरे कमरे में लेटा है...जी रहा है...।

नीचे गली में दो शराबी ज़ोर-ज़ोर से गालियाँ देते हुए चिल्लाने लगे हैं। गली के कुत्ते उन पर बराबर भौंकते जा रहे हैं। ऊपर कोठे की छत की नाली से बारिश के गँदले पानी की मोटी मटियाली धार गली की कच्ची ज़मीन पर गिर रही है।

उन दोनों में से कोई ज़रा भी हिलता है, तो नीचे धँसती हुई चारपाई कराहने लगती है। नींद और नशे की खुमारी में बड़बड़ाती हुई वह उसके शरीर से सटी जा रही है...

उनके बीच की स्तब्ध हवा दोनों की साँसों से सिकुड़ती, काँपती रही। पास गली के सिनेमा-हाउस के नाम के बड़े-बड़े अक्षर लाल-नीली रोशनी में कभी जलते हैं, कभी बुझते हैं। बन्द खिड़की से इस रोशनी की एक महीन आलोक-रेखा अँधेरी दीवार पर लटके हुए कैलेंडर की तारीख़ों पर पड़ती है। लाल-नीली रोशनियों के दायरों में उस रात की तारीख़ भी एक क्षण के लिए जलती है, और फिर एक क्षण के लिए अँधेरे में घुल जाती है...

वह सितम्बर, 1955 की रात थी।

एक रात जब चारों ओर शान्ति का रुपहला, स्निग्ध अन्धकार नीली निस्तब्ध झील-सा फैला था, और चुपचाप प्रतीक्षा कर रहा था... क्या कोई कभी जानेगा?

जीने का एक झिलमिल क्षण, जिसकी कोई अनुभूति नहीं, कोई परिणति नहीं। मुक्ति की उत्कट प्यास, जो सब नैतिक मान्यताओं को तोड़ती हुई, इन दीवारों के परे, इस रात के परे, समूची पृथ्वी की असीम व्यापकता को इस अँधेरे क्षण में समेट रही है, धूप, हवा पिघलते-फैलते आलोक में, पिघलती-मिटती छायाओं में, सब गलियों, चौराहों पर, जहाँ उसकी तृषार्त स्तब्ध आँखें सदियों से विस्मित खुली हैं।

यह रात—एक अरसे बाद यह रात भी एक अधमिटी अधूरी स्मृति के कुहासे में घुल जाएगी। रह जाएगा केवल वह—उसके आकारहीन, अर्थ खोजते हुए अस्तित्व की परिधि को अनुप्राणित करता एक अस्पष्ट धुँधला-सा दर्द—जो किसी दुख, किसी चाह से उत्पन्न नहीं हुआ, जो उसके जीने की क्रिया के साथ जुड़ा है, हमेशा से उसके संग है, जब से वह साँस ले रहा है...छाया-सा भटकता, उड़ता, उसके संग जीता हुआ।

उसे लगा, इस क्षण वह जी रहा है, अपने समूचे अस्तित्व की मिट्टी अपनी मुट्ठी में दबोचे है—घास पर उड़ती हुई तितली को देख रहा है। उसके चारों ओर घनी नीरव शान्ति घिर रही है।

वह कमरे से बाहर आया। अँधेरे में वह चेहरा नहीं दिखाई देता, जिसके साथ उसने रात बिताई है। उसने दोनों नोट जेब से निकाले, और धीरे से उसके हाथों में दबा दिये...कुछ देर वहीं ठिठका रहा, किन्तु चाहने पर भी कुछ नहीं बोल सका।

बारिश कब की रुक चुकी थी, लेकिन दूर-दूर तक लैम्पपोस्ट के नीचे गँदले पानी के गढ़े में उसने अपने चेहरे की छाया देखी—वह कुछ देर तक अपलक उस चेहरे को देखता रहा जो उसका अपना था।

"तुम्हारे आगे सारी ज़िन्दगी पड़ी है!" बच्ची ने कहा था।

परिन्दे

> Can we do nothing for the dead? And for a long time the answer has been—nothing!
>
> —Katherine Mansfield

अँधेरे गलियारे में चलते हुए लतिका ठिठक गई। दीवार का सहारा लेकर उसने लैम्प की बत्ती बढ़ा दी। सीढ़ियों पर उसकी छाया एक बेडौल कटी-फटी आकृति खींचने लगी। सात नम्बर कमरे से लड़कियों की बातचीत और हँसी-ठहाकों का स्वर अभी तक आ रहा था। लतिका ने दरवाज़ा खटखटाया। शोर अचानक बन्द हो गया।

"कौन है?"

लतिका चुप खड़ी रही। कमरे में कुछ देर तक घुसर-पुसर होती रही, फिर दरवाज़े की चिटखनी के खुलने का स्वर आया। लतिका कमरे की देहरी से कुछ आगे बढ़ी, लैम्प की झपकती लौ में लड़कियों के चेहरे सिनेमा के परदे पर ठहरे हुए क्लोजअप की भाँति उभरने लगे।

"कमरे में अँधेरा क्यों कर रखा है?" लतिका के स्वर में हल्की-सी झिड़की का आभास था।

"लैम्प में तेल ही ख़त्म हो गया, मैडम!"

यह सुधा का कमरा था, इसलिए उसे ही उत्तर देना पड़ा। होस्टल में शायद वह सबसे अधिक लोकप्रिय थी, क्योंकि सदा छुट्टी के समय या रात को डिनर के बाद आसपास के कमरों में रहने वाली लड़कियों का जमघट उसी के कमरे में लग जाता था। देर तक गप-शप, हँसी-मज़ाक़ चलता रहता।

"तेल के लिए करीमुद्दीन से क्यों नहीं कहा?"

"कितनी बार कहा मैडम, लेकिन उसे याद रहे तब तो।"

कमरे में हँसी की फुहार एक कोने से दूसरे कोने तक फैल गई। लतिका के कमरे में आने से अनुशासन की जो घुटन घिर आई थी वह अचानक बह गई। करीमुद्दीन होस्टल का नौकर था। उसके आलस और काम में टालमटोल करने के क़िस्से होस्टल की लड़कियों में पीढ़ी-दर-पीढ़ी चले आते थे।

लतिका को हठात् कुछ स्मरण हो आया। अँधेरे में लैम्प घुमाते हुए चारों ओर निगाहें दौड़ाईं। कमरे में चारों ओर घेरा बनाकर वे बैठी थीं—पास-पास एक-दूसरे से सटकर। सबके चेहरे परिचित थे, किन्तु लैम्प के पीले मद्धिम प्रकाश में मानो कुछ बदल गया था, या जैसे वह उन्हें पहली बार देख रही थी।

"जूली, अब तक तुम इस ब्लॉक में क्या कर रही हो?"

जूली खिड़की के पास पलंग के सिरहाने बैठी थी। उसने चुपचाप आँखें नीची कर लीं। लैम्प का प्रकाश चारों ओर से सिमटकर अब केवल उसके चेहरे पर गिर रहा था।

"नाइट रजिस्टर पर दस्तख़त कर दिये?"

"हाँ, मैडम।"

"फिर...?" लतिका का स्वर कड़ा हो आया। जूली सकुचाकर खिड़की से बाहर देखने लगी।

जब से लतिका इस स्कूल में आई है, उसने अनुभव किया कि होस्टल के इस नियम का पालन डाँट-फटकार के बावजूद नहीं होता।

"मैडम, कल से छुट्टियाँ शुरू हो जाएँगी, इसलिए आज रात हम सबने मिलकर..." और सुधा पूरी बात न कहकर हेमन्ती की ओर देखते हुए मुस्कराने लगी।

"हेमन्ती के गाने का प्रोग्राम है, आप भी कुछ देर बैठिए न।"

लतिका को उलझन मालूम हुई। इस समय यहाँ आकर उसने इनके मज़े को किरकिरा कर दिया। इस छोटे-से हिल-स्टेशन पर रहते उसे ख़ासा अरसा हो गया, लेकिन कब समय पतझड़ और गर्मियों का घेरा पार कर सर्दी की छुट्टियों की गोद में सिमट जाता है, उसे कभी याद नहीं रहता।

चोरों की तरह चुपचाप वह देहरी से बाहर हो गई। उसके चेहरे का तनाव ढीला पड़ गया। वह मुस्कराने लगी।

"मेरे संग स्नो-फॉल देखने कोई नहीं ठहरेगा?"

"मैडम, छुट्टियों में क्या आप घर नहीं जा रही हैं?" सब लड़कियों की आँखें उस पर जम गईं।

"अभी कुछ पक्का नहीं है—आई लव द स्नो-फॉल!"

लतिका को लगा कि यही बात उसने पिछले साल भी कही थी और शायद पिछले-से-पिछले साल भी। उसे लगा मानो लड़कियाँ उसे सन्देह की दृष्टि से देख रही हैं, मानो उन्होंने उसकी बात पर विश्वास नहीं किया। उसका सिर चकराने लगा, मानो बादलों का स्याह झुरमुट किसी अनजाने कोने से उठकर उसे अपने में डुबो देगा। वह थोड़ा-सा हँसी, फिर धीरे से उसने सर को झटक दिया।

"जूली, तुमसे कुछ काम है, अपने ब्लॉक में जाने से पहले मुझसे मिल लेना—वेल गुड नाइट!" लतिका ने अपने पीछे दरवाज़ा बन्द कर दिया।

"गुड नाइट मैडम, गुड नाइट..."

गलियारे की सीढ़ियाँ न उतरकर लतिका रेलिंग के सहारे खड़ी हो गई। लैम्प की बत्ती को नीचे घुमाकर कोने में रख दिया। बाहर धुंध की नीली तहें बहुत घनी हो चली थीं। लॉन पर लगे हुए चीड़ के पत्तों की सरसराहट हवा के झोंकों के संग कभी तेज़, कभी धीमी होकर भीतर बह आती थी। हवा में सर्दी का हल्का-सा आभास पाकर लतिका के दिमाग़ में कल से शुरू होने वाली छुट्टियों का ध्यान भटक आया। उसने आँखें मूँद लीं। उसे लगा कि जैसे उसकी टाँगें बाँस की लकड़ियों की तरह उसके शरीर से बँधी हैं, जिसकी गाँठें धीरे-धीरे खुलती जा रही हैं। सिर की चकराहट अभी मिटी नहीं थी, मगर अब जैसे वह भीतर न होकर बाहर फैली हुई धुंध का हिस्सा बन गई थी।

सीढ़ियों पर बातचीत का स्वर सुनकर लतिका जैसे सोते से जगी। शॉल को कंधों पर समेटा और लैम्प उठा लिया। डॉ. मुकर्जी मि. ह्यूबर्ट के संग एक अँगरेज़ी धुन गुनगुनाते हुए ऊपर आ रहे थे। सीढ़ियों पर अँधेरा था और ह्यूबर्ट को बार-बार अपनी छड़ी से रास्ता टटोलना पड़ता था। लतिका ने दो-चार सीढ़ियाँ उतरकर लैम्प को नीचे झुका दिया। "गुड ईवनिंग डॉक्टर, गुड ईवनिंग मि. ह्यूबर्ट!" "थैंक यू मिस लतिका"—ह्यूबर्ट के स्वर में कृतज्ञता का भाव था। सीढ़ियाँ चढ़ने से उनकी साँस तेज़ हो रही थी और वह दीवार से

लगे हुए हाँफ रहे थे। लैम्प की रोशनी में उनके चेहरे का पीलापन कुछ ताँबे के रंग जैसा हो गया था।

"यहाँ अकेली क्या कर रही हो मिस लतिका?"—डॉक्टर ने होंठों के भीतर से सीटी बजाई।

"चेकिंग करके लौट रही थी। आज इस वक़्त ऊपर कैसे आना हुआ मिस्टर ह्यूबर्ट?"

ह्यूबर्ट ने मुस्कराकर अपनी छड़ी डॉक्टर के कंधों से छुला दी—"इनसे पूछो, यही मुझे ज़बरदस्ती घसीट लाये हैं।"

"मिस लतिका, हम आपको निमंत्रण देने आ रहे थे। आज रात मेरे कमरे में एक छोटा सा कन्सर्ट होगा जिसमें मि. ह्यूबर्ट शोपां और चाइकोव्स्की के कम्पोजीशन बजाएँगे और फिर क्रीम कॉफ़ी पी जाएगी। और उसके बाद अगर समय रहा, तो पिछले साल हमने जो गुनाह किये हैं उन्हें हम सब मिलकर कन्फेस करेंगे।" डॉक्टर मुकर्जी के चेहरे पर भरी मुस्कान खेल गई।

"डॉक्टर, मुझे माफ़ करें, मेरी तबीयत कुछ ठीक नहीं है।"

"चलिए, यह ठीक रहा। फिर तो आप वैसे भी मेरे पास आतीं।" डॉक्टर ने धीरे से लतिका के कंधों को पकड़कर अपने कमरे की तरफ़ मोड़ दिया।

डॉक्टर मुकर्जी का कमरा ब्लॉक के दूसरे सिरे पर छत से जुड़ा हुआ था। वह आधे बर्मी थे, जिसके चिह्न उनकी थोड़ी दबी हुई नाक और छोटी-छोटी चंचल आँखों से स्पष्ट थे। बर्मा पर जापानियों का आक्रमण होने के बाद वह इस छोटे-से पहाड़ी शहर में आ बसे थे। प्राइवेट प्रैक्टिस के अलावा वह कान्वेंट स्कूल में हाईजीन-फ़िज़ियोलॉजी भी पढ़ाया करते थे और इसलिए उनको स्कूल के होस्टल में ही एक कमरा रहने के लिए दे दिया गया था। कुछ लोगों का कहना था कि बर्मा से आते हुए रास्ते में उनकी पत्नी की मृत्यु हो गई, लेकिन इस

सम्बन्ध में निश्चित रूप से कुछ नहीं कहा जा सकता क्योंकि डॉक्टर स्वयं कभी अपनी पत्नी की चर्चा नहीं करते।

बातों के दौरान डॉक्टर अकसर कहा करते हैं—"मरने से पहले मैं एक दफ़ा बर्मा ज़रूर जाऊँगा"—और तब एक क्षण के लिए उनकी आँखों में एक नमी-सी छा जाती। लतिका चाहने पर भी उनसे कुछ पूछ नहीं पाती। उसे लगता कि डॉक्टर नहीं चाहते कि कोई अतीत के सम्बन्ध में उनसे कुछ भी पूछे या सहानुभूति दिखलाए। दूसरे ही क्षण अपनी गम्भीरता को दूर ठेलते हुए वह हँस पड़ते—एक सूखी, बुझी हुई हँसी।

होम-सिक्नेस ही एक ऐसी बीमारी है जिसका इलाज किसी डॉक्टर के पास नहीं है।

छत पर मेज़-कुर्सियाँ डाल दी गईं और भीतर कमरे में परकोलेटर में कॉफ़ी का पानी चढ़ा दिया गया।

"सुना है अगले दो-तीन वर्षों में यहाँ पर बिजली का इन्तज़ाम हो जाएगा"—डॉक्टर ने स्प्रिट लैम्प जलाते हुए कहा।

"यह बात तो पिछले दस सालों से सुनने में आ रही है। अँगरेज़ों ने भी कोई लम्बी-चौड़ी स्कीम बनाई थी, पता नहीं उसका क्या हुआ"—ह्यूबर्ट ने कहा। वह आरामकुर्सी पर लेटा हुआ बाहर लॉन की ओर देख रहा था।

लतिका कमरे से दो मोमबत्तियाँ ले आई। मेज़ के दोनों सिरों पर टिकाकर उन्हें जला दिया गया। छत का अँधेरा मोमबत्ती की फीकी रोशनी के इर्द-गिर्द सिमटने लगा। एक घनी नीरवता चारों ओर घिरने लगी। हवा में चीड़ के वृक्षों की साँय-साँय दूर-दूर तक फैली पहाड़ियों और घाटियों में सीटियों की गूँज-सी छोड़ती जा रही थी।

"इस बार शायद बर्फ़ जल्दी गिरेगी, अभी से हवा में एक सर्द ख़ुश्की-सी महसूस होने लगी है"—डॉक्टर का सिगार अँधेरे में लाल बिन्दी-सा चमक रहा था।

"पता नहीं, मिस वुड को स्पेशल सर्विस का गोरखधन्धा क्यों पसन्द आता है। छुट्टियों में घर जाने से पहले क्या यह ज़रूरी है कि लड़कियाँ फ़ादर एल्मंड का सर्मन सुनें?"—ह्यूबर्ट ने कहा।

"पिछले पाँच साल से मैं सुनता आ रहा हूँ—फ़ादर एल्मंड के सर्मन में कहीं हेर-फेर नहीं होता।"

डॉक्टर को फ़ादर एल्मंड एक आँख नहीं सुहाते थे।

लतिका कुर्सी पर आगे झुककर प्यालों में कॉफ़ी उँड़ेलने लगी। हर साल स्कूल बन्द होने के दिन यही दो प्रोग्राम होते हैं—चैपल में स्पेशल सर्विस और उसके बाद दिन में पिकनिक। लतिका को पहला साल याद आया जब डॉक्टर के संग पिकनिक के बाद वह क्लब गई थी। डॉक्टर बार में बैठे थे। बाल रूम कुमाऊँ रेज़ीमेंट के अफ़सरों से भरा हुआ था। कुछ देर तक बिलियर्ड का खेल देखने के बाद जब वह वापिस बार की ओर आ रहे थे, तब उसने दाईं ओर क्लब की लायब्रेरी में देखा—मगर उसी समय डॉक्टर मुकर्जी पीछे से आ गए थे। "मिस लतिका, यह मेज़र गिरीश नेगी हैं।" बिलियर्ड रूम से आते हुए हँसी-ठहाकों के बीच वह नाम दब-सा गया था। वह किसी किताब के बीच में उँगली रखकर लायब्रेरी की खिड़की से बाहर देख रहा था।

"हलो डॉक्टर"—वह पीछे मुड़ा। तब उस क्षण...

उस क्षण न जाने क्यों लतिका का हाथ काँप गया और कॉफ़ी की कुछ गर्म बूँदें उसकी साड़ी पर छलक आईं। अँधेरे में किसी ने नहीं देखा कि लतिका के चेहरे पर एक उनींदा रीतापन घिर आया है।

हवा के झोंके से मोमबत्तियों की लौ फड़कने लगी। छत से भी ऊँची काठगोदाम जाने वाली सड़क पर यू.पी. रोडवेज की आख़िरी बस डाक लेकर जा रही थी। बस की हेड लाइट्स में आसपास फैली हुई झाड़ियों की छायाएँ घर की दीवार पर सरकती हुई ग़ायब होने लगीं।

"मिस लतिका, आप इस साल भी छुट्टियों में यहीं रहेंगी?" डॉक्टर ने पूछा।

डॉक्टर का सवाल हवा में टँगा रहा। उसी क्षण पियानो पर शोपां का नोक्टर्न ह्यूबर्ट की उँगलियों के नीचे से फिसलता हुआ धीरे-धीरे छत के अँधेरे में घुलने लगा—मानो जल पर कोमल स्वप्निल उर्मियाँ भँवरों का झिलमिलाता जाल बुनती हुई दूर-दूर किनारों तक फैलती जा रही हों। लतिका को लगा कि जैसे कहीं बहुत दूर बर्फ़ की चोटियों से परिन्दों के झुंड नीचे अनजान देशों की ओर उड़े जा रहे हैं। इन दिनों अकसर उसने अपने कमरे की खिड़की से उन्हें देखा है—धागे में बँधे चमकीले लट्टुओं की तरह वे एक लम्बी, टेढ़ी-मेढ़ी क़तार में उड़े जाते हैं, पहाड़ों की सुनसान नीरवता से परे, उन विचित्र शहरों की ओर जहाँ शायद वह कभी नहीं जाएगी।

लतिका आर्म चेयर पर ऊँघने लगी। डॉक्टर मुकर्जी का सिगार अँधेरे में चुपचाप जल रहा था। डॉक्टर को आश्चर्य हुआ कि लतिका न जाने क्या सोच रही है और लतिका सोच रही थी—क्या वह बूढ़ी होती जा रही है? उसके सामने स्कूल की प्रिंसिपल मिस वुड का चेहरा घूम गया—पोपला मुँह, आँखों के नीचे झूलती हुई मांस की थैलियाँ, ज़रा-ज़रा-सी बात पर चिढ़ जाना, कर्कश आवाज़ में चीख़ना—सब उसे 'ओल्डमेड' कहकर पुकारते हैं। कुछ वर्षों बाद वह भी हूबहू वैसी ही बन जाएगी... लतिका के समूचे शरीर में झुरझुरी-सी दौड़ गई, मानो अनजाने में उसने किसी गलीज वस्तु को छू लिया हो। उसे याद आया कुछ महीने पहले अचानक उसे ह्यूबर्ट का प्रेमपत्र मिला था—भावुक याचना से भरा हुआ

पत्र, जिसमें उसने न जाने क्या कुछ लिखा था, जो कभी उसकी समझ में नहीं आया। उसे ह्यूबर्ट की इस बचकाना हरकत पर हँसी आई थी, किन्तु भीतर-ही-भीतर प्रसन्नता भी हुई थी—उसकी उम्र अभी बीती नहीं है, अब भी वह दूसरों को अपनी ओर आकर्षित कर सकती है। ह्यूबर्ट का पत्र पढ़कर उसे क्रोध नहीं आया, आई थी केवल ममता। वह चाहती तो उसकी ग़लतफ़हमी को दूर करने में देर न लगती, किन्तु कोई शक्ति उसे रोके रहती है, उसके कारण अपने पर विश्वास रहता है, अपने सुख का भ्रम मानो ह्यूबर्ट की ग़लतफ़हमी से जुड़ा है...।

ह्यूबर्ट ही क्यों, वह क्या किसी को भी चाह सकेगी, उस अनुभूति के संग, जो अब नहीं रही, जो छाया-सी उस पर मँडराती रहती है, न स्वयं मिटती है, न उसे मुक्ति दे पाती है। उसे लगा, जैसे बादलों का झुरमुट फिर उसके मस्तिष्क पर धीरे-धीरे छाने लगा है, उसकी टाँगें फिर निर्जीव, शिथिल-सी हो गई हैं।

वह झटके से उठ खड़ी हुई—"डॉक्टर माफ़ करना, मुझे बहुत थकान-सी लग रही है..." बिना वाक्य पूरा किये ही वह चली गई।

कुछ देर तक टैरेस पर निस्तब्धता छाई रही! मोमबत्तियाँ बुझने लगी थीं। डॉक्टर मुकर्जी ने सिगार का नया कश लिया—"सब लड़कियाँ एक जैसी होती हैं—बेवक़ूफ़ और सेंटीमेंटल।"

ह्यूबर्ट की उँगलियों का दबाव पियानो पर ढीला पड़ता गया—अन्तिम सुरों की झिझकी-सी गूँज कुछ क्षणों तक हवा में तिरती रही।

"डॉक्टर, आपको मालूम है...मिस लतिका का व्यवहार पिछले कुछ अरसे से अजीब-सा लगता है।"—ह्यूबर्ट के स्वर में लापरवाही का

भाव था। वह नहीं चाहता था कि डॉक्टर को लतिका के प्रति उसकी भावनाओं का आभास-मात्रा भी मिल सके। जिस कोमल अनुभूति को वह इतने समय से सँजोता आया है, डॉक्टर उसे हँसी के एक ही ठहाके में उपहासास्पद बना देगा।

"क्या तुम नियति में विश्वास करते हो, ह्यूबर्ट?" डॉक्टर ने कहा। ह्यूबर्ट दम रोके प्रतीक्षा करता रहा। वह जानता था कि कोई भी बात कहने से पहले डॉक्टर को फ़िलोसोफ़ाइज करने की आदत थी। डॉक्टर टैरेस के जँगले से सटकर खड़ा हो गया। फीकी-सी चाँदनी में चीड़ के पेड़ों की छायाएँ लॉन पर गिर रही थीं। कभी-कभी कोई जुगनू अँधेरे में हरा प्रकाश छिड़कता हवा में ग़ायब हो जाता था।

"मैं कभी-कभी सोचता हूँ, इनसान ज़िन्दा किसलिए रहता है—क्या उसे कोई और बेहतर काम करने को नहीं मिला? हज़ारों मील अपने मुल्क से दूर मैं यहाँ पड़ा हूँ—यहाँ कौन मुझे जानता है...यहीं शायद मर भी जाऊँगा। ह्यूबर्ट, क्या तुमने कभी महसूस किया है कि एक अजनबी की हैसियत से परायी ज़मीन पर मर जाना काफ़ी ख़ौफ़नाक बात है...!"

ह्यूबर्ट विस्मित-सा डॉक्टर की ओर देखने लगा। उसने पहली बार डॉक्टर मुकर्जी के इस पहलू को देखा था, अपने सम्बन्ध में वह अकसर चुप रहते थे।

"कोई पीछे नहीं है, यह बात मुझमें एक अजीब क़िस्म की बेफ़िक्री पैदा कर देती है। लेकिन कुछ लोगों की मौत अन्त तक पहेली बनी रहती है...शायद वे ज़िन्दगी से बहुत उम्मीद लगाते थे। उसे ट्रैजिक भी नहीं कहा जा सकता, क्योंकि आख़िरी दम तक उन्हें मरने का एहसास नहीं होता...।"

"डॉक्टर, आप किसका ज़िक्र कर रहे हैं?"...ह्यूबर्ट ने परेशान होकर पूछा।

डॉक्टर कुछ देर तक चुपचाप सिगार पीता रहा। फिर मुड़कर वह मोमबत्तियों की बुझती हुई लौ को देखने लगा।

"तुम्हें मालूम है, किसी समय लतिका बिला नागा क्लब जाया करती थी। गिरीश नेगी से उसका परिचय वहीं हुआ था। कश्मीर जाने से एक रात पहले उसने मुझे सब कुछ बता दिया था। मैं अब तक लतिका से उस मुलाक़ात के बारे में कुछ नहीं कह सका हूँ। किन्तु उस रात कौन जानता था कि वह वापिस नहीं लौटेगा। और अब...अब क्या फ़र्क़ पड़ता है। लेट द डेड डाई..."

डॉक्टर की सूखी सर्द हँसी में खोखली-सी शून्यता भरी थी।

"कौन गिरीश नेगी?"

"कुमाऊँ रेज़ीमेंट में मेजर था।"

"डॉक्टर, क्या लतिका..." ह्यूबर्ट से आगे कुछ नहीं कहा गया। उसे याद आया वह पत्र, जो उसने लतिका को भेजा था...कितना अर्थहीन और उपहासास्पद, जैसे उसका एक-एक शब्द उसके दिल को कचोट रहा हो। उसने धीरे से पियानो पर सिर टिका लिया। लतिका ने उसे क्यों नहीं बताया, क्या वह इसके योग्य भी नहीं था?

"लतिका...वह तो बच्ची है, पागल! मरने वाले के संग ख़ुद थोड़े ही मरा जाता है।"

कुछ देर चुप रहकर डॉक्टर ने अपने प्रश्न को फिर दोहराया।

"लेकिन ह्यूबर्ट, क्या तुम नियति पर विश्वास करते हो?"

हवा के हल्के झोंके से मोमबत्तियाँ एक बार प्रज्वलित होकर बुझ गईं। टैरेस पर ह्यूबर्ट और डॉक्टर अँधेरे में एक-दूसरे का चेहरा नहीं देख पा रहे थे, फिर भी वे एक-दूसरे की ओर देख रहे थे। कॉन्वेन्ट स्कूल से कुछ दूर मैदानों में बहते पहाड़ी नाले का स्वर आ रहा था। जब बहुत देर बाद कुमाऊँ रेज़ीमेंट सेंटर का बिगुल सुनाई दिया, तो ह्यूबर्ट हड़बड़ाकर खड़ा हो गया।

"अच्छा, चलता हूँ, डॉक्टर, गुड नाइट।"

"गुड नाइट ह्यूबर्ट...मुझे माफ़ करना, मैं सिगार ख़त्म करके उठूँगा..."

सुबह बदली छाई थी। लतिका के खिड़की खोलते ही धुंध का गुब्बारा-सा भीतर घुस आया, जैसे रात-भर दीवार के सहारे सर्दी में ठिठुरता हुआ वह भीतर आने की प्रतीक्षा कर रहा हो। स्कूल से ऊपर चैपल जाने वाली सड़क बादलों में छिप गई थी, केवल चैपल का 'क्रॉस' धुंध के परदे पर एक-दूसरे को काटती हुई पेंसिल की रेखाओं-सा दिखाई दे जाता था।

लतिका ने खिड़की से आँखें हटाईं, तो देखा कि करीमुद्दीन चाय की ट्रे लिये खड़ा है। करीमुद्दीन मिलिट्री में अर्दली रह चुका था, इसलिए ट्रे मेज़ पर रखकर 'अटेंशन' की मुद्रा में खड़ा हो गया।

लतिका झटके से उठ बैठी। सुबह से आलस करके कितनी बार जागकर वह सो चुकी है। अपनी खिसियाहट मिटाने के लिए लतिका ने कहा—"बड़ी सर्दी है आज, बिस्तर छोड़ने को जी नहीं चाहता।"

"अजी मेम साहब, अभी क्या सर्दी आई है—बड़े दिनों में देखना कैसे दाँत कटकटाते हैं"—और करीमुद्दीन अपने हाथों को बग़लों में डाले हुए इस तरह सिकुड़ गया जैसे उन दिनों की कल्पना मात्र से उसे जाड़ा लगना शुरू हो गया हो। गंजे सिर पर दोनों तरफ़ के उसके बाल खिजाब लगाने से कत्थई रंग के भूरे हो गए थे। बात चाहे किसी विषय पर हो रही हो, वह हमेशा खींचतान कर उसे ऐसे क्षेत्र में घसीट लाता था, जहाँ वह बेझिझक अपने विचारों को प्रकट कर सके।

"एक दफ़ा तो यहाँ लगातार इतनी बर्फ़ गिरी थी कि भुवाली से लेकर डाक बँगले तक सारी सड़कें जाम हो गईं। इतनी बर्फ़ थी मेम साब कि पेड़ों की टहनियाँ तक सिकुड़कर तनों से लिपट गई थीं—बिलकुल ऐसे," और करीमुद्दीन नीचे झुककर मुर्ग़ा-सा बन गया।

"कब की बात है?" लतिका ने पूछा।

"अब यह तो जोड़-हिसाब करके ही पता चलेगा, मेम साहब... लेकिन इतना याद है कि उस वक़्त अँगरेज़ बहादुर यहीं थे। कंटोनमेंट की इमारत पर कौमी झंडा नहीं लगा था। बड़े जबर थे ये अँगरेज़, दो घंटों में ही सारी सड़कें साफ़ करवा दीं। उन दिनों एक सीटी बजाते ही पचास घोड़े वाले जमा हो जाते थे। तो अब सारे शेड ख़ाली पड़े हैं। वे लोग अपनी खिदमत भी करवाना जानते थे, अब तो सब उजाड़ हो गया है"—करीमुद्दीन उदास भाव से बाहर देखने लगा।

आज यह पहली बार नहीं है जब लतिका करीमुद्दीन से उन दिनों की बातें सुन रही है जब अँगरेज़ बहादुर ने इस स्थान को स्वर्ग बना रखा था।

"आप छुट्टियों में इस साल भी यहीं रहेंगी, मेम साहब?"

"दिखता तो कुछ ऐसा ही है करीमुद्दीन—तुम्हें फिर तंग होना पड़ेगा।"

"क्या कहती हैं मेम साहब! आपके रहने से हमारा भी मन लग जाता है, वरना छुट्टियों में तो यहाँ कुत्ते लोटते हैं।"

"तुम ज़रा मिस्त्री से कह देना कि इस कमरे की छत की मरम्मत कर जाए। पिछले साल बर्फ़ का पानी दरारों से टपकता रहता था।" लतिका को याद आया कि पिछली सर्दियों में जब कभी बर्फ़ गिरती थी, तो उसे पानी से बचने के लिए रात-भर कमरे के कोने में सिमटकर सोना पड़ता था।

करीमुद्दीन चाय की ट्रे उठाता हुआ बोला—"ह्यूबर्ट साहब तो शायद कल ही चले जाएँ—कल रात उनकी तबीयत फिर ख़राब हो गई।

आधी रात के वक़्त मुझे जगाने आए थे। कहते थे, छाती में तकलीफ़ है। उन्हें यह मौसम नहीं रास आता। कह रहे थे, लड़कियों की बस में वह भी कल ही चले जाएँगे।"

करीमुद्दीन दरवाज़ा बन्द करके चला गया। लतिका की इच्छा हुई कि वह ह्यूबर्ट के कमरे में जाकर उनकी तबीयत की पूछताछ कर आए। किन्तु फिर न जाने क्यों स्लीपर पैरों में टँगे रहे और वह खिड़की के बाहर बादलों को उड़ता हुआ देखती रही। ह्यूबर्ट का चेहरा जब उसे देखकर सहमा-सा दयनीय हो जाता है, तब लगता है कि वह अपनी मूक-निरीह याचना में उसे कोस रहा है—न वह उसकी ग़लतफ़हमी को दूर करने का प्रयत्न कर पाती है, न उसे अपनी विवशता की सफ़ाई देने का साहस होता है। उसे लगता है कि इस जाले से बाहर निकलने के लिए वह धागे के जिस सिरे को पकड़ती है वह ख़ुद एक गाँठ बनकर रह जाता है...।

बाहर बूँदाबाँदी होने लगी थी—कमरे की टीन की छत खट-खट बोलने लगी। लतिका पलंग से उठ खड़ी हुई। बिस्तर को तहाकर बिछाया। फिर पैरों में स्लीपरों को घसीटते हुए वह बड़े आईने तक आई और उसके सामने स्टूल पर बैठकर बालों को खोलने लगी। किन्तु कुछ देर तक कंघी बालों में ही उलझी रही और वह गुमसुम हो शीशे में अपना चेहरा ताकती रही। करीमुद्दीन को यह कहना याद ही नहीं रहा कि धीरे-धीरे आग जलाने की लकड़ियाँ जमा कर ले। इन दिनों सस्ते दामों पर सूखी लकड़ियाँ मिल जाती हैं। पिछले साल तो कमरा धुएँ से भर जाता था जिसके कारण कँपकँपाते जाड़े में भी उसे खिड़की खोलकर ही सोना पड़ता था।

आईने में लतिका ने अपना चेहरा देखा—वह मुस्करा रही थी। पिछले साल अपने कमरे की सीलन और ठंड से बचने के लिए कभी-कभी वह मिस वुड के ख़ाली कमरे में चोरी-चुपके सोने चली जाया करती थी। मिस वुड का कमरा बिना आग के भी गर्म रहता था, उनके

गदोले सोफ़े पर लेटते ही आँख लग जाती थी। कमरा छुट्टियों में ख़ाली पड़ा रहता है, किन्तु मिस वुड से इतना नहीं होता कि दो महीनों के लिए उसके हवाले कर जाएँ। हर साल कमरे में ताला ठोंक जाती हैं। वह तो पिछले साल ग़ुसलख़ाने में भीतर की साँकल देना भूल गई थीं, जिसे लतिका चोर दरवाज़े के रूप में इस्तेमाल करती रही थी।

पहले साल अकेले में उसे बड़ा डर-सा लगता था। छुट्टियों में सारे स्कूल और होस्टल के कमरे साँय-साँय करने लगते हैं। डर के मारे उसे जब कभी नींद नहीं आती थी, तब वह करीमुद्दीन को रात में देर तक बातों में उलझाए रखती। बातों में जब खोई-सी वह सो जाती, तब करीमुद्दीन चुपचाप लैम्प बुझाकर चला जाता। कभी-कभी बीमारी का बहाना करके वह डॉक्टर को बुलवा भेजती थी और बाद में बहुत ज़िद करके दूसरे कमरे में उनका बिस्तर लगवा देती।

लतिका ने कंघे से बालों का गुच्छा निकाला और उसे बाहर फेंकने के लिए वह खिड़की के पास आ खड़ी हुई। बाहर छत की ढलान से बारिश के जल की मोटी-सी धार बराबर लॉन पर गिर रही थी। मेघाच्छन्न आकाश में सरकते हुए बादलों के पीछे पहाड़ियों के झुंड कभी उभर आते थे, कभी छिप जाते थे, मानो चलती हुई ट्रेन से कोई उन्हें देख रहा हो। लतिका ने खिड़की से सिर बाहर निकाल लिया—हवा के झोंके से उसकी आँखें झिप गईं। उसे जितने काम याद आते हैं, उतना ही आलस घना होता जाता है। बस की सीटें रिज़र्व करवाने के लिए चपरासी को रुपये देने हैं। जो सामान होस्टल की लड़कियाँ पीछे छोड़े जा रही हैं, उन्हें गोदाम में रखवाना होगा। कभी-कभी तो छोटी क्लास की लड़कियों के साथ पैकिंग करवाने के काम में भी उसे हाथ बँटाना पड़ता है।

वह इन कामों से ऊबती नहीं। धीरे-धीरे सब निपटते जाते हैं, कोई ग़लती इधर-उधर रह जाती है, सो बाद में सुधर जाती है—हर काम में किचकिच रहती है, परेशानी और दिक़्क़त होती है—किन्तु देर-सबेर

इससे छुटकारा मिल ही जाता है। किन्तु जब लड़कियों की आख़िरी बस चली जाती है, तब मन उचाट-सा हो जाता है—ख़ाली कॉरिडोर में घूमती हुई वह कभी इस कमरे में जाती है और कभी उसमें। वह नहीं जान पाती कि अपने से क्या करे—दिल कहीं भी नहीं टिक पाता, हमेशा भटका-भटका-सा रहता है।

इस सबके बावजूद जब कोई सहज भाव से पूछ बैठता है, "मिस लतिका, छुट्टियों में आप घर नहीं जा रहीं?" तब...वह क्या कहे?

डिंग-डांग-डिंग...स्पेशल सर्विस के लिए स्कूल चैपल के घंटे बजने लगे थे। लतिका ने अपना सिर खिड़की के भीतर कर लिया। उसने झटपट साड़ी उतारी और पेटीकोट में ही कंधे पर तौलिया डाले ग़ुसलख़ाने में घुस गई।

लेफ़्ट-राइट-लेफ़्ट...लेफ़्ट...

कंटोनमेंट जाने वाली पक्की सड़क पर चार-चार की पंक्ति में कुमाऊँ रेज़ीमेंट के सिपाहियों की एक टुकड़ी मार्च कर रही थी। फ़ौजी बूटों की भारी खुरदरी आवाज़ें स्कूल चैपल की दीवारों से टकराकर भीतर 'प्रेयर-हॉल' में गूँज रही थीं।

"ब्लेसेड आर द मीक..." फ़ादर एल्मंड एक-एक शब्द चबाते हुए खखारते स्वर में 'सर्मन ऑफ़ द माउंट' पढ़ रहे थे। ईसा मसीह की मूर्ति के नीचे 'कैंडलब्रियम' के दोनों ओर मोमबत्तियाँ जल रही थीं, जिनका प्रकाश आगे बेंचों पर बैठी हुई लड़कियों पर पड़ रहा था। पिछली लाइनों की बेंचें अँधेरे में डूबी हुई थीं, जहाँ लड़कियाँ प्रार्थना की मुद्रा में बैठी हुई सिर झुकाए एक-दूसरे से घुसर-पुसर कर रही थीं। मिस

वुड स्कूल सीजन के सफलतापूर्वक समाप्त हो जाने पर विद्यार्थियों और स्टाफ़ सदस्यों को बधाई का भाषण दे चुकी थीं—और अब फ़ादर के पीछे बैठी हुई अपने में ही कुछ बुड़बुड़ा रही थीं मानो धीरे-धीरे फ़ादर को 'प्रौम्ट' कर रही हों।

'आमीन...' फ़ादर एल्मंड ने बाइबल मेज़ पर रख दी और 'प्रेयर-बुक' उठा ली। हॉल की ख़ामोशी क्षण-भर के लिए टूट गई। लड़कियों ने खड़े होते हुए जान-बूझकर बेंचों को पीछे धकेला—बेंचें फ़र्श पर रगड़ खाकर सीटी बजाती हुई पीछे खिसक गईं—हॉल के कोने से हँसी फूट पड़ी। मिस वुड का चेहरा तन गया, माथे पर भृकुटियाँ चढ़ गईं। फिर अचानक निस्तब्धता छा गई—हॉल के उस घुटे हुए धुँधलके में फ़ादर का तीखा फटा हुआ स्वर सुनाई देने लगा—"जीसस सेड, आई एम द लाइट ऑफ़ द वर्ल्ड—ही दैट फालोएथ मी शैल नॉट वाक इन डार्कनेस, बट शैल हैव द लाइट ऑफ़ लाइफ़...।"

डॉक्टर मुकर्जी ने ऊब और उकताहट से भरी जम्हाई ली, "कब यह क़िस्सा ख़त्म होगा?" उसने इतने ऊँचे स्वर में लतिका से पूछा कि वह सकुचाकर दूसरी ओर देखने लगी। स्पेशल सर्विस के समय डॉक्टर मुकर्जी के होंठों पर व्यंग्यात्मक मुस्कान खेलती रहती और वह धीरे-धीरे अपनी मूँछों को खींचता रहता।

फ़ादर एल्मंड की वेश-भूषा देखकर लतिका के दिल में गुदगुदी-सी दौड़ गई। जब वह छोटी थी, तो अकसर यह बात सोचकर विस्मित हुआ करती थी कि क्या पादरी लोग सफ़ेद चोग़े के नीचे कुछ नहीं पहनते, अगर धोखे से वह ऊपर उठ जाए तो?

लेफ़्ट...लेफ़्ट...लेफ़्ट...मार्च करते हुए फ़ौजी बूट चैपल से दूर होते जा रहे थे—केवल उनकी गूँज हवा में शेष रह गई थी।

'हिम नम्बर 117—' फ़ादर ने प्रार्थना-पुस्तक खोलते हुए कहा। हॉल में प्रत्येक लड़की ने डेस्क पर रखी हुई हिम-बुक खोल ली। पन्नों

के उलटने की खड़खड़ाहट फिसलती हुई एक सिरे से दूसरे सिरे तक फैल गई।

आगे की बेंच से उठकर ह्यूबर्ट पियानो के सामने स्टूल पर बैठ गया। संगीत शिक्षक होने के कारण हर साल स्पेशल सर्विस के अवसर पर उसे 'कॉयर' के संग पियानो बजाना पड़ता था। ह्यूबर्ट ने अपने रूमाल से नाक साफ़ की। अपनी घबराहट छिपाने के लिए ह्यूबर्ट हमेशा ऐसा ही किया करता था। कनखियों से हॉल की ओर देखते हुए उसने काँपते हाथों से हिम-बुक खोली।

लीड काइंडली लाइट...

पियानो के सुर दबे, झिझकते से मिलने लगे। घने बालों से ढकी ह्यूबर्ट की लम्बी, पीली अँगुलियाँ खुलने-सिमटने लगीं। 'कॉयर' में गाने वाली लड़कियों के स्वर एक-दूसरे से गुँथकर कोमल, स्निग्ध लहरों में बिंध गए।

लतिका को लगा, उसका जूड़ा ढीला पड़ गया है, मानो गर्दन के नीचे झूल रहा है। मिस वुड की आँख बचा लतिका ने चुपचाप बालों में लगे क्लिपों को कसकर खींच दिया।

"बड़ा झक्की आदमी है...सुबह मैंने ह्यूबर्ट को यहाँ आने से मना किया था, फिर भी चला आया"—डॉक्टर ने कहा।

लतिका को करीमुद्दीन की बात याद हो गई। रात-भर ह्यूबर्ट को खाँसी का दौरा पड़ा था...कल जाने के लिए कह रहे थे...

लतिका ने सिर टेढ़ा करके ह्यूबर्ट के चेहरे की एक झलक पाने की विफल चेष्टा की। इतने पीछे से कुछ भी देख पाना असम्भव था; पियानो पर झुका हुआ केवल ह्यूबर्ट का सिर दिखाई देता था।

लीड काइंडली लाइट...संगीत के सुर मानो एक ऊँची पहाड़ी पर चढ़कर हाँफती हुई साँसों को आकाश की अबाध शून्यता में बिखेरते हुए नीचे उतर रहे हैं। बारिश की मुलायम धूप चैपल के लम्बे-चौकोर

शीशों पर झलमला रही है, जिसकी एक महीन चमकीली रेखा ईसा मसीह की प्रतिमा पर तिरछी होकर गिर रही है। मोमबत्तियों का धुआँ धूप में नीली-सी लकीर खींचता हुआ हवा में तिरने लगा है। पियानो के क्षणिक 'पोज़' में लतिका को पत्तों का परिचित मर्मर कहीं दूर अनजानी दिशा से आता हुआ सुनाई दे जाता है। एक क्षण के लिए उसे भ्रम हुआ कि चैपल का फीका-सा अँधेरा उस छोटे से 'प्रेयर हॉल' के चारों कोनों से सिमटता हुआ उसके आसपास घिर आया है—मानो कोई उसकी आँखों पर पट्टी बाँधकर उसे यहाँ तक ले आया हो और अचानक उसकी आँखें खोल दी हों। उसे लगा कि जैसे मोमबत्तियों के धूमिल आलोक में कुछ भी ठोस, वास्तविक न रहा हो—चैपल की छत, दीवारें, डेस्क पर रखा हुआ डॉक्टर का सुघड़-सुडौल हाथ—और पियानो के सुर अतीत की धुंध को भेदते हुए स्वयं उस धुंध का भाग बनते जा रहे हों...

एक पगली-सी स्मृति, एक उद्भ्रान्त भावना—चैपल के शीशों के परे पहाड़ी सूखी हवा, हवा में झुकी हुई वीपिंग विलोज़ की काँपती टहनियाँ, पैरों तले चीड़ के पत्तों की धीमी-सी चिर-परिचित खड़...खड़...। वहीं पर गिरीश एक हाथ में मिलिटरी का ख़ाकी हैट लिये खड़ा है—चौड़े, उठे हुए, सबल कंधे, अपना सिर वहाँ टिका दो, तो जैसे सिमटकर खो जाएगा...चार्ल्स बोयर, यह नाम उसने रखा था, वह झेंपकर हँसने लगता।

"तुम्हें आर्मी में किसने चुन लिया, मेज़र बन गए हो, लेकिन लड़कियों से भी गए-बीते हो...ज़रा-ज़रा-सी बात पर चेहरा लाल हो जाता है।" यह सब वह कहती नहीं, सिर्फ़ सोचती भर थी—सोचा था कभी कहूँगी, वह 'कभी' कभी नहीं आया...

बुरूँस का लाल फूल

लाये हो

न

झूठे

ख़ाकी क़मीज़ के जिस जेब पर बैज चिपके थे, उसमें से मुसा हुआ बुरुस का फूल निकल आया।

छिः सारा मुरझा गया

अभी खिला कहाँ है?

(हाउ क्लम्ज़ी)

उसके बालों में गिरीश का हाथ उलझ रहा है—फूल कहीं टिक नहीं पाता, फिर उसे क्लिप के नीचे फँसाकर उसने कहा—

देखो

वह मुड़ी और इससे पहले कि वह कुछ कह पाती, गिरीश ने अपना मिलिटरी का हैट धप् से उसके सिर पर रख दिया। वह मंत्रमुग्ध-सी वैसी ही खड़ी रही। उसके सिर पर गिरीश का हैट है—माथे पर छोटी-सी बिन्दी है। बिन्दी पर उड़ते हुए बाल हैं। गिरीश ने उस बिन्दी को अपने होंठों से छुआ है, उसने उसके नंगे सिर को अपने दोनों हाथों में समेट लिया है—

लतिका

गिरीश ने चिढ़ाते हुए कहा—मैन ईटर ऑफ़ कुमाऊँ—(उसका यह नाम गिरीश ने उसे चिढ़ाने के लिए रखा था)...वह हँसने लगी।

"लतिका...सुनो..." गिरीश का स्वर कैसा हो गया था!

"ना, मैं कुछ भी नहीं सुन रही।"

"लतिका...मैं कुछ महीनों में वापिस लौट आऊँगा..."

"ना...मैं कुछ भी नहीं सुन रही..." किन्तु वह सुन रही है—वह नहीं जो गिरीश कह रहा है, किन्तु वह जो नहीं कहा जा रहा है, जो उसके बाद कभी नहीं कहा गया...

लीड काइंडली लाइट...

लड़कियों का स्वर पियानो के सुरों में डूबा हुआ गिर रहा है, उठ रहा है...ह्यूबर्ट ने सिर मोड़कर लतिका को निमिष भर देखा—आँखें मूँदे

ध्यानमग्ना प्रस्तर मूर्ति-सी वह स्थिर-निश्चल खड़ी थी। क्या यह भाव उसके लिए है? क्या लतिका ने ऐसे क्षणों में उसे अपना साथी बनाया है? ह्यूबर्ट ने एक गहरी साँस ली और उस साँस में ढेर-सी थकान उमड़ आई।

"देखो...मिस वुड कुर्सी पर बैठे-बैठे सो रही हैं"—डॉक्टर होंठों में ही फुसफुसाया। यह डॉक्टर का पुराना मज़ाक़ था कि मिस वुड प्रार्थना करने के बहाने आँखें मूँदे हुए नींद की झपकियाँ लेती हैं।

फ़ादर एल्मंड ने कुर्सी पर फैले अपने गाउन को समेट लिया और प्रेयर बुक बन्द करके मिस वुड के कानों में कुछ कहा। पियानो का स्वर क्रमशः मन्द पड़ने लगा, ह्यूबर्ट की अँगुलियाँ ढीली पड़ने लगीं। सर्विस के समाप्त होने से पूर्व मिस वुड ने ऑर्डर पढ़कर सुनाया। बारिश होने की आशंका से आज के कार्यक्रम में कुछ आवश्यक परिवर्तन करने पड़े थे। पिकनिक के लिए झूला देवी के मन्दिर जाना सम्भव नहीं हो सकेगा, इसलिए स्कूल से कुछ दूर 'मीडोज़' में ही सब लड़कियाँ नाश्ते के बाद जमा होंगी। सब लड़कियों को दोपहर का 'लंच' होस्टल किचेन से ही ले जाना होगा, केवल शाम की चाय 'मीडोज़' में बनेगी।

पहाड़ों की बारिश का क्या भरोसा? कुछ देर पहले धुआँधार बादल गरज रहे थे, सारा शहर पानी में भीगा ठिठुर रहा था—अब धूप में नहाता नीला आकाश धुंध की ओट से बाहर निकलता हुआ फैल रहा था। लतिका ने चैपल से बाहर आते हुए देखा—वीपिंग विलोज़ की भीगी शाख़ाओं से धूप में चमकती हुई बारिश की बूँदें टपक रही थीं...लड़कियाँ चैपल से बाहर निकलकर छोटे-छोटे गुच्छे बनाकर कॉरिडोर में जमा हो गई हैं। नाश्ते के लिए अभी पौन घंटा पड़ा था और उनमें से अभी कोई भी लड़की होस्टल जाने के लिए इच्छुक नहीं थी। छुट्टियाँ अभी शुरू नहीं हुई थीं, किन्तु शायद इसीलिए वे इन चन्द बचे-खुचे क्षणों में

अनुशासन के घेरे के भीतर भी मुक्त होने का भरपूर आनन्द उठा लेना चाहती थीं।

मिस वुड को लड़कियों का यह गुल-गपाड़ा अखरा, किन्तु फ़ादर एल्मंड के सामने वह उन्हें डाँट-फटकार नहीं सकीं। अपनी झुँझलाहट दबाकर वह मुस्कराते हुए बोलीं—"कल सब चली जाएँगी, सारा स्कूल वीरान हो जाएगा।"

फ़ादर एल्मंड का लम्बा ओजपूर्ण चेहरा चैपल की घुटी हुई गरमाई से लाल हो उठा था। कॉरिडोर के जँगले पर अपनी छड़ी लटकाकर वह बोले—"छुट्टियों में पीछे होस्टल में कौन रहेगा?"

"पिछले दो-तीन सालों से मिस लतिका ही रह रही हैं..."

"और डॉक्टर मुकर्जी?"—फ़ादर का ऊपरी होंठ तनिक खिंच आया।

"डॉक्टर तो सर्दी-गर्मी यहीं रहते हैं"—मिस वुड ने विस्मय से फ़ादर की ओर देखा। वह समझ नहीं सकीं कि फ़ादर ने डॉक्टर का प्रसंग क्यों छेड़ दिया है।

"डॉक्टर मुकर्जी छुट्टियों में कहीं नहीं जाते?"

"दो महीने की छुट्टियों में बर्मा जाना काफ़ी कठिन है, फ़ादर!"—मिस वुड हँसने लगीं।

"मिस वुड, पता नहीं आप क्या सोचती हैं। मुझे तो मिस लतिका का होस्टल में अकेले रहना कुछ समझ में नहीं आता।"

"लेकिन फ़ादर," मिस वुड ने कहा, "यह तो कॉन्वेंट स्कूल का नियम है कि कोई भी टीचर छुट्टियों में अपने ख़र्चे पर होस्टल में रह सकती है।"

"मैं फ़िलहाल स्कूल के नियमों की बात नहीं कर रहा।

मिस लतिका डॉक्टर के संग यहाँ अकेली ही रह जाएँगी और सच पूछिए मिस वुड, डॉक्टर के बारे में मेरी राय कुछ बहुत अच्छी नहीं है..."

"फ़ादर, आप कैसी बात कर रहे हैं...मिस लतिका बच्चा थोड़े ही हैं..." मिस वुड को ऐसी आशा नहीं थी कि फ़ादर एल्मंड अपने दिल में ऐसी दकियानूसी भावना को स्थान देंगे।

फ़ादर एल्मंड कुछ हतप्रभ से हो गए, बात पलटते हुए बोले—"मिस वुड, मेरा मतलब यह नहीं था। आप तो जानती हैं, मिस लतिका और उस मिलिटरी अफ़सर को लेकर एक अच्छा-खासा स्कैंडल बन गया था, स्कूल की बदनामी होने में क्या देर लगती है।"

"वह बेचारा तो अब नहीं रहा। मैं उसे जानती थी फ़ादर! ईश्वर उसकी आत्मा को शान्ति दे।"

मिस वुड ने धीरे से अपनी दोनों बाँहों से क्रॉस किया।

फ़ादर एल्मंड को मिस वुड की मूर्खता पर इतना अधिक क्षोभ हुआ कि उनसे आगे और कुछ नहीं बोला गया। डॉक्टर मुकर्जी से उनकी कभी नहीं पटती थी, इसलिए मिस वुड की आँखों में वह डॉक्टर को नीचा दिखाना चाहते थे। किन्तु मिस वुड लतिका का रोना ले बैठीं, आगे बात बढ़ाना व्यर्थ था। उन्होंने छड़ी को जँगले से उठाया और ऊपर खुले आकाश को देखते हुए बोले—"प्रोग्राम आपने यूँ ही बदला, मिस वुड, अब क्या बारिश होगी।"

ह्यूबर्ट जब चैपल से बाहर निकला तो उसकी आँखें चकाचौंध-सी हो गईं। उसे लगा जैसे किसी ने अचानक ढेर सी चमकीली उबलती हुई रोशनी मुट्ठी में भरकर उसकी आँखों में झोंक दी हो। पियानो के संगीत के सुर रुई के छुई-मुई रेशों की भाँति अब तक उसके मस्तिष्क की थकी-माँदी नसों पर फड़फड़ा रहे थे। वह काफ़ी थक गया था। पियानो बजाने से उसके फेफड़ों पर हमेशा भारी दबाव पड़ता, दिल की धड़कन तेज़ हो जाती थी। उसे लगता था कि संगीत के एक नोट को दूसरे नोट में उतारने के प्रयत्न में वह एक अँधेरी खाई पार कर रहा है।

आज चैपल में मैंने जो महसूस किया, वह कितना रहस्यमय, कितना विचित्र था, ह्यूबर्ट ने सोचा। मुझे लगा, पियानो का हर नोट चिरन्तन ख़ामोशी की अँधेरी खोह से निकलकर बाहर फैली नीली धुंध को काटता, तराशता हुआ एक भूला-सा अर्थ खींच लाता है। गिरता हुआ हर 'पोज़' एक छोटी-सी मौत है, मानो घने छायादार वृक्षों की काँपती छायाओं में कोई पगडंडी गुम हो गई हो, एक छोटी-सी मौत जो आने वाले सुरों को अपनी बची-खुची गूँजों की साँसें समर्पित कर जाती है... जो मर जाती है, किन्तु मिट नहीं पाती, मिटती नहीं इसलिए मरकर भी जीवित है, दूसरे सुरों में लय हो जाती है...।

"डॉक्टर, क्या मृत्यु ऐसे ही आती है?" अगर मैं डॉक्टर से पूछूँ तो वह हँसकर टाल देगा। मुझे लगता है, वह पिछले कुछ दिनों से कोई बात छिपा रहा है—उसकी हँसी में जो सहानुभूति का भाव होता है, वह मुझे अच्छा नहीं लगता। आज उसने मुझे स्पेशल सर्विस में आने से रोका था—कारण पूछने पर वह चुप रहा था। कौन-सी ऐसी बात है, जिसे मुझसे कहने में डॉक्टर कतराता है। शायद मैं शक्की मिज़ाज होता जा रहा हूँ, और बात कुछ भी नहीं है।

ह्यूबर्ट ने देखा, लड़कियों की क़तार स्कूल से होस्टल जानेवाली सड़क पर नीचे उतरती जा रही है। उजली धूप में उनके रंग-बिरंगे रिबन, हल्की आसमानी रंग की फ्रॉकें और सफ़ेद पेटियाँ चमक रही हैं। सीनियर कैम्ब्रिज की कुछ लड़कियों ने चैपल की वाटिका से गुलाब के फूलों को तोड़कर अपने बालों में लगा लिया है। कंटोनमेंट के तीन-चार सिपाही लड़कियों को देखते हुए अश्लील मज़ाक़ करते हुए हँस रहे हैं और कभी-कभी किसी लड़की की ओर ज़रा झुककर सीटी बजाने लगते हैं।

"हलो मि. ह्यूबर्ट," ह्यूबर्ट ने चौंककर पीछे देखा। लतिका एक मोटा-सा रजिस्टर बग़ल में दबाए खड़ी थी।

"आप अभी यहीं हैं?" ह्यूबर्ट की दृष्टि लतिका पर टिकी रही। वह क्रीम रंग की पूरी बाँहों की ऊनी जैकेट पहने हुई थी। कुमाऊँनी लड़कियों की तरह लतिका का चेहरा गोल था, धूप की तपन से पका गेहुँआ रंग कहीं-कहीं हल्का-सा गुलाबी हो आया था, मानो बहुत धोने पर भी गुलाल के कुछ धब्बे इधर-उधर बिखरे रह गए हों।

"उन लड़कियों के नाम नोट करने थे, जो कल जा रही हैं...सो पीछे रुकना पड़ा। आप भी तो कल जा रहे हैं मि. ह्यूबर्ट?"

"अभी तक तो यही इरादा है। यहाँ रुककर भी क्या करूँगा। आप स्कूल की ओर जा रही हैं?"

"चलिए..."

पक्की सड़क पर लड़कियों की भीड़ जमा थी, इसलिए वे दोनों पोलो ग्राउंड का चक्कर काटते हुए पगडंडी से नीचे उतरने लगे।

हवा तेज़ हो चली। चीड़ के पत्ते हर झोंके के संग टूट-टूटकर पगडंडी पर ढेर लगाते जाते थे। ह्यूबर्ट रास्ता बनाने के लिए अपनी छड़ी से उन्हें बुहारकर दोनों ओर बिखेर देता था। लतिका पीछे खड़ी हुई देखती रहती थी। अल्मोड़ा की ओर से आते हुए छोटे-छोटे बादल रेशमी रूमालों से उड़ते हुए सूरज के मुँह पर लिपट से जाते थे, फिर हवा में बह निकलते थे। इस खेल में धूप कभी मन्द, फीकी-सी पड़ जाती थी, कभी अपना उजला आँचल खोलकर समूचे शहर को अपने में समेट लेती थी।

लतिका तनिक आगे निकल गई। ह्यूबर्ट की साँस चढ़ गई थी और वह धीरे-धीरे हाँफता हुआ पीछे आ रहा था। जब वे पोलो ग्राउंड के पवेलयिन को छोड़कर सिमिट्री के दाईं ओर मुड़े, तो लतिका ह्यूबर्ट की प्रतीक्षा करने के लिए खड़ी हो गई। उसे याद आया, छुट्टियों के दिनों में जब कभी कमरे में अकेले बैठे-बैठे उसका मन ऊब जाता था, तो वह अकसर टहलते हुए सिमिट्री तक चली जाती थी। उससे सटी पहाड़ी पर चढ़कर वह बर्फ़ में ढके देवदार वृक्षों को देखा करती थी,

जिनकी झुकी हुई शाख़ों से रुई के गालों-सी बर्फ़ नीचे गिरा करती थी। नीचे बाज़ार जाने वाली सड़क पर बच्चे स्लेज पर फिसला करते थे। वह खड़ी-खड़ी बर्फ़ में छिपी हुई उस सड़क का अनुमान लगाया करती थी जो फ़ादर एल्मंड के घर से गुज़रती हुई मिलिटरी अस्पताल और डाकघर से होकर चर्च की सीढ़ियों तक जाकर गुम हो जाती थी। जो मनोरंजन एक दुर्गम पहेली को सुलझाने में होता है, वही लतिका को बर्फ़ में खोए रास्तों को खोज निकालने में होता था।

"आप बहुत तेज़ चलती हैं, मिस लतिका"—थकान से ह्यूबर्ट का चेहरा कुम्हला गया था। माथे पर पसीने की बूँदें छलक आई थीं।

"कल रात आपकी तबीयत क्या कुछ ख़राब हो गई थी?"

"आपने कैसे जाना? क्या मैं अस्वस्थ दीख रहा हूँ?" ह्यूबर्ट के स्वर में हल्की-सी खीज का आभास था। सब लोग मेरी सेहत को लेकर क्यों बात शुरू करते हैं, उसने सोचा।

"नहीं, मुझे तो पता भी नहीं चलता, वह तो सुबह करीमुद्दीन ने बातों-ही-बातों में ज़िक्र छेड़ दिया था।" लतिका कुछ अप्रतिभ-सी हो आई।

"कोई ख़ास बात नहीं, वही पुराना दर्द शुरू हो गया था—अब बिलकुल ठीक है।" अपने कथन की पुष्टि के लिए ह्यूबर्ट छाती सीधी करके तेज़ क़दम बढ़ाने लगा।

"डॉक्टर मुकर्जी को दिखलाया था?"

"वह सुबह आए थे। उनकी बात कुछ समझ में नहीं आती। हमेशा दो बातें एक-दूसरे से उलटी कहते हैं। कहते थे कि इस बार मुझे छह-सात महीने की छुट्टी लेकर आराम करना चाहिए, लेकिन अगर मैं ठीक हूँ, तो भला इसकी क्या ज़रूरत है?"

ह्यूबर्ट के स्वर में व्यथा की छाया लतिका से छिपी न रह सकी। बात को टालते हुए उसने कहा—"आप तो नाहक चिन्ता करते हैं, मि.

ह्यूबर्ट! आजकल मौसम बदल रहा है, अच्छे-भले आदमी तक बीमार हो जाते हैं।"

ह्यूबर्ट का चेहरा प्रसन्नता से दमकने लगा। उसने लतिका को ध्यान से देखा। वह अपने दिल का संशय मिटाने के लिए निश्चिन्त हो जाना चाहता था कि कहीं लतिका उसे केवल दिलासा देने के लिए ही तो झूठ नहीं बोल रही।

"यही तो मैं सोच रहा था, मिस लतिका! डॉक्टर की सलाह सुनकर तो मैं डर ही गया। भला छह महीने की छुट्टी लेकर मैं अकेला क्या करूँगा। स्कूल में तो बच्चों के संग मन लगा रहता है। सच पूछो तो दिल्ली में ये दो महीनों की छुट्टियाँ काटना भी दूभर हो जाता है...।"

"मि. ह्यूबर्ट...कल आप दिल्ली जा रहे हैं...?"

लतिका चलते-चलते हठात् ठिठक गई। सामने पोलो ग्राउंड फैला था, जिसके दूसरी ओर मिलिटरी की ट्रकें कंटोनमेंट की ओर जा रही थीं। ह्यूबर्ट को लगा, जैसे लतिका की आँखें अधमुँदी-सी खुली रह गई हैं, मानो पलकों पर एक पुराना भूला-सा सपना सरक आया है।

"मि. ह्यूबर्ट...आप दिल्ली जा रहे हैं"—इस बार लतिका ने प्रश्न नहीं दुहराया—उसके स्वर में केवल एक असीम दूरी का भाव घिर आया।

"बहुत अरसा पहले मैं भी दिल्ली गई थी, मि. ह्यूबर्ट! तब मैं बहुत छोटी थी—न जाने कितने बरस बीत गए। हमारी मौसी का ब्याह वहीं हुआ था। बहुत-सी चीज़ें देखी थीं, लेकिन अब तो सब कुछ धुँधला-सा पड़ गया है। इतना याद है कि हम कुतुब पर चढ़े थे। सबसे ऊँची मंज़िल से हमने नीचे झाँका था—न जाने कैसा लगा था। नीचे चलते

हुए आदमी चाभी भरे हुए खिलौनों से लगते थे। हमने ऊपर से उन पर मूँगफलियाँ फेंकी थीं, लेकिन हम बहुत निराश हुए थे क्योंकि उनमें से किसी ने हमारी तरफ़ नहीं देखा। शायद माँ ने मुझे डाँटा था, और मैं सिर्फ़ नीचे झाँकते हुए डर गई थी। सुना है, अब तो दिल्ली इतना बदल गया है कि पहचाना नहीं जाता..."

वे दोनों फिर चलने लगे। हवा का वेग ढीला पड़ने लगा। उड़ते हुए बादल अब सुस्ताने से लगे थे, उनकी छायाएँ नन्दा देवी और पंचचूली की पहाड़ियों पर गिर रही थीं। स्कूल के पास पहुँचते-पहुँचते चीड़ के पेड़ पीछे छूट गए, कहीं-कहीं खुबानी के पेड़ों के आसपास बुरुस के लाल फूल धूप में चमक जाते थे। स्कूल तक आने में उन्होंने पोलो ग्राउंड का लम्बा चक्कर लगा लिया था।

"मिस लतिका, आप कहीं छुट्टियों में जाती क्यों नहीं—सर्दियों में तो यहाँ सब कुछ वीरान हो जाता होगा?"

"अब मुझे यहाँ अच्छा लगता है," लतिका ने कहा, "पहले साल अकेलापन कुछ अखरा था—अब आदी हो गई हूँ। क्रिसमस से एक रात पहले क्लब में डांस होता है, लॉटरी डाली जाती है और रात को देर तक नाच-गाना होता रहता है। नये साल के दिन कुमाऊँ रेजीमेंट की ओर से परेड-ग्राउंड में कार्नीवाल किया जाता है, बर्फ़ पर स्केटिंग होती है, रंग-बिरंगे गुब्बारों के नीचे फ़ौजी बैंड बजता है, फ़ौजी अफ़सर फैंसी ड्रेस में भाग लेते हैं—हर साल ऐसा ही होता है, मि. ह्यूबर्ट। फिर कुछ दिनों बाद विंटर स्पोर्ट्स के लिए अँगरेज़ टूरिस्ट आते हैं। हर साल मैं उनसे परिचित होती हूँ, वापिस लौटते हुए वे हमेशा वादा करते हैं कि अगले साल भी आएँगे, पर मैं जानती हूँ कि वे नहीं आएँगे, वे भी जानते हैं कि वे नहीं आएँगे, फिर भी हमारी दोस्ती में कोई अन्तर नहीं पड़ता। फिर...फिर कुछ दिनों बाद पहाड़ों पर बर्फ़ पिघलने लगती है, छुट्टियाँ ख़त्म होने लगती हैं, आप सब लोग अपने-अपने घरों से वापिस लौट

आते हैं—और मि. ह्यूबर्ट, पता भी नहीं चलता कि छुट्टियाँ कब शुरू हुई थीं, कब ख़त्म हो गईं..."

लतिका ने देखा कि ह्यूबर्ट उसकी ओर आतंकित भयाकुल दृष्टि से देख रहा है। वह सिटपिटाकर चुप हो गई। उसे लगा, मानो वह इतनी देर से पागल-सी अनर्गल प्रलाप कर रही हो।

"मुझे माफ़ करना मि. ह्यूबर्ट, कभी-कभी मैं बच्चों की तरह बातों में बहक जाती हूँ।"

"मिस लतिका..." ह्यूबर्ट ने धीरे से कहा। वह चलते-चलते रुक गया था। लतिका ह्यूबर्ट के भारी स्वर से चौंक-सी गई।

"क्या बात है कि मि. ह्यूबर्ट?"

"वह पत्र...उसके लिए मैं लज्जित हूँ। उसे आप वापिस लौटा दें, समझ लें कि मैंने उसे कभी नहीं लिखा था।"

लतिका कुछ समझ न सकी, दिग्भ्रान्त-सी खड़ी हुई ह्यूबर्ट के पीले उद्विग्न चेहरे को देखती रही।

ह्यूबर्ट ने धीरे से लतिका के कंधे पर हाथ रख दिया।

"कल डॉक्टर ने मुझे सब कुछ बता दिया। अगर मुझे पहले से मालूम होता तो...तो..." ह्यूबर्ट हकलाने लगा।

"मि. ह्यूबर्ट..." किन्तु लतिका से आगे कुछ भी नहीं कहा गया। उसका चेहरा सफ़ेद हो गया था।

दोनों चुपचाप कुछ देर तक स्कूल के गेट के बाहर खड़े रहे।

मीडोज़...पगडंडियों, पत्तों, छायाओं से घिरा छोटा-सा द्वीप, मानो कोई घोंसला दो हरी घाटियों के बीच आ दबा हो। भीतर घुसते ही पिकनिक

के काले आग से झुलसे हुए पत्थर, अधजली टहनियाँ, बैठने के लिए बिछाए गए पुराने अख़बारों के टुकड़े इधर-उधर बिखरे हुए दिखाई दे जाते हैं। अकसर टूरिस्ट पिकनिक के लिए यहाँ आते हैं। मीडोज़ को बीच में काटता हुआ टेढ़ा-मेढ़ा बरसाती नाला बहता है, जो दूर से धूप में चमकता हुआ सफ़ेद रिबन-सा दिखाई देता है।

यहीं पर काठ के तख़्तों का बना हुआ टूटा-सा पुल है, जिस पर लड़कियाँ हिचकोले खाते हुई चल रही हैं।

"डॉक्टर मुकर्जी, आप तो सारा जंगल जला देंगे"—मिस वुड ने अपनी ऊँची एड़ी के सैंडल से जलती हुई दियासलाई को दबा डाला, जो डॉक्टर ने सिगार सुलगाकर चीड़ के पत्तों के ढेर पर फेंक दी थी। वे नाले से कुछ दूर हटकर चीड़ के दो पेड़ों से गुँथी हुई छाया के नीचे बैठे थे। उनके सामने एक छोटा-सा रास्ता नीचे पहाड़ी गाँव की ओर जाता था, जहाँ पहाड़ की गोद में शकरपारों के खेत एक-दूसरे के नीचे बिछे हुए थे। दोपहर के सन्नाटे में भेड़-बकरियों के गलों में बँधी हुई घंटियों का स्वर हवा में बहता हुआ सुनाई दे जाता था।

घास पर लेटे-लेटे डॉक्टर सिगार पीते रहे।

"जंगल की आग कभी देखी है, मिस वुड...एक अलमस्त नशे की तरह धीरे-धीरे फैलती जाती है।"

"आपने कभी देखी है डॉक्टर?" मिस वुड ने पूछा, "मुझे तो बड़ा डर लगता है।"

"बहुत साल पहले शहरों को जलते हुए देखा था।" डॉक्टर लेटे हुए आकाश की ओर ताक रहे थे। "एक-एक मकान ताश के पत्तों की तरह गिरता जाता है। दुर्भाग्यवश ऐसे अवसर देखने में बहुत कम आते हैं।"

"आपने कहाँ देखा, डॉक्टर?"

"लड़ाई के दिनों में अपने शहर रंगून को जलते हुए देखा था।"

मिस वुड की आत्मा को ठेस लगी, किन्तु फिर भी उनकी उत्सुकता शान्त नहीं हुई।

"आपका घर—क्या वह भी जल गया था?"

डॉक्टर कुछ देर तक चुपचाप लेटा रहा।

"हम उसे ख़ाली छोड़कर चले आए थे—मालूम नहीं बाद में क्या हुआ।" अपने व्यक्तिगत जीवन के सम्बन्ध में कुछ भी कहने में डॉक्टर को कठिनाई महसूस होती है।

"डॉक्टर, क्या आप कभी वापिस बर्मा जाने की बात नहीं सोचते?" डॉक्टर ने अँगड़ाई ली और करवट बदलकर औंधे मुँह लेट गए। उनकी आँखें मुँद गईं और माथे पर बालों की लटें झूल आईं।

"सोचने से क्या होता है मिस वुड...जब बर्मा में था, तब क्या कभी सोचा था कि यहाँ आकर उम्र काटनी होगी?"

"लेकिन डॉक्टर, कुछ भी कह लो, अपने देश का सुख कहीं और नहीं मिलता। यहाँ तुम चाहे कितने वर्ष रह लो, अपने को हमेशा अजनबी ही पाओगे।"

डॉक्टर ने सिगार के धुएँ को धीरे-धीरे हवा में छोड़ दिया—"दरअसल अजनबी तो मैं वहाँ भी समझा जाऊँगा, मिस वुड। इतने वर्षों बाद मुझे कौन पहचानेगा! इस उम्र में नये सिरे से रिश्ते जोड़ना काफ़ी सिरदर्द का काम है...कम-से-कम मेरे बस की बात नहीं है।"

"लेकिन डॉक्टर, आप कब तक इस पहाड़ी क़स्बे में पड़े रहेंगे—इसी देश में रहना है तो किसी बड़े शहर में प्रैक्टिस शुरू कीजिए।"

"प्रैक्टिस बढ़ाने के लिए कहाँ-कहाँ भटकता फिरूँगा, मिस वुड। जहाँ रहो, वहीं मरीज़ मिल जाते हैं। यहाँ आया था कुछ दिनों के लिए—फिर मुद्दत हो गई और टिका रहा। जब कभी जी ऊबेगा, कहीं चला जाऊँगा। जड़ें कहीं नहीं जमतीं, तो पीछे भी कुछ नहीं छूट जाता। मुझे अपने बारे में कोई ग़लतफ़हमी नहीं है मिस वुड, मैं सुखी हूँ।"

मिस वुड ने डॉक्टर की बात पर विशेष ध्यान नहीं दिया। दिल में वह हमेशा डॉक्टर को उच्छृंखल, लापरवाह और सनकी समझती रही हैं, किन्तु डॉक्टर के चरित्र में उनका विश्वास है—न जाने क्यों, क्योंकि डॉक्टर ने जाने-अनजाने में उसका कोई प्रमाण दिया हो, यह उन्हें याद नहीं पड़ता।

मिस वुड ने एक ठंडी साँस भरी। वह हमेशा यह सोचती थीं कि यदि डॉक्टर इतना आलसी और लापरवाह न होता, तो अपनी योग्यता के बल पर काफ़ी चमक सकता था। इसलिए उन्हें डॉक्टर पर क्रोध भी आता था और दुख भी होता था।

मिस वुड ने अपने बैग से ऊन का गोला और सलाइयाँ निकालीं, फिर उसके नीचे से अख़बार में लिपटा हुआ चौड़ा कॉफ़ी का डिब्बा उठाया, जिसमें अंडों की सैंडविचें और हैम्बर्गर दबे हुए थे। थर्मस से प्यालों में कॉफ़ी उँड़ेलते हुए मिस वुड ने कहा—"डॉक्टर, कॉफ़ी ठंडी हो रही है..."

डॉक्टर लेटे-लेटे बुड़बुड़ाया। मिस वुड ने नीचे झुककर देखा, वह कोहनी पर सिर टिकाए सो रहा था। ऊपर का होंठ ज़रा-सा फैलकर मुड़ गया था, मानो किसी से मज़ाक़ करने से पहले मुस्करा रहा हो।

उसकी अँगुलियों में दबा हुआ सिगार नीचे झुका हुआ लटक रहा था।

"मेरी, मेरी, वाट डू यू वांट, वाट डू यू वांट..." दूसरे स्टैंडर्ड में पढ़ने वाली मेरी ने अपनी चंचल, चपल आँखें ऊपर उठाईं—लड़कियों का दायरा उसे घेरे हुए कभी पास आता था, कभी दूर खिंचता चला जाता था।

"आई वांट...आई वांट ब्लू—" दोनों हाथों को हवा में घुमाते हुए मेरी चिल्लाई। दायरा पानी की तरह टूट गया। सब लड़कियाँ एक-दूसरे पर गिरती-पड़ती किसी नीली वस्तु को छूने के लिए भाग-दौड़ करने लगीं।

लंच समाप्त हो चुका था। लड़कियों के छोटे-छोटे दल मीडोज़ में बिखर गए थे। ऊँची क्लास की कुछ लड़कियाँ चाय का पानी गर्म करने के लिए पेड़ों पर चढ़कर सूखी टहनियाँ तोड़ रही थीं।

दोपहर की उस घड़ी में मीडोज़ अलसाया-ऊँघता-सा जान पड़ता था। हवा का कोई भूला-भटका झोंका...चीड़ के पत्ते खड़खड़ा उठते थे। कभी कोई पक्षी अपनी सुस्ती मिटाने झाड़ियों से उड़कर नाले के किनारे बैठ जाता था, पानी में सिर डुबोता था, फिर ऊबकर हवा में दो-चार निरुद्देश्य चक्कर काटकर दोबारा झाड़ियों में दुबक जाता था।

किन्तु जंगल की ख़ामोशी शायद कभी चुप नहीं रहती। गहरी नींद में डूबी सपनों-सी कुछ आवाज़ें नीरवता के हल्के झीने परदे पर सलवटें बिछा जाती हैं...मूक लहरों-सी हवा में तिरती है।...मानो कोई दबे पाँव झाँककर अदृश्य संकेत कर जाता है—"देखो मैं यहाँ हूँ..."

लतिका ने जूली के 'बाब हेयर' को सहलाते हुए कहा, "तुम्हें कल रात बुलाया था।"

"मैडम, मैं गई थी—आप अपने कमरे में नहीं थीं।" लतिका को याद आया कि कल रात वह डॉक्टर के कमरे के टैरेस पर देर तक बैठी रही थी—और भीतर ह्यूबर्ट पियानो पर शोपां का नौक्टर्न बजा रहा था।

"जूली, तुमसे कुछ पूछना था।" उसे लगा, वह जूली की आँखों से अपने को बचा रही है।

जूली ने अपना चेहरा ऊपर उठाया। उसकी भूरी आँखों से कौतूहल झाँक रहा था।

"तुम ऑफ़िसर्स मेस में किसी को जानती हो?"

जूली ने अनिश्चित भाव से सिर हिलाया। लतिका कुछ देर तक जूली को अपलक घूरती रही।

"जूली, मुझे विश्वास है, तुम झूठ नहीं बोलोगी।" कुछ क्षण पहले जूली की आँखों में जो कौतूहल था, वह भय में परिणत होने लगा।

लतिका ने अपनी जैकेट की जेब से एक नीला लिफ़ाफ़ा निकालकर जूली की गोद में फेंक दिया।

"यह किसकी चिट्‌ठी है?"

जूली ने लिफ़ाफ़ा उठाने के लिए हाथ बढ़ाया, किन्तु फिर एक क्षण के लिए उसका हाथ काँपकर ठिठक गया—लिफ़ाफ़े पर उसका नाम और होस्टल का पता लिखा हुआ था।

"थैंक यू मैडम, मेरे भाई का पत्र है, वह झाँसी में रहते हैं।" जूली ने घबराहट में लिफ़ाफ़े को अपने स्कर्ट की तहों में छिपा लिया।

"जूली, ज़रा मुझे लिफ़ाफ़ा दिखलाओ।" लतिका का स्वर तीखा, कर्कश-सा हो आया।

जूली ने अनमने भाव से लतिका को पत्र दे दिया।

"तुम्हारे भाई झाँसी में रहते हैं?"

जूली इस बार कुछ नहीं बोली। उसकी उद्‌भ्रान्त उखड़ी-सी आँखें लतिका को देखती रहीं।

"यह क्या है?"

जूली का चेहरा सफ़ेद, फक पड़ गया। लिफ़ाफ़े पर कुमाऊँ रेज़ीमेंटल सेंटर की मुहर उसकी ओर घूर रही थी।

"कौन है यह..." लतिका ने पूछा। उसने पहले भी होस्टल में उड़ती हुई अफ़वाह सुनी थी कि जूली को क्लब में किसी मिलिटरी अफ़सर के संग देखा था, किन्तु ऐसी अफ़वाहें अकसर उड़ती रहती थीं, और उसने उस पर विश्वास नहीं किया था।

"जूली, तुम अभी बहुत छोटी हो..." जूली के होंठ काँपे—उसकी आँखों में निरीह याचना का भाव घिर आया।

"अच्छा अभी जाओ...तुमसे छुट्टियों के बाद बातें करूँगी।"

जूली ने ललचाई दृष्टि से लिफ़ाफ़े की ओर देखा, कुछ बोलने को उद्यत हुई, फिर बिना कुछ कहे चुपचाप वापिस लौट गई।

लतिका देर तक जूली को देखती रही, जब तक वह आँखों से ओझल नहीं हो गई। क्या मैं किसी खूसट बुढ़िया से कम हूँ? अपने अभाव का बदला क्या मैं दूसरों से ले रही हूँ?

शायद...कौन जाने...शायद जूली का यह प्रथम परिचय हो, उस अनुभूति से, जिसे कोई भी लड़की बड़े चाव से सँजोकर, सँभालकर अपने में छिपाये रहती है, एक अनिर्वचनीय सुख, जो पीड़ा लिये है, पीड़ा और सुख को डुबोती हुई उमड़ते ज्वार की खुमारी...जो दोनों को अपने में समो लेती है...एक दर्द, जो आनन्द से उपजा है और पीड़ा देता है...

यहीं इसी देवदार के नीचे उसे भी यही लगा था, जब गिरीश ने पूछा था—"तुम चुप क्यों हो?" वह आँखें मूँदे सोच रही थी—सोच कहाँ रही थी, जी रही थी, उस क्षण को जो भय और विस्मय के बीच भिंचा था—बहका-सा पागल क्षण। वह अभी पीछे मुड़ेगी तो गिरीश की 'नर्वस' मुस्कराहट दिखाई दे जाएगी, उस दिन से आज दोपहर तक का अतीत का एक दुःस्वप्न की मानिन्द टूट जाएगा। वही देवदार है, जिस पर उसने अपने बालों के क्लिप से गिरीश का नाम लिखा था। पेड़ की छाल उतरती नहीं थी, क्लिप टूट-टूट जाता था, तब गिरीश ने अपने नाम के नीचे उसका नाम लिखा था। जब कभी कोई अक्षर बिगड़कर टेढ़ा-मेढ़ा हो जाता था तब वह हँसती थी, और गिरीश का काँपता हाथ और भी काँप जाता था...

लतिका को लगा कि जो वह याद करती है, वही भूलना भी चाहती है, लेकिन जब सचमुच भूलने लगती है, तब उसे भय लगता

है कि जैसे कोई उसकी किसी चीज़ को उसके हाथों से छीने लिये जा रहा है, ऐसा कुछ जो सदा के लिए खो जाएगा। बचपन में जब कभी वह अपने किसी खिलौने को खो देती थी, तो वह गुमसुम-सी होकर सोचा करती थी, कहाँ रख दिया मैंने। जब बहुत दौड़-धूप करने पर खिलौना मिल जाता, तो वह बहाना करती कि अभी उसे खोज ही रही है, कि वह अभी मिला नहीं है। जिस स्थान पर खिलौना रखा होता, जान-बूझकर उसे छोड़कर घर के दूसरे कोने में उसे खोजने का उपक्रम करती। तब खोई चीज़ याद रहती, इसलिए भूलने का भय नहीं रहता था...

आज वह उस बचपन के खेल का बहाना क्यों नहीं कर पाती? 'बहाना'...शायद करती है, उसे याद करने का बहाना, जो भूलता जा रहा है...दिन, महीने बीत जाते हैं, और वह उलझी रहती है, अनजाने में गिरीश का चेहरा धुँधला पड़ता जाता है, याद वह करती है, किन्तु जैसे किसी पुरानी तस्वीर के धूल-भरे शीशे को साफ़ कर रही हो। अब वैसा दर्द नहीं होता, सिर्फ़ उसको याद करती है, जो पहले कभी होता था—तब उसे अपने पर ग्लानि होती है। वह फिर जान-बूझकर उस घाव को कुरेदती है, जो भरता जा रहा है, ख़ुद-ब-ख़ुद उसकी कोशिशों के बावजूद भरता जा रहा है...

देवदार पर खुदे हुए अधमिटे नाम लतिका की ओर निस्तब्ध निरीह भाव से निहार रहे थे। मीडोज़ के घने सन्नाटे में नाले पार से खेलती हुई लड़कियों की आवाज़ें गूँज जाती थीं...

वाट डू यू वांट? वाट डू यू वांट?

तितलियाँ, झींगुर, जुगनू...मीडोज़ पर उतरती हुई साँझ की छायाओं में पता नहीं चलता, कौन आवाज़ किसकी है? दोपहर के समय जिन आवाज़ों को अलग-अलग करके पहचाना जा सकता था, अब वे एकस्वरता की अविरल धारा में घुल गई थीं। घास से अपने पैरों को

पोंछता हुआ कोई रेंग रहा है। झाड़ियों से झुरमुट के परों को फड़फड़ाता हुआ झपटकर कोई ऊपर से उड़ जाता है...किन्तु ऊपर देखो तो कहीं कुछ भी नहीं है। मीडोज़ के झरने का गड़गड़ाता स्वर...जैसे अँधेरी सुरंग में झपाटे से ट्रेन गुज़र गई हो, और देर तक उसमें सीटियों और पहियों की चीत्कार गूँजती रही हो...

पिकनिक कुछ देर तक और चलती, किन्तु बादलों की तहें एक-दूसरे पर चढ़ती जा रही थीं। पिकनिक का सामान बटोरा जाने लगा। मीडोज़ के चारों ओर बिखरी हुई लड़कियाँ मिस वुड के इर्द-गिर्द जमा होने लगीं। अपने संग वे अजीबोग़रीब चीज़ें बटोर लाई थीं। कोई किसी पक्षी के टूटे पंख को बालों में लगाये हुए थी, किसी ने पेड़ की टहनी को चाक़ू से छीलकर छोटी-सी बेंत बना ली थी। ऊँची क्लास की कुछ लड़कियों ने अपने-अपने रूमालों में नाले से पकड़ी हुई छोटी-छोटी बालिश्त भर की मछलियों को दबा रखा था जिन्हें मिस वुड से छिपकर वे एक-दूसरे को दिखा रही थीं।

मिस वुड लड़कियों की टोली के संग आगे निकल गईं। मीडोज़ से पक्की सड़क तक तीन-चार फ़र्लांग की चढ़ाई थी। लतिका हाँफने लगी। डॉक्टर मुकर्जी सबसे पीछे आ रहे थे। लतिका के पास पहुँचकर वह ठिठक गए। डॉक्टर ने दोनों घुटनों को ज़मीन पर टेकते हुए सिर झुकाकर एलिजाबेथयुगीन अँगरेज़ी में कहा—“मैडम, आप इतनी परेशान क्यों नज़र आ रही हैं...”

और डॉक्टर की नाटकीय मुद्रा को देखकर लतिका के होंठों पर एक थकी-सी ढीली-ढीली मुस्कराहट बिखर गई।

"प्यास के मारे गला सूख रहा है...और यह चढ़ाई है कि ख़त्म होने में नहीं आती।"

डॉक्टर ने अपने कंधे पर लटकते हुए थर्मस को उतारकर लतिका के हाथों में देते हुए कहा—"थोड़ी-सी कॉफ़ी बची है, शायद कुछ मदद कर सके।"

"पिकनिक में तुम कहाँ रह गए डॉक्टर, कहीं दिखाई नहीं दिये?"

"दोपहर-भर सोता रहा—मिस वुड के संग। मेरा मतलब है, मिस वुड पास बैठी थीं।"

"मुझे लगता है, मिस वुड मुझसे मुहब्बत करती हैं।" कोई भी मज़ाक़ करते समय डॉक्टर अपनी मूँछों के कोनों को चबाने लगता है।

"क्या कहती थीं?" लतिका ने थर्मस से कॉफ़ी को मुँह में उँड़ेल लिया।

"शायद कुछ कहतीं, लेकिन बदक़िस्मती से बीच में ही मुझे नींद आ गई। मेरी ज़िन्दगी के कुछ ख़ूबसूरत प्रेम-प्रसंग कमबख्त इस नींद के कारण अधूरे रह गए हैं।"

और इस दौरान में जब दोनों बातें कर रहे थे, उनके पीछे मीडोज़ और मोटर रोड के संग चढ़ती हुई चीड़ और बांज के वृक्षों की क़तारें साँझ के घिरते अँधेरे में डूबने लगीं, मानो प्रार्थना करते हुए उन्होंने चुपचाप अपने सिर नीचे झुका लिये हों। इन्हीं पेड़ों के ऊपर बादलों में गिरजे का क्रॉस कहीं उलझा पड़ा था। उसके नीचे पहाड़ों की ढलान पर बिछे हुए खेत भागती हुई गिलहरियों से लग रहे थे, जो मानो किसी की टोह में स्तब्ध ठिठक गई हों।

"डॉक्टर, मि. ह्यूबर्ट पिकनिक पर नहीं आये?"

डॉक्टर मुकर्जी टॉर्च जलाकर लतिका के आगे-आगे चल रहे थे।

"मैंने उन्हें मना कर दिया था।"

"किसलिए?"

अँधेरे में पैरों के नीचे दबे हुए पत्तों की चरमराहट के अतिरिक्त कुछ सुनाई नहीं देता था। डॉक्टर मुकर्जी ने धीरे से खाँसा।

"पिछले कुछ दिनों से मुझे सन्देह होता जा रहा है कि ह्यूबर्ट की छाती का दर्द शायद मामूली दर्द नहीं है।" डॉक्टर थोड़ा-सा हँसा, जैसे उसे अपनी यह गम्भीरता अरुचिकर लग रही हो।

डॉक्टर ने प्रतीक्षा की, शायद लतिका कुछ कहेगी। किन्तु लतिका चुपचाप उसके पीछे चल रही थी।

"यह मेरा महज़ शक है, शायद मैं बिलकुल ग़लत होऊँ, किन्तु यह बेहतर होगा कि वह अपने एक फेफड़े का एक्सरे करा लें—इससे कम-से-कम कोई भ्रम तो नहीं रहेगा।"

"आपने मि. ह्यूबर्ट से इसके बारे में कुछ कहा है?"

"अभी तक कुछ नहीं कहा। ह्यूबर्ट ज़रा-सी बात पर चिन्तित हो उठता है, इसलिए कभी साहस नहीं हो पाता..."

डॉक्टर को लगा, उसके पीछे आते हुए लतिका के पैरों का स्वर सहसा बन्द हो गया है। उन्होंने पीछे मुड़कर देखा, लतिका बीच सड़क पर अँधेरे में छाया-सी चुपचाप निश्चल खड़ी है।

"डॉक्टर..." लतिका का स्वर भर्राया हुआ था।

"क्या बात है मिस लतिका...आप रुक क्यों गईं?"

"डॉक्टर—क्या मि. ह्यूबर्ट..."

डॉक्टर ने अपनी टॉर्च की मद्धिम रोशनी लतिका पर उठा दी... उसने देखा लतिका का चेहरा एकदम पीला पड़ गया है और वह रह-रहकर पत्ते-सी काँप जाती है।

"मिस लतिका, क्या बात है, आप तो बहुत डरी-सी जान पड़ती हैं?"

"कुछ नहीं डॉक्टर...मुझे...मुझे...कुछ याद आ गया था..."

वे दोनों फिर चलने लगे। कुछ दूर जाने पर उनकी आँखें ऊपर उठ गईं। पक्षियों का एक बेड़ा धूमिल आकाश में त्रिकोण बनाता हुआ

पहाड़ों के पीछे से उनकी ओर आ रहा था। लतिका और डॉक्टर सिर उठाकर इन पक्षियों को देखते रहे। लतिका को याद आया, हर साल सर्दी की छुट्टियों से पहले ये परिन्दे मैदानों की ओर उड़ते हैं, कुछ दिनों के लिए बीच के इस पहाड़ी स्टेशन पर बसेरा करते हैं, प्रतीक्षा करते हैं बर्फ़ के दिनों की, जब वे नीचे अजनबी, अनजाने देशों में उड़ जाएँगे...

क्या वे सब भी प्रतीक्षा कर रहे हैं? वह, डॉक्टर मुकर्जी, मि. ह्यूबर्ट—लेकिन कहाँ के लिए, हम कहाँ जाएँगे?

किन्तु उसका कोई उत्तर नहीं मिला—उस अँधेरे में मीडोज़ के झरने के भुतैले स्वर और चीड़ के पत्तों की सरसराहट के अतिरिक्त कुछ सुनाई नहीं देता था।

लतिका हड़बड़ाकर चौंक गई। अपनी छड़ी पर झुका हुआ डॉक्टर धीरे-धीरे सीटी बजा रहा था।

"मिस लतिका, जल्दी कीजिए, बारिश शुरू होने वाली है।"

होस्टल पहुँचते-पहुँचते बिजली चमकने लगी थी। किन्तु उस रात बारिश देर तक नहीं हुई। बादल बरसने भी नहीं पाते थे कि हवा के थपेड़ों से धकेल दिये जाते थे। दूसरे दिन तड़के ही बस पकड़नी थी, इसलिए डिनर के बाद लड़कियाँ सोने के लिए अपने-अपने कमरों में चली गई थीं।

जब लतिका अपने कमरे में गई, तो उस समय कुमाऊँ रेज़ीमेंट सेंटर का बिगुल बज रहा था। उसके कमरे में करीमुद्दीन कोई पहाड़ी धुन गुनगुनाता हुआ लैम्प में गैस पम्प कर रहा था। लतिका उन्हीं कपड़ों में, तकिये को दुहरा करके लेट गई। करीमुद्दीन ने उड़ती हुई निगाह से लतिका को देखा, फिर अपने काम में जुट गया।

"पिकनिक कैसी रही मेम साहब?"

"तुम क्यों नहीं आये, सब लड़कियाँ तुम्हें पूछ रही थीं?" लतिका को लगा, दिन-भर की थकान धीरे-धीरे उसके शरीर की

पसलियों पर चिपटती जा रही है। अनायास उसकी आँखें नींद के बोझ से झपकने लगीं।

"मैं चला आता तो ह्यूबर्ट साहब की तीमारदारी कौन करता। दिन-भर उनके बिस्तरे से सटा हुआ बैठा रहा...और अब वह ग़ायब हो गए हैं।"

करीमुद्दीन ने कंधे पर लटकते हुए मैले-कुचैले तौलिये को उतारा और लैम्प के शीशों की गर्द पोंछने लगा।

लतिका की अधमुँदी आँखें खुल गईं। "क्या ह्यूबर्ट साहब अपने कमरे में नहीं हैं?"

"ख़ुदा जाने, इस हालत में कहाँ भटक रहे हैं। पानी गर्म करने कुछ देर के लिए बाहर गया था, वापिस आने पर देखता हूँ कि कमरा ख़ाली पड़ा है।"

करीमुद्दीन बड़बड़ाता हुआ बाहर चला गया। लतिका ने लेटे-लेटे पलंग के नीचे चप्पलों को पैरों से उतार दिया।

ह्यूबर्ट इतनी रात कहाँ गए? किन्तु लतिका की आँखें फिर झपक गईं। दिन-भर की थकान से सब परेशानियों, प्रश्नों पर कुंजी लगा दी थी; मानो दिन-भर आँखमिचौनी खेलते हुए उसने अपने कमरे में 'दय्या' को छू लिया था। अब वह सुरक्षित थी, कमरे की चहारदीवारी के भीतर उसे कोई नहीं पकड़ सकता। दिन के उजाले में वह गवाह थी, मुजरिम थी, हर चीज़ का उससे तक़ाज़ा था, अब इस अकेलेपन में कोई गिला नहीं, उलाहना नहीं, सब खींचातानी ख़त्म हो गई है, जो अपना है, वह बिलकुल अपना-सा हो गया है, जो अपना नहीं है, उसका दुख नहीं, अपनाने की फ़ुरसत नहीं...

लतिका ने दीवार की ओर मुँह घुमा लिया। लैम्प के फीके आलोक में हवा में काँपते परदों की छायाएँ हिल रही थीं। बिजली कड़कने से खिड़कियों के शीशे चमक-चमक जाते थे, दरवाज़े चटखने लगते थे,

जैसे कोई बाहर से धीमे-धीमे खटखटा रहा हो। कॉरिडोर से अपने-अपने कमरों में जाती हुई लड़कियों की हँसी, बातों के कुछ शब्द—फिर सब कुछ शान्त हो गया, किन्तु फिर भी देर तक कच्ची नींद में वह लैम्प का धीमा-सा 'सी-सी' स्वर सुनती रही। कब वह स्वर भी मौन का भाग बनकर मूक हो गया, उसे पता न चला।

कुछ देर बाद उसको लगा, सीढ़ियों से कुछ दबी आवाज़ें ऊपर आ रही हैं, बीच-बीच में कोई चिल्ला उठता है, और फिर सहसा आवाज़ें धीमी पड़ जाती हैं।

"मिस लतिका, ज़रा अपना लैम्प ले आइए"—कॉरिडोर के ज़ीने से डॉक्टर मुकर्जी की आवाज़ आई थी।

कॉरिडोर में अँधेरा था। वह तीन-चार सीढ़ियाँ नीचे उतरी, लैम्प नीचे किया। सीढ़ियों से सटे जँगले पर ह्यूबर्ट ने अपना सिर रख दिया था, उसकी एक बाँह जँगले के नीचे लटक रही थी और दूसरी डॉक्टर के कंधे पर झूल रही थी, जिसे डॉक्टर ने अपने हाथों में जकड़ रखा था।

"मिस लतिका, लैम्प ज़रा और नीचे झुका दीजिए...ह्यूबर्ट... ह्यूबर्ट..." डॉक्टर ने ह्यूबर्ट को सहारा देकर ऊपर खींचा। ह्यूबर्ट ने अपना चेहरा ऊपर किया। व्हिस्की की तेज़ बू का झोंका लतिका के सारे शरीर को झिंझोड़ गया। ह्यूबर्ट की आँखों में सुर्ख़ डोरे खिंच आए थे, क़मीज़ का कालर उलटा हो गया था और टाई की गाँठ ढीली होकर नीचे खिसक आई थी। लतिका ने काँपते हाथों से लैम्प सीढ़ियों पर रख दिया और आप दीवार के सहारे खड़ी हो गई। उसका सिर चकराने लगा था।

"इन ए बैक लेन ऑफ़ द सिटी, देयर इज़े ए गर्ल हू लव्ज मी..." ह्यूबर्ट हिचकियों के बीच गुनगुना उठता था।

"ह्यूबर्ट प्लीज़...प्लीज़," डॉक्टर ने ह्यूबर्ट के लड़खड़ाते शरीर को अपनी मज़बूत गिरफ़्त में ले लिया।

"मिस लतिका, आप लैम्प लेकर आगे चलिए..." लतिका ने लैम्प उठाया। दीवार पर उन तीनों की छायाएँ डगमगाने लगीं।

"इन ए बैक लेन ऑफ़ द सिटी, देयर इज़ ए गर्ल हू लव्ज मी..." ह्यूबर्ट डॉक्टर मुकर्जी के कंधे पर सिर टिकाये अँधेरी सीढ़ियों पर उलटे-सीधे पैर रखता चढ़ रहा था।

"डॉक्टर, हम कहाँ हैं?" ह्यूबर्ट सहसा इतनी ज़ोर से चिल्लाया कि उसकी लड़खड़ाती आवाज़ सुनसान अँधेरे में कॉरिडोर की छत से टकराकर देर तक हवा में गूँजती रही।

"ह्यूबर्ट..." डॉक्टर को एकदम ह्यूबर्ट पर ग़ुस्सा आ गया, फिर अपने ग़ुस्से पर ही उसे खीज-सी हो आई और वह ह्यूबर्ट की पीठ थपथपाने लगा।

"कुछ बात नहीं है ह्यूबर्ट डियर, तुम सिर्फ़ थक गए हो।" ह्यूबर्ट ने अपनी आँखें डॉक्टर पर गड़ा दीं, उनमें एक भयभीत बच्चे की-सी कातरता झलक रही थी, मानो डॉक्टर के चेहरे से वह किसी प्रश्न का उत्तर पा लेना चाहता हो।

ह्यूबर्ट के कमरे में पहुँचकर डॉक्टर ने उसे बिस्तरे पर लिटा दिया। ह्यूबर्ट ने बिना किसी विरोध के चुपचाप जूते-मोज़े उतरवा दिये। जब डॉक्टर ह्यूबर्ट की टाई उतारने लगा, तो ह्यूबर्ट अपनी कुहनी के सहारे उठा, कुछ देर तक डॉक्टर को आँखें फाड़ते हुए घूरता रहा, फिर धीरे से उसका हाथ पकड़ लिया।

"डॉक्टर, क्या मैं मर जाऊँगा?"

"कैसी बात करते हो ह्यूबर्ट!" डॉक्टर ने हाथ छुड़ाकर धीरे से ह्यूबर्ट का सिर तकिये पर टिका दिया।

"गुड नाइट ह्यूबर्ट..."

"गुड नाइट डॉक्टर," ह्यूबर्ट ने करवट बदल ली।

"गुड नाइट मि. ह्यूबर्ट..." लतिका का स्वर सिहर गया।

किन्तु ह्यूबर्ट ने कोई उत्तर नहीं दिया। करवट बदलते ही उसे नींद आ गई थी।

कॉरिडोर में वापिस आकर डॉक्टर मुकर्जी रेलिंग के सामने खड़े हो गए। हवा के तेज़ झोंकों से आकाश में फैले बादलों की परतें जब कभी इकहरी हो जातीं, तब उनके पीछे से चाँदनी बुझती हुई आग के धुएँ-सी आसपास की पहाड़ियों पर फैल जाती थी।

"आपको मि. ह्यूबर्ट कहाँ मिले?" लतिका कॉरिडोर के दूसरे कोने में रेलिंग पर झुकी हुई थी।

"क्लब की बार में उन्हें देखा था, मैं न पहुँचता तो न जाने कब तक बैठे रहते।" डॉक्टर मुकर्जी ने सिगरेट जलाई। उन्हें अभी एक-दो मरीज़ों के घर जाना था। कुछ देर तक उन्हें टाल देने के इरादे से वह कॉरिडोर में खड़े रहे।

नीचे अपने क्वार्टर में बैठा हुआ करीमुद्दीन माउथ आर्गन पर कोई पुरानी फ़िल्मी धुन बजा रहा था।

"आज दिन-भर बादल छाये रहे, लेकिन खुलकर बारिश नहीं हुई..."

"क्रिसमस तक शायद मौसम ऐसा ही रहेगा।" कुछ देर तक दोनों चुपचाप खड़े रहे। कॉन्वेंट स्कूल के बाहर फैले लॉन से झींगुरों का अनवरत स्वर चारों ओर फैली निस्तब्धता को और भी अधिक घना बना रहा था। कभी-कभी ऊपर मोटर रोड पर किसी कुत्ते की रिरियाहट सुनाई पड़ जाती थी।

"डॉक्टर...कल रात आपने मि. ह्यूबर्ट से कुछ कहा था—मेरे बारे में?"

"वही जो सब लोग जानते हैं और...ह्यूबर्ट, जिसे जानना चाहिए था, नहीं जानता था..."

डॉक्टर ने लतिका की ओर देखा, वह जड़वत् अविचलित रेलिंग पर झुकी हुई थी।

"वैसे हम सबकी अपनी-अपनी ज़िद होती है, कोई छोड़ देता है, कोई आख़िर तक उससे चिपका रहता है।" डॉक्टर मुकर्जी अँधेरे में मुस्कराए। उनकी मुस्कराहट में सूखा-सा विरक्ति का भाव भरा था।

"कभी-कभी मैं सोचता हूँ मिस लतिका, किसी चीज़ को न जानना यदि ग़लत है, तो जान-बूझकर न भूल पाना, हमेशा जोंक की तरह उससे चिपटे रहना—यह भी ग़लत है। बर्मा से आते हुए मेरी पत्नी की मृत्यु हुई थी, मुझे अपनी ज़िन्दगी बेकार-सी लगी थी। आज इस बात को अरसा गुज़र गया और जैसा आप देखती हैं, मैं जी रहा हूँ, उम्मीद है कि काफ़ी अरसा और जीऊँगा। ज़िन्दगी काफ़ी दिलचस्प लगती है, और यदि उम्र की मजबूरी न होती तो शायद मैं दूसरी शादी करने में भी न हिचकता। इसके बावजूद कौन कह सकता है कि मैं अपनी पत्नी से प्रेम नहीं करता था—आज भी करता हूँ..."

"लेकिन डॉक्टर..." लतिका का गला रुँध आया था।

"क्या मिस लतिका..."

"डॉक्टर—सब कुछ होने के बावजूद वह क्या चीज़ है जो हमें चलाए चलती है, हम रुकते हैं तो भी अपने रेले में वह हमें घसीट ले जाती है?" लतिका को लगा कि वह जो कहना चाह रही है, कह नहीं पा रही, जैसे अँधेरे में कुछ खो गया है, जो मिल नहीं पा रहा, शायद कभी नहीं मिल पाएगा।

"यह तो आपको फ़ादर एल्मंड ही बता सकेंगे मिस लतिका," डॉक्टर की खोखली हँसी में उनका पुराना सनकीपन उभर आया था।

"अच्छा चलता हूँ, मिस लतिका, मुझे काफ़ी देर हो गई है," डॉक्टर ने दियासलाई जलाकर घड़ी को देखा।

"गुड नाइट मिस लतिका।"

"गुड नाइट डॉक्टर...।"

डॉक्टर के जाने पर लतिका कुछ देर तक अँधेरे में रेलिंग से सटी खड़ी रही। हवा चलने से कॉरिडोर में जमा हुआ कुहरा सिहर उठता था। शाम को सामान बाँधते हुए लड़कियों ने अपने-अपने कमरे के सामने जो पुरानी कॉपियों, अख़बारों और रद्दी के ढेर लगा दिये थे, वे सब अब अँधेरे कॉरिडोर में हवा के झोंकों से इधर-उधर बिखरने लगे थे।

लतिका ने लैम्प उठाया और अपने कमरे की ओर जाने लगी। कॉरिडोर में चलते हुए उसने देखा, जूली के कमरे में प्रकाश की एक पतली रेखा दरवाज़े के बाहर खिंच आई है। लतिका को कुछ याद आया। वह कुछ क्षणों तक साँस रोके जूली के कमरे के बाहर खड़ी रही। कुछ देर बाद उसने दरवाज़ा खटखटाया। भीतर से कोई आवाज़ नहीं आई। लतिका ने दबे हाथों से हल्का-सा धक्का दिया, दरवाज़ा खुल गया। जूली लैम्प बुझाना भूल गई थी। लतिका धीरे-धीरे दबे पाँव जूली के पलंग के पास चली आई। जूली का सोता हुआ चेहरा लैम्प के फीके आलोक में पीला-सा दीख रहा था। लतिका ने अपनी जेब से वही नीला लिफ़ाफ़ा निकाला और उसे धीरे से जूली के तकिये के नीचे दबाकर रख दिया।